U0118807

Adam Mickiewicz

Dziady

先人祭

［波兰］亚当·密茨凯维奇

易丽君 林洪亮 张振辉 译

四川文艺出版社

图书在版编目（CIP）数据

先人祭／（波）密茨凯维奇著；易丽君，林洪亮，
张振辉译.—成都：四川文艺出版社，2015.7（2016.1.重印）
ISBN 978-7-5411-4135-5

Ⅰ.①先… Ⅱ.①密… ②易… ③林… ④张… Ⅲ.
①诗集—波兰—近代 Ⅳ.①I513.24

中国版本图书馆CIP数据核字（2015）第152035号

先 人 祭
XIAN REN JI

［波兰］亚当·密茨凯维奇　易丽君 林洪亮 张振辉 译

策　　划	副本制作文学机构
出版统筹	冯俊华
责任编辑	周　轶
责任印制	唐　茵
封面设计	Tsui-Shichi 黄　几
出版发行	四川文艺出版社
社　　址	成都市槐树街2号
网　　址	www.scwys.com
电　　话	028-86259285（发行部）028-86259303（编辑部）
传　　真	028-86259306
读者服务	028-86259285　028-86259287
邮购地址	成都市槐树街2号四川文艺出版社邮购部　610031
排　　版	四川胜翔数码印务设计有限公司
印　　刷	成都东江印务有限公司
成品尺寸	140mm×203mm　1/32
印　　张	14.5
字　　数	290千
版　　次	2015年8月第一版
印　　次	2016年1月第二次印刷
书　　号	ISBN 978-7-5411-4135-5
定　　价	68.00元

目 录

介　绍（涅什科夫斯基） *1*

序　诗（林洪亮译）
　　幽　灵 *7*

第二部（林洪亮译） *13*

第四部（易丽君译） *53*

第一部（易丽君译） *135*

第三部（易丽君译）
　　前　言 *165*
　　序　幕 *171*
　　第一幕　第一场 *187*
　　　　　　第二场 *223*

第三场 ⋯⋯⋯⋯⋯ *240*

第四场 ⋯⋯⋯⋯⋯ *263*

第五场 ⋯⋯⋯⋯⋯ *269*

第六场 ⋯⋯⋯⋯⋯ *275*

第七场 ⋯⋯⋯⋯⋯ *282*

第八场 ⋯⋯⋯⋯⋯ *301*

第九场 ⋯⋯⋯⋯⋯ *366*

附　诗（林洪亮、易丽君、张振辉译）

通往俄国之路 ⋯⋯⋯⋯⋯ *381*

京　郊 ⋯⋯⋯⋯⋯ *390*

彼得堡 ⋯⋯⋯⋯⋯ *394*

彼得大帝的塑像 ⋯⋯⋯⋯⋯ *405*

阅　兵 ⋯⋯⋯⋯⋯ *409*

奥列什凯维奇 ⋯⋯⋯⋯⋯ *432*

致莫斯科的朋友们 ⋯⋯⋯⋯⋯ *441*

译后记（易丽君） ⋯⋯⋯⋯⋯ *445*

编者附记 ⋯⋯⋯⋯⋯ *453*

介 绍

　　我们至今仍在品读、演出着亚当·密茨凯维奇的《先人祭》——这部对于波兰文化来说最重要的文学作品。世人普遍认为，孔子的思想对塑造中国人的民族性格发挥了不可磨灭的作用，到现在还影响着中国当代文化和中国特色的社会主义形式。与此类似，浪漫主义的神话也深深地影响了波兰人的心理和意识，到现在还塑造着波兰人的民族性格。

　　《先人祭》由四部分构成，这部作品的创作跨越密茨凯维奇整个人生。其中的第一、第二和第四部是在诗人二十三岁、二十五岁左右写成的；第三部则创作于诗人移居德累斯顿的十一年后（1832）。

　　在这部作品里，密茨凯维奇首先设置了一个场景，这个场景展现的是村民们在每年十一月进行的一次亵渎圣灵的宗教仪式。我们还能从中看到神，看到艺术家，看到许多人物个体，看到被抛弃的情人，当然，还有那些为争取自由而被迫入狱的人。其实，《先人祭》用另一种方式展现了19世纪波兰失去国家独立的悲惨命运，展现那些为争取自由所进行的战斗。

当我们说到密茨凯维奇的时候，有必要先提一下波兰的戏剧以及它的艺术雏形。波兰的戏剧有着完全不一样的创新性的架构，既带有实验的性质，又体现了现代的思想。因此，《先人祭》也是一部没有完结的、不按剧目顺序创作的、只有片段式的开放性的作品。它是波兰戏剧艺术形式的精华和典范，对构建我们对世界的认知、想象起到了关键性作用。我们无法将之简化，用一段陈述式的语言概括出来。密茨凯维奇似乎是在告诉我们，世界是用不同的语言在表达自己，它并不是一成不变，而是多元且多层面，一直在不断变化着的。对于这些变化，人们也时常感到无能为力。

在全球化快速发展的今天，通过密茨凯维奇的作品，我们想对那些手有余香却不懂得赠予与人的人，对于那些忘记对话、不愿意倾听的人，呼吁伦理道德之责任。《先人祭》的作者在人的灵魂深处看到了人性的体现。作为一个艺术家，一位慈爱的波兰民族诗人，他同时也担起了对世界的责任。

2014年，乌克兰裔美国学者罗曼·克洛佩茨基在其传记作品《浪漫主义者的一生》中这样描述密茨凯维奇："这位贫穷的诗人、大贵族沙龙里的常客、虔诚的天主教徒、狂热的异教徒、浪漫主义者、丈夫、七个孩子的父亲（其中一个是非婚生育）、女权主义者、自私的人、忠诚的朋友、拿破仑拥护者、政治家、神秘主义者、多国语言天才（会七门语言）、哲学家、大学教师，他既是沙皇俄国的受害者，也是它慷慨的受益人。"1798年，亚当·密茨凯维奇出生于白俄罗斯扎奥谢的一个波兰家庭①；1855年死在了亚洲的土地上。

《先人祭》第三部的前言以这样一句话开头："半个世纪以来，在波兰，一方面暴君们横征暴敛，无尽无休，残酷无情，另一方面，人民则显示了自己无限的坚韧不拔的献身精神，这是从基督徒受难以来史无前例的。"反抗是《先人祭》的脊梁，第二部中众人聚集所举行的仪式以及第三部中出现的牢里的犯人都是反抗精神的体现。是反抗塑造了我们民族的历史，也是反抗的精神成就了当代众多的社会变革。同样在今天，坐在观众席上，我感到我们从《先人祭》中领悟得最深的其实是责任之外的那份勇气。这正是我们民族的传承，也许它有时带来的并不是胜利，但却永远是无上的光荣。我深深地觉得，《先人祭》所带来的自由之声，不仅仅响彻于我祖国的危难之时，在全世界的任何角落它都会产生共鸣，因为这是人类共同的信仰。

完整地演出这部长达十几小时的浪漫主义文学巨著，这是波兰戏剧史上的一次挑战，它不仅是与过去的碰撞，也是

---

① 　扎奥谢是诺沃格鲁德克附近的村庄，诗人出生时属立陶宛，现属白俄罗斯。历史上波兰与立陶宛的关系密切，曾合并为波兰—立陶宛联邦，所以很长一段时间里，立陶宛人同时是波兰人。——译注（如无特别说明，本书的注释均系译注）

回望民族之本的重要时刻。研究过去其实也只有一个目的，
那就是：未来。

克日什托夫·涅什科夫斯基^①
2015 年 6 月

何娟 译

①　弗罗茨瓦夫波兰剧院的院长。2014 年，该剧院上演了由波兰戏剧导演米
哈尔·泽达拉导演的《先人祭》；2015 年，该剧应邀于北京人民艺术
剧院首都剧场上演。

序　诗

幽　灵

心跳停止，胸膛也已凝结僵硬。
嘴唇紧闭，双眼也已合紧：
他在人间，却不再属于人间！
　　他是什么人？——一个死人。

看，希望精灵复活了他的生命，
记忆之星给了他一线光明，
死者回到了他青春时期的地方，
　　为了寻找他心爱的意中人。

心又重新跳动，但却凝结冰封，
嘴和双眼都成了一个个窟窿，
他重回人间，却不再属于人间：
　　那他是什么人？——一个幽灵。

凡是住在坟场周围的人们，
都知道这幽灵年年会苏醒，

在万灵节那天掀开坟墓，
　　急忙朝人群中间奔去。

直到星期天四点的钟声响起，
他便深夜返回，显得浑身无力，
胸前鲜血淋漓，像是当天所伤
　　他重又躺入了他的坟茔里。

关于这个夜客的消息议论纷纷，
那些曾参加他葬礼依然活着的人，
说他是在风华正茂的年岁死的，
　　似乎是他因自杀而身亡。

如今他承受着无休止的折磨，
他痛苦呻吟着，满肚子怒气：
不久前有个年老的教堂更夫
　　看见过他，还偷听到他的悲诉。

他说：这个幽灵从地下走出，
便抬头望着天上的启明星，
他绞动着双手，用冷峻的语气
　　对他所遭受的不平进行申诉：

"可恨的魔鬼，为什么要在冰冷土地的
墓穴中重新燃起生命之火？
可恶的亮光，你熄灭了又亮起，

为什么要把我重新照亮？

"啊！公正而又残酷的判决！
让我看见了她，我们相见又分离。
我痛苦，年年都遭受同样的痛苦，
　　何时能结束，何时不再继续。

"为了能找到你，我必须从长久的
隐蔽之地来到人群中间转来转去，
但我并不在意人们对我的态度，
　　因为生前我就经历过这一切。

"当你看我时，我不得不像个罪人
把眼睛掉转过去来听你说话，
我天天听，天天像棺材板那样
　　沉默不语，一声不响。

"从前，年轻朋友们常常把我嘲笑，
说我的思念既离奇古怪又很夸张：
年长些的人拍拍肩膀便走开了
　　或者向我提出有益的忠告。

"对于嘲笑者和忠告者我一样倾听，
虽然我自已并不比别人优秀，
我因过分的激情而误入歧途，
　　或者因长久的悲痛而放声大笑。

"有个人① 认为我伤害了他家族的
自豪而对你有所冒犯：
尽管他受到了必要的礼貌道歉，
　　但他却装出听不明白。

"我也有自尊，据说他对此有所理解，
我也会沉默，但他并没有问我什么；
我说话又快又冲，当他回答时，
　　我也装出听不明白。

"如果他不能原谅我的过错，
而把对我的指责留在他的口边，
情不自愿地露出对侮辱的宽容，
　　眼里仅仅露出虚假的怜悯。

"对于这样的怜悯我决不会原谅，
但我不会对他进行任何的指责，
也不会吐露出对他的怨恨
　　我反而向他露出了微笑。

"当我以粗鲁形象从暗处走向

_____

① 　　指密茨凯维奇的情敌、马雷娜·维列什恰库夫娜的未婚夫普特卡梅尔伯
　　　爵。诗人在二十岁出头时与马雷娜相恋，但马雷娜是大贵族出身，社会
　　　地位的不匹配让两人的爱情遭到马雷娜家人的反对。她最终嫁给普特卡
　　　梅尔，给诗人造成了终生之痛。

陌生的世界，今天我又体验到：
一些人用咒诅来对我进行指责，
　另一些人却慌慌张张地逃开。

"有人嘲笑我傲慢，有人表示怜悯，
还有人用讽刺的目光来对我责备。
我只走向一人，我并不需要让
　这么些人受辱或者感到惊讶。

"无论未来如何，我依然我行我素：
给嘲讽者怜悯，给同情者微笑。
唯有你，啊，亲爱的！唯有你
　依然像往昔一样欢迎这幽灵。

"你看着我，和我说话，还原谅我
竟敢如此大胆再次回来看望你，
过去的幻影又在同一时刻
　前来扰乱我们现在的幸福。

"你的眼睛习惯了人间和太阳，
也许不会害怕这个死去的客人，
也许你会不厌其烦地听完
　这种带有坟墓色彩的交谈。

"你的思绪会追溯到过去的景象，
会像寄生的野草到处飘荡，

它们会在古老的楼房中间
　　沿着岩壁伸展开茂密的枝叶。"

　　　　　　　　　　林洪亮 译

先人祭

第二部

先人祭，这是乡民们为纪念先人、也就是所有死者而举行祭奠仪式的名称，盛行于立陶宛、普鲁士和库尔兰①的许多乡镇。这种仪式的起源一直可追溯到异教时期，那时被称为山羊宴②，由祭师、巫师、神巫、牧师和诗人来主持。

在现代，由于开明的僧侣们和上层官吏们竭力要铲除这种把迷信活动和常受指责的奢侈风气结合在一起的习俗，乡民们只好在小礼拜堂或者坟场旁边的空屋里来举行先人祭。按照习俗，乡民们要摆上各种食品、酒水和水果作为祭祀供品，并呼唤先人们的魂灵。值得注意的是，这种祭奠亡灵的习俗，在荷马时代的古希腊、在斯堪的纳维亚、在新世界的各个岛上③，成了信奉异教民众的习俗。我们的先人祭却有其独特之处：它是把异教时代的仪式同基督教的想象结合在了一起，特别是万灵节④和这一祭典的日子很接近。乡民们

---

① 　库尔兰公国，在立陶宛的北方，现属拉脱维亚。
② 　山羊宴一般在秋天收割庄稼之后举行，仪式中要宰杀山羊来祭奉先人和众神。起始很早，直到16世纪还在普鲁士人和兹母基人中间流行。
③ 　指美洲。
④ 　天主教节日，纪念在炼狱中进行涤罪的基督教徒亡灵。时间为每年的11月1或2日，视乎不同的地区；在《先人祭》中是11月1日。

都知道，食物、饮料和歌唱能给炼狱中的亡灵带来快慰。

先人祭的虔诚目的、隐蔽的地点、夜晚的时间、怪异的仪式，有段时间曾给我的想象力以巨大影响。我听到过许多用请求或警告把亡魂召唤前来的传说、小说和歌曲。而在这些怪诞的臆想当中也能看出由乡民方式所表达出来的道德倾向和教谕特点。

这部长诗是用相近的精神来表现这些场景的。仪式中的歌曲、誓词和咒语，极大部分都真实于原创，有的是逐字逐句从民歌中拿过来的。

霍拉旭，天地之间有许多事情，
是你们的哲学里所没有梦想到的呢。

　　　　　　　　——莎士比亚

[祭师，合唱队中的老人，由农民和农妇组成的合唱队，乡村小教堂，夜晚。

合唱队

处处寂静，处处黑暗，

这怎么办？这怎么办？

祭　师

你们把教堂的大门关上，

围绕着棺材站成一圈。

不要点灯，不要有一丝烛光，

还要用帷幕把窗户遮上，

免得那苍白色的月光，

透过缝隙射进教堂。

要行动迅速，勇敢大胆。

老　人

你的吩咐已经照办。

合唱队

处处寂静，处处黑暗，

这怎么办？这怎么办？

祭　师

炼狱中的鬼魂们！

无论你们住在世界的何处：

或者是在松脂中燃烧，

抑或是在河床下挨冻，

也许受着粗木的夹刑，

忍受着最严厉的惩罚，

当你在火炉中被烈火炙烤，

发出尖叫，或者号啕痛哭，

那你们就迅速赶到这里！

这里是你们集中的地方：

我们在这里超度亡魂，

你们快来享受这节日的祭品。

这里有施舍，还有超度的经文，

有酒有肉，还有各种各样的食品。

合唱队

处处寂静，处处黑暗，

这怎么办？这怎么办？

祭　师

请给我一小撮麻屑。

我点着它，乘火光刚刚上冒，
你们就轻轻吹气，把它吹散。
你们的行动要迅速果断。
啊，就这样，再吹，再吹！
让麻屑在空中燃烧完。

合唱队

处处寂静，处处黑暗，
这怎么办？这怎么办？

祭　师

首先是你们这些轻罪的鬼魂，
你们在黑暗和风雪的深渊中，
在贫穷、哭泣和劳累中，
只是一掠而过，有如闪电，
然后便燃烧殆尽，像这撮麻屑一样。
你们有谁还在风中飘荡，
不能到达天庭的大门，
那我们就用微弱光亮的信号，
呼唤你们，恳请你们！

合唱队

说吧，你们谁缺什么？
谁有需要？谁有祈求？

祭　师

啊，你们看，请往上看，
是什么在拱顶下面闪闪发光？
那是两个孩童用金色的翅膀
拍打着，在嬉戏耍玩，
仿佛两片树叶在风中翻腾；
他们也在教堂顶下转动，
仿佛一对鸽子在树上跳跃不停，
这一对安琪儿也在玩耍取乐。

祭师和老人

仿佛两片树叶在风中翻腾，
他们也在教堂顶下转动，
仿佛一对鸽子在树上跳跃不停，
这一对安琪儿也在玩耍取乐。

安琪儿

（对着一个农妇）

我飞到妈妈这里，飞到妈妈身边：
妈妈，难道你不认识你的约久了？
我是约久，我就是那个约久，
那是我的妹妹鲁霞。
现在，我们在天上飞来飞去，
胜过我们在妈妈的身边。
你看，我们的头上金光灿烂，
衣服也像黎明前的曙光，

而在我们的双肩上，
还有一对蝴蝶般的翅膀。
天堂里一切都是那样的美好，
每天都有新的不同的游戏：
我所到之处，芳草萋萋，
我手触之地，鲜花盛开。

虽然那里的一切都无比美好，
但烦闷和忧虑依然折磨着我们。
啊呀！妈妈，对于你的孩子，
通往天庭之路已经关闭。

合唱队

虽然那里的一切都无比美好，
但烦闷和忧虑依然折磨着他们。
啊呀！妈妈，对于你的孩子，
通往天庭之路已经关闭。

祭　师

小灵魂，为了能上达天庭，
你们需要什么？有何请求？
是需要念诵超度亡魂的经文，
还是需要甜蜜的食品？
这里有水果，还有浆果，
也有牛奶、圆饼和点心。
小灵魂，为了能上达天庭，

你需要什么？有什么请求？

安琪儿

我们不需要什么，什么也不要，
我们在人世间过够了甜蜜的生活，
现在我们才成了不幸的鬼魂。
啊哈！我在我的一生中，
从没有尝受过人生的苦辣酸辛，
只会撒娇，贪吃美味食品和任性。
我的所作所为只是为了好玩。
在田野中奔跑、跳跃和唱歌，
替鲁霞去采摘田野中的鲜花，
这就是我的全部工作。
给布娃娃缝衣是鲁霞的事情。
我们飞来参加这里的亡灵节，
不是为了经文，也不需要食品，
更不是为了超度亡灵的祷告。
我们也用不着牛奶、点心和面包。
只请求你们给我们两颗芥籽，
虽然这是微不足道的供品，
但却能解脱我们的一切罪行。
请你们听着并要牢牢记住，
因为按照上帝的命令，
谁若是没有尝过人世的艰辛，
那他就不能享受天堂的幸福。

合唱队

我们要听清并要牢牢记住，

因为按照上帝的命令，

谁若是没有尝过人世的艰辛，

那他就不能享受天堂的幸福。

祭　师

安琪儿，小灵魂，

这就是你们所要的芥籽：

这是一颗芥籽，这是另一颗芥籽。

现在你们就随上帝一道去吧！

谁要是不听从我们的请求，

我就要用圣父、圣子和圣灵之名：

你们看见了天主的十字架吗？

既然你们不需要饮料和食品，

那就不要来扰乱我们的平静！

　　去吧！去吧！

合唱队

谁要是不听从我们的请求，

我就要用圣父、圣子和圣灵之名：

你们看见了天主的十字架吗？

既然你们不需要饮料和食品，

那就不要来扰乱我们的平静！

　　去吧！去吧！

[鬼魂消失。

祭 师

可怕的午夜已经来临，
请你们把大门锁紧。
请你们拿来蘸有松脂的火把，
再把一盘烧酒摆在当中。
当我从远处用木棍发出信号，
你们就把烧酒点着，
只是动作要快，要勇敢大胆！

老 人

已经准备好了。

祭 师

我发出信号。

老 人

点着了，烧起来了，
然后便熄灭了。

合唱队

处处寂静，处处黑暗，
这怎么办？这怎么办？

祭　师

现在轮到那些罪孽深重的鬼魂，

你们的肉体和灵魂，

都被一系列罪恶的锁链，

牢牢系紧在这座深渊中。

虽然死亡已把茅草房摧毁，

你们也已被死神天使召去，

但是你们依然没有摆脱

肉体经受折磨的命运。

如果人们能够减轻你们所受到的酷刑，

并使你们脱离地狱的苦海，

——你们离地狱又是这样近，

那我们就通过你们的鬼魂，

通过这火光召唤你们，恳求你们！

合唱队

说吧，你们缺少什么？

谁有需要？谁有请求？

声　音

（从窗外传来）

嘿！乌鸦、猫头鹰和隼鹰，

你们这些可诅咒的饕餮之徒，

你们快放我走近这里的教堂，

你们就让我再朝前走近两步。

祭　师

上帝保佑！多么可怕的魔鬼。
你们看见了窗外的那个鬼魂？
仿佛是暴尸田野中的一副白骨，
看吧！看吧！多么吓人的脸孔！
他的嘴里冒烟，火光闪现，
一双深深陷在脑袋上的眼睛，
就像烧红的炭一样在发光；
蓬乱的头发披散在额头上，
仿佛是一丛干枯的柴草，
就像一把被火烧着的扫帚，
从这个罪孽深重的鬼魂头上，
飞溅出噼噼啪啪的火星。

祭师和老人

仿佛是一丛干枯的柴草，
就像一把被火烧着的扫帚，
从这个罪孽深重的鬼魂头上，
飞溅出噼噼啪啪的火星。

魔　鬼

（在窗外）

你们不认识我了？孩子们，
只要你们站近些看看我，
只要你们好好地想一想，
孩子们，我就是你们死去的主人，

这里就是我所拥有的村庄。
从你们把我安葬在坟墓里，
才过去不过三年的时光。
啊呀，上帝的惩罚多么严厉，
我受着恶魔的掌握，
经受着残酷的折磨，
凡是黑暗笼罩的地方，
就是我的过夜之处。
为了要躲避阳光，
我不得不过着游荡的生活，
永远也得不到漂泊的终期，
我成了忍饥挨饿的牺牲品。
又有谁愿意赐给我食物？
贪吃的鸟群把我的食物抢去。
又有谁来做我的保护人？
我的苦难永无终期，永无终期！

合唱队

贪吃的鸟群把他的食物抢去。
又有谁来做他的保护人？
他的苦难永无终期，永无终期！

祭　师

为了解脱你的苦难，
你的鬼魂需要什么？
是需要超度的经文，

还是祭奠的供品？
这里有丰富的牛奶、面包，
还有草莓和多种水果。
说吧，为了能够进入天堂，
你的鬼魂需要什么？

魔 鬼

进天堂？……你是在说胡话……
啊，不！我不想进天堂。
我只想我的受苦的灵魂
能早早地得到超脱。
我宁愿进地狱，
去承受一切的苦难！
我宁愿在地狱底层呻吟，
也胜过和这些可恶的鬼魂在一起，
也要比在地上不停游荡好百倍。
看到昔日寻欢作乐的遗址
和过去所做坏事的产物，
从西到东，从东到西，
受着饥饿和渴望的折磨，
还要去喂那些凶狠的鸟鹰，
真是不幸！判决就是这样。
直到我的农奴当中，
有人给我吃的、喝的，
我才能让我的肉体
摆脱这罪孽深重的灵魂。

啊，渴望在我的胸中燃烧，
若是有一杯水喝该多好！
啊哈，假如你们能给我
哪怕是两颗麦粒也就够了！

合唱队

啊，渴望在他的胸中燃烧，
若是有一杯水喝该多好！
啊哈，假如你们能给他
哪怕是两颗麦粒也就够了！

群鸟合唱队

你徒劳地乞讨，徒劳地哭泣，
我们是一群黑色的鸟群，
有乌鸦、猫头鹰和隼鹰。
东家，过去他们都是你的农奴，
是你把他们活活地饿死。
我们把食物吃光，把饮料喝尽。
唉，乌鸦、猫头鹰和隼鹰们，
快伸出利爪和弯弓般的嘴喙，
把他的食物撕得粉碎吃光。
即使你把食物吞进了嘴里，
我们也要把利爪伸到嘴里去，
直到把你的肠胃掏出。

东家，你从前毫无怜悯之心，

唉，乌鸦、猫头鹰和隼鹰们，
那我们也不能有丝毫的怜悯。
我们要把食物都撕成碎片，
等到我们把食物都吃完，
我们就要把你的肉体撕烂，
让你的白骨在荒野发出磷光。

乌　鸦

你不喜欢活活地饿死，
那你就想想，那是个秋天，
我有一回走进了你的果园。
梨已成熟，苹果也非常红艳，
我三天没有吃过一口东西，
我摇下了几只苹果。
可是，躲在树干后面的看园人，
立即便高声叫喊，发出信号，
还放出那只像狼一样的恶犬。
我还来不及跳过篱墙，
围追的人便把我追上。
事情便提到你的面前解决。
为了什么？仅仅为了几个苹果。
它们是上帝为了共同的享受而创造，
就像他创造的水和火一样，
可是你却气汹汹地喊叫：
"应该严惩，以杀一儆百！"
整个庄园的人都被召到一起。

他们把我捆在一根木桩上，
狠狠地抽打我，打断了十根木棍。
我的每一根骨头、每一块肉，
就像麦秆上的麦穗，或者像
枯干豆荚中的豆子那样裂开掉落！
东家，你根本没有怜悯之心！

群鸟合唱队

嘿！乌鸦、猫头鹰和隼鹰们，
我们也不能有丝毫的怜悯。
我们要把食物都撕成碎片，
等到我们把食物都吃完，
我们就要把你的肉体撕烂，
让你的白骨在荒野发出磷光。

猫头鹰

你不喜欢活活地饿死，
那你就想想，圣诞节前夕，
那一天，寒风刺骨，漫天大雪，
我抱着孩子站在你的门前。
老爷，我泪流满面地苦苦哀求，
请你可怜可怜我这孤儿寡母。
我的丈夫早已到了另一世界，
你又把我的女儿拉进了庄园。
年迈的母亲在家里卧床不起，
我身边还有这吃奶的孩子。

老爷，请你行行好，给点救济，
我们实在无法再生活下去。

老爷，你是个没有灵魂的家伙，
每天都在狂欢滥饮中度过，
还不停地翻动着你的金银财宝。
你悄悄地命令你的仆从：
"是谁在那里噪闹了客人？
快把那要饭的赶走，叫她滚蛋！"
那个卑躬屈膝的仆人
抓住我的头发把我扔出门外！
我和孩子都被扔到了雪地上，
我被摔得腰酸背痛，全身寒颤。
我找不到过夜的地方，
和孩子一道冻死在回家的路上。
老爷，你真残忍，毫无怜悯之心！

群鸟合唱队
唉！乌鸦、猫头鹰和隼鹰们，
我们也不能有丝毫的怜悯！
我们要把食物都撕成碎片，
等到我们把食物都吃完，
我们就要把你的肉体撕烂，
让你的白骨在荒野发出磷光！

魔 鬼

我没有，我没有任何的办法！
你们徒劳地送给我盘中餐。
凡是你们给的，鸟、鹰都给抢光。
先人祭不是我能够享受的节日！

是的，我该永生永世遭受苦难，
因为按照上帝的公正的规定：
凡是生前毫无人性的人，
死后也不能享受别人的帮助。

合唱队

是的，你该永生永世遭受苦难，
因为按照上帝的公正的规定：
凡是生前毫无人性的人，
死后也不能享受别人的帮助。

祭 师

既然一切对你都毫无帮助，
那你就立即走开，可怕的鬼魂。
谁若是对我的吩咐置若罔闻，
那我就要以圣父、圣子和圣灵之名：
你看到了天主的十字架吗？
既然你不要什么饮料和供品，
那就不要来扰乱我们的平静！
　　去吧！去吧！

合唱队

谁若是对我的吩咐置若罔闻，

那我就要以圣父、圣子和圣灵之名：

你看到了天主的十字架吗？

既然你不要什么饮料和供品，

那就不要来扰乱我们的平静！

　　去吧！去吧！

[*幽灵消失。*

祭　师

朋友们，请你们拿给我

那手杖头上的花环，

现在我要点着这神圣的香草，

让烟雾缭绕上升，火光上冒！

合唱队

处处寂静，处处黑暗，

这怎么办？这怎么办？

祭　师

现在是你们这些中等罪孽的鬼魂。

你们这些还处在这黑暗

和暴风雨的深渊中的灵魂，

你们过去曾和人们生活在一起，

但没有染上人类堕落的恶习。

你们活着时，不是为了我们和世界，
就像那些麝香草和锦葵那样，
既不能结果，也不会开花。
你们既不会喂养牲畜，
又不会给人缝制衣服；
你们只会编织芬芳的花环，
把它们高高地挂在墙上。
啊，乡村姑娘们，你们的胸脯
和眼睛，也是那样的高不可攀，
直到现在你们那纯洁的翅膀，
还没有飞达天庭的大门。
那我们就用这香草，这火光，
来召唤你们，恳请你们！

合唱队

说吧！你们缺少什么？
谁有需要？谁有请求？

祭　师

啊，这是圣母的肖像，
还是天使的化身？
就像湖水上出现的彩虹，
轻轻地把自己的七色彩光
抛洒在云雾之中那样瑰丽。
她真让这座小教堂蓬荜生辉。
一身雪白的衣裙直到脚跟，

头发仿佛在和微风嬉戏玩耍，

脸上的笑容一掠而过，

她的眼里却饱含着不幸的泪水。

祭师和老人

一身雪白的衣裙直到脚跟，

头发仿佛在和微风嬉戏玩耍，

脸上的笑容一掠而过，

她的眼里却饱含着不幸的泪水。

祭师和姑娘

祭　师

她头上戴着鲜艳的花环，

手中拿着一根翠绿的树枝，

一只小羊在她身边跑来跑去，

一只蝴蝶在她头上盘旋飞舞。

姑娘也不停地把小羊呼唤：

"站住！站住！我的小羊！"

可是小羊远远地跑在她的前面。

姑娘用树枝去捕捉那只蝴蝶，

她就要、她就要把它抓到手中，

可是蝴蝶却常常从她手边跑掉。

姑　娘

我头上戴着鲜艳的花环，

我手中拿着翠绿的树枝，

一只小羊在我前面奔跑，
而蝴蝶也在我的头上飞翔。
我不停地呼唤着小羊：
"站住！站住！我的小羊！"
可是小羊远远地跑在我的前面。
我用绿树枝去捕捉那只蝴蝶，
我就要、我就要把它抓到手里，
可是蝴蝶却常常从我手边逃走。

姑　娘

那是在春天的一个早晨，
佐霞在放牧一群小羊。
她是村里最美的姑娘，
她一边奔跑，一边欢唱：

　　　啦、啦、啦、啦……

奥列希想用几只白鸽，
得到一次亲吻。
可是这位轻率的姑娘，
却讥笑他的要求和礼物。

　　　啦、啦、啦、啦！

约久送给牧羊姑娘一根丝带，
安托尼也献出了自己的心。
可是这位无情的姑娘，
对他们尽是冷嘲热讽。

啦、啦、啦、啦！①

是的，我叫佐霞，本村的姑娘，
我的名字在你们中间非常响亮。
虽然长得美貌，但却不想结婚，
因此虚度了十九个青春年华。
我死时，既不知道关怀别人，
也没有得到过真正的幸福。
我活在世上，啊哈，却不是为了世界。
我的思想仿佛长上了翅膀，
从来没有停留在人间的大地上。
我随着微风在嬉戏游玩；
我追赶蚊蝇，希冀美丽的花环，
我追逐蝴蝶，与羊群赛跑；
从来没有去追求一个情人，
却喜欢听别人的吹笛和歌声。
每当我独自一人放牧的时候，
我常常把羊群赶到牧人的中间，
那些牧人都为我的美貌所倾倒，
可是我却不爱他们之中的任何人。
因此我死后，不知由于何种原因，
身上有一种不可名状的烈火在燃烧。
我依然无忧无虑，也不感到疼痛；
我随着轻微的阵风飘浮飞舞，

---

① 取自歌德。——作者注

只要我愿意，我就能创造奇迹：
能把彩虹织成绚丽的布匹，
我也能用清澈透明的露珠，
创作出一群群的蝴蝶和白鸽。
可是我不知道哪儿来的这种烦恼，
一听见响声就要去看看是谁来到。
然而我依旧是孤独一身！
我真糟糕，微风像吹羽毛那样
把我吹得飘来飘去，永不止停。
每当我一靠近大地，风又把我吹开，
一会儿向上，一会儿向下，
仿佛是在波浪起伏的大海上荡漾，
又像是在漫长的路上不停地奔跑。
我既不能飞抵天堂，
又不能站立在地上。

合唱队

仿佛是在波浪起伏的大海上荡漾，
又像是在漫长的路上不停地奔跑。
她既不能飞抵天堂，
又不能站立在地上。

祭　师

亲爱的鬼魂，你需要什么，
为了能使你进入天堂？
是需要超度的经文，

还是甜美的食品？
这儿有水果和草莓，
还有牛奶、面包和圆饼。
亲爱的鬼魂，你需要什么，
为了能使你进入天堂？

姑　娘
我什么、我什么也不需要，
只要让年轻人来到我身旁。
请他们紧紧拉住我的双手，
请他们把我拉到这地上，
让我和他们在一起嬉玩片刻。
请你们听着，并铭记在心，
因为根据上帝颁布的指令，
谁若是生前没有接触过人生，
那他死后就不能进入天堂。

合唱队
请你们听着，并铭记在心，
因为根据上帝颁布的指令，
谁若是生前没有接触过人生，
那他死后就不能进入天堂。

祭　师
（对几个农民）
你们徒劳地奔跑，这是飘动的鬼影。

可怜的姑娘枉然地伸出双手，
清风又把她吹得飘忽不定。
美丽的姑娘，你不必伤心，
凭着我的灵验的慧眼，
已经看到了对你的判决：
你还要过两年的独身生活，
要和风再飘浮两年的光阴，
然后你才能踏进天堂的大门。
如今经文对你毫无作用，
你还是和天主一道飞去吧！
谁若是对我的请求置若罔闻，
我就以圣父、圣子和圣灵之名：
你看见了天主的十字架吗？
既然你不要任何的饮料和食品，
那你就不要来扰乱我们的平静！
　　去吧！去吧！

合唱队
谁若是对我的请求置若罔闻，
我就以圣父、圣子和圣灵之名：
你看见了天主的十字架吗？
既然你不要任何的饮料和食品，
那你就不要来扰乱我们的平静！
　　去吧！去吧！

　〔姑娘消失。

祭　师

现在我召唤所有的鬼魂，

一齐来或单个来悉听尊便。

这是我发出的最后一次号令，

这菲薄的祭品是专为你们而设立。

这是一小撮罂粟和小扁豆，

我把它们撒向教堂的每个角落。

　　合唱队

　　拿去吧！谁缺少什么？

　　谁有需要？谁有请求？

祭　师

是打开教堂大门的时候了，

请你们把灯和蜡烛点亮。

午夜已过，公鸡已开始打鸣。

可怕的祭奠就要结束，

现在是回忆祖先光辉业绩的时辰。

站住……

　　合唱队

　　　　　　为什么？

祭　师

　　　　　　又来了一个幽灵。

合唱队

处处寂静，处处黑暗，
这怎么办？这怎么办？

祭　师

（对一位农女）

那边那个戴孝的牧羊姑娘，
请你站起。也许是我的感觉，
你似乎是生在一座坟墓上？
孩子们，你们看，啊，上帝！
那块地板突然下沉，
苍白的幽灵从地下升起。
他转身朝那个牧羊姑娘走去，
便一动不动地站在她的身旁，
把脸孔转向那位女郎。
他脸无血色，全身雪白，
宛如新年过后刚下的大雪。
他的眼神粗野而又阴郁，
完全贯注着姑娘的眼睛。
看吧！你们看看他的心！
多么鲜红的条纹，
就像一条红色的丝带，
又像是一串红珊瑚
从胸口一直挂到脚下。
这是什么，我竟无法猜中？
他只用手指着自己的心，

对着姑娘竟是一声不吭。

合唱队

这是什么，我竟无法猜中？
他只用手指着自己的心，
对着姑娘竟是一声不吭。

祭　师

你需要什么，年轻的鬼魂？
是需要超度的经文，
还是要祭奠的供品？
这里有丰盛的牛奶、食品，
还有水果和草莓。
年轻的鬼魂，为了能进入天堂，
你有什么需要，什么请求？

〔幽灵沉默不语。

合唱队

处处寂静，处处黑暗，
这怎么办？这怎么办？

祭　师

快说吧，你这苍白的幽灵，
怎么啦，你竟一句话也不说？

合唱队

怎么啦，你竟一句话也不说？

祭　师

若是连经文和供品都瞧不起，

那你就和天主一道走开吧！

谁要是对请求置若罔闻，

我就以圣父、圣子和圣灵之名：

你看到了天主的十字架吗？

既然你不需要饮料和食品，

那就别来扰乱我们的平静！

　去吧！去吧！

　〔幽灵站立不动。

合唱队

谁要是对请求置若罔闻，

我就以圣父、圣子和圣灵之名：

你看到了天主的十字架吗？

既然你不需要饮料和食品，

那就别来扰乱我们的平静！

　去吧！去吧！

祭　师

上帝啊，这是什么鬼魂？

不走开，也不说话！

合唱队

不走开，也不说话！

祭　师

无论你是可恶的、抑或是善良的鬼魂，
你都要迅速离开这神圣的祭坛。
这里就是那块下沉的地板，
你从哪里来，就回到哪里去，
否则我就要以上帝之名将你咒诅。
　　（停顿一会儿）
给我滚到森林中去，滚到大河里。
快滚开吧！永远也别再出现！

〔幽灵站立不动。

啊，上帝，这是什么恶鬼？
既不说话，又不离去！

合唱队

既不说话，又不离去！

祭　师

我徒劳地请求，威胁也不起作用，
他甚至对咒诅也毫无畏惧之心。
请把祭坛上的一把神香给我……
就连神香也毫无作用！

这个痛苦万分的幽灵，
还是和原来一样一动不动。
他呆立不动，装聋作哑，
仿佛坟场中的一块顽石。

合唱队

这个痛苦万分的幽灵，
还是和原来一样一动不动。
他呆立不动，装聋作哑，
仿佛坟场中的一块顽石。

处处寂静，处处黑暗，
这怎么办？这怎么办？

祭　师

这是超越人类智慧的事情！
牧羊姑娘，你认识这个人？
其中必有令人可怕的事情。
姑娘，你在为谁戴孝？
你的丈夫和家人不是都很健康？
怎么？你为什么也不回答？
你看着我，快回答我的问话。
我的孩子，你为什么呆立不动？
你为什么满脸笑容？为什么？
难道你在他身上找到了欢乐？

合唱队

你为什么满脸笑容？为什么？

难道你在他身上找到了欢乐？

祭　师

请给我拿来法衣和蜡烛，

我点亮蜡烛，再做一次祭奠……

我徒劳地点起蜡烛和进行祭奠，

这个可咒诅的鬼魂还是一动不动。

你们用手扶着这个牧羊女人，

好好地把她带出这座小教堂。

你在看什么？你在看什么？

难道他身上有吸引你的魅力？

合唱队

你在看什么？你在看什么？

难道他身上有吸引你的魅力？

祭　师

啊，上帝！鬼魂举步向前走了！

我们带她到哪里，他都紧跟在后面……

这怎么办？这怎么办？

合唱队

我们带她到哪里，他都紧跟在后面……

这怎么办？这怎么办？

林洪亮 译

先人祭

第四部

我揭开棺材里一层层粉腐的殓衣，不是为了给弃世者以崇高的慰藉，仅仅是为了不断地对自己说："原先并不是这样啊！"成千的欢乐被永远抛进了地洞，而你独自站在这里，要把它们重温一遍。贪婪的人！贪婪的人！不要去翻阅过往的那本破烂不堪的书！……难道你的悲伤还不够深沉？

——让·保尔

让·保尔（1763—1825），德国小说家。这段话引自他的关于灵魂的小说《女巨人头盖骨下的传记游戏》。

[神甫的住宅。桌上摆着餐具，晚饭刚结束。桌上点着两支蜡烛，圣母马利亚像前一盏油灯。墙上挂着一座闹钟。

神　甫

孩子们，我们都吃过了晚饭，

现在，都离开桌前！

快来跪在我身边，

感谢上天之父的垂怜。

今天是教会的节日，①

把基督徒的亡灵祭奠，

为那些离开了我们的人，

正在炼狱里受熬煎。

为他们的灵魂得救，

我们来祝祷上天。

（翻开福音书）

这是有益的箴言。

———————

① 　即万灵节，见15页注④。

两个儿童

（朗读）

"当年……"①

神　甫

是谁？谁在敲门？

〔隐名人着怪装上。

儿童们②

耶稣！马利亚！

神　甫

是谁站立在门边？

（神情慌乱）

你是谁？……为什么而来？有何贵干？

儿童们

唉呀，死人！僵尸！可怕的幽灵！

看在上帝的面上！……快消失，快滚！

神　甫

你是何人，兄弟？请你回答一声。

---

①　福音书某些章节开篇的话。

②　"儿童们"指两个儿童，复数，下同。

58

隐名人

（缓慢而忧伤地）

死尸！幽灵！不错，我的孩子们。

儿童们

死尸！幽灵……唉呀，真吓人！

你不要夺走我们的父亲！

隐名人

死人！……啊不！只是不在人世生存！

你们可理解我隐姓埋名？

神　甫

你从哪里来，在这夜静更深？

你是何人？怎样尊称？

当我从近处把你端详，

似乎见过你，在这一方。

告诉我，兄弟，你是谁家的儿郎？

隐名人

啊，不错！我到过这里……那是很早以前！

那时我活着！很年轻！……一晃过了三年！

你何必问我的门第和名姓？

人死后丧钟长鸣，人问敲钟人：

是谁离开了凡尘？

（模拟敲钟人的声音）

"别瞎打听，念你的祷文！"

对于尘世，我也是个死去了的人。

莫好奇，莫多问，念你的祷文。

至于姓氏——

（看钟）

　　　　　　　　　　现在还太早，我不能说明。

我来自远方，不知是地狱还是天堂。

我要去那阴司幽都，

神甫，如果你知道，请给我指路！

神　甫

（温和地，面带微笑）

死亡之路我不愿给任何人指点。

（亲切地）

我们，神甫，只愿叫人迷途知返。

隐名人

（面带哀怨）

别人彷徨歧途，神甫关在自家小院，

不论在这茫茫世界是和平还是动乱，

不论什么地方国家沦亡，情人命断，

你听而不闻，视而不见，一概不管，

只跟孩子们围坐在温暖的壁炉边，

而我却在苦捱这夜色朦胧阴雨天！

你可听到，你可看见，房子外面

正大雨倾盆，雷鸣电闪？

　　（环顾四周）

住在自家小屋里，生活多么安然！

　　（唱）

　　　人无爱恋，幸福无边，

　　　夜里不受梦扰，白天没有思念。

　　　　小屋静悄悄，人不心烦！

　　　快走出那豪华的宫殿，

　　　美人儿，来到我的茅草屋前；

　　　在这儿你能找到鲜花烂漫，

　　　在这儿你能找到情意绵绵。

　　　你会看见鸟儿成双成对，

　　　你会听见小溪流水潺潺。

　　　对于一对钟情的男女，

　　　隐士的小屋便是人间的乐园。

神　甫

承你把我的小屋和壁炉如此称赞。

瞧，这炉火是由女仆把柴添，

坐下吧，你需要休息，取取暖。

隐名人

取暖！好呀，神甫，真是绝妙的意见！

　　（手指胸口唱）

你怎知，这儿装着火一团，
不论是阴雨，还是严寒，
扑不灭这熊熊烈焰！
我不时抓把冰雪，
按在我灼热的胸间；
雪融了，冰化了，
从我胸口冒出热气腾腾，烈焰滚滚！
能把金属和岩石熔化，
千百倍胜过于它，
（指壁炉）
百万倍胜过于它！
我的胸中烧着一团火，
能融化冻雪、严冰，
从我胸口冒出热气腾腾，烈焰滚滚！

神　甫
（旁白）
我说我的，他说他的——他充耳不闻。
（对隐名人）
可是你水淋淋，浑身湿透，
面色惨白，像树叶一样瑟缩战抖。
不管你是何人，一定走过漫长的路。

隐名人
我是何人？……现在还早，我不能说明。
我来自远方，不知是地狱，还是天堂，

我要去那阴司幽都。

我来是为了给你一点小小的教训。

神　甫

（旁白）

看来，对他得用另一种办法。

隐名人

请指出……你不是知道一条死亡之路？

神　甫

好吧，我准备使你如愿以偿，

可是在你这年龄就想进坟墓，

这条路可是过于漫长。

隐名人

（精神异常，忧伤地自语）

啊，我多么迅速地跑完了这条长路！

神　甫

因此，你才会这么疲乏，拖着病体。

吃点吧，我去给你弄点饮食充充饥。

隐名人

（癫狂地）

然后，我们便可离开这里？

神　甫

（微笑着）

还得备点上路的用品，

你说可行？

隐名人

（漫不经心地随便应付）

行。

神　甫

过来，我的孩子们！

我们家里来了客人，

我回来之前，你们招待可要殷勤。

〔神甫下。

儿　童①

（注视隐名人）

先生，您怎么是这样奇怪的打扮？

就像童话里的妖怪或绿林好汉，

各色各样料子拼凑起您的长衫，

青草和树叶贴在您的眉间，

为什么破布又用中国丝绸镶嵌？

（发现短剑，隐名人藏匿）

———————————

① "儿童"指两个儿童之一，单数，下同。

这绳子上挂的是什么铁片？

怎么念珠不成串？彩带如此破烂？

哈，哈，哈，哈！

天啦，您的模样儿真跟妖怪一般！

哈，哈，哈，哈！

隐名人

（亢奋地，似乎在回忆）

啊，孩子，你们不该讥笑我的清贫！

记得我年轻时，也认识一个女人，

就跟我一样不幸，由于同样原因！

她也是头戴树叶，穿着古怪衣裙。

当她走进村庄，全村人蜂拥而上，

耍把戏似的把她团团围在中央，

嘲弄、追逐、讥笑、叫喊，

指手画脚，幸灾乐祸，丧尽天良！

当时，我也在取闹者中间，

虽然，仅仅是发出过一声讥笑！

说不定就是为那一次围观，

受到了上帝公正的裁判！

当时谁又能够预见

今天我也是破衣烂衫？

我曾经是那样无忧无虑，

怎料到风云变幻？

（唱）

人无爱恋，幸福无边，

夜里不受梦扰，白天没有思念。

[神甫端酒和食盘上。

隐名人

（带着强装的快活）

神甫，你可爱听忧郁的歌？

神　甫

忧郁的歌，我一生听过成千上万！

不能灰心失望，痛苦过后是欢颜。

隐名人

（唱）

离开她，免不得相思啼血声声怨，

去见她，又千难万阻如登天！

（停）

这质朴的民歌，有多少真知灼见！

神　甫

这事以后再谈，现在请吃点便饭。

隐名人

质朴的歌啊！啊！在传奇文学中更好的你能找到许多。

（面带微笑，从立柜里拿出两本书）

神甫，你可知道爱洛绮丝①的悲哀？

可知维特②胸中的烈火，眼中的热泪？

（唱）

梦魂牵心如醉，相思揉得肝肠碎，

除非斯人命断，无法使痛苦消歇；

倘若我那轻狂的热情把她得罪，

我只有用热血来补偿她的怨怼。

（拔短剑）

神　甫

（制止）

你这是干什么？……疯子！你想要轻生？

快夺下他的铁器，掰开他的手心。

你可是基督徒？对上帝如此不敬！

你可知道这本福音？

隐名人

而你，可知什么是不幸？

（收藏短剑）

好吧！其实还不到时辰，

（抬眼望墙上闹钟）

时针刚指到九点，还燃着三支蜡烛！

（唱）

———————————

① 法国思想家让–雅克·卢梭的小说《新爱洛绮丝》的女主人公。
② 德国诗人歌德的小说《少年维特之烦恼》的男主人公。

67

梦魂牵心如醉，相思揉得肝肠碎，
　　除非斯人命断，无法使痛苦消歇；
倘若我那轻狂的热情把她得罪，
　　我只有用热血来补偿她的怨怼。

我为何单把你如此眷恋？
　　你我既无缘，为何偏又相见？
我唯独相中了你，经过千挑百选，
　　你却接受了别人的戒指，把我抛闪！
　　（停）
唉，神甫，若是你读过歌德的作品，
或是听见她的娇音伴琴声阵阵！
可是，你头脑中只装着一个上帝，
你只知晨昏祷告，唯有祭坛知己。
　　（随手翻书页）
　　　你也有读世俗书籍的嗜好？
　　　啊，这些书诲人作盗！
　　（扔书）
　　　我青春时代的欢乐和酷刑！
　　　它们给我装反了翅膀，
　　　使我直冲上苍飞行，
　　　想要返回大地却已不能。

我爱梦中的幻境，
厌恶流俗、世情，
蔑视平庸的众生。

我曾执着地寻访，

寻访那圣洁的情人。

人间找不到她的芳踪，

只有在那汹涌的想象力的浪峰

才浮现出她那婀娜的倩影。

我的热情之火越烧越旺，

我的欲念像花朵般开放。

当这阴冷的时代没有理想之光，

我便超越现在飞向黄金的过往。

我访遍了诗人们想象的天国，

像个不知疲劳的使者

到处奔波，闯荡四方。

然而，一无所获，碧落茫茫，

只好投向不洁的欢娱，降落到地上。

我正要投向那浊流，却抬眼一望——

我终于发现了她！

发现她就在我的身旁，

我找到了她！……是为了永远失去她，

为她想断肝肠！

神　甫

我同情你的悲痛，不幸的兄弟！

也许还有一线希望？办法总是有……

告诉我，你这病是否得了很久？

隐名人

病？

神　甫

你为失去她痛哭了多久？

隐名人

多久？我有言在先，谁也不能告诉；
但有人会告诉你。我有个朋友，
他形影不离伴我一路！
（环顾四周）
啊，这儿多么温暖，这静谧的房间，
外面却是风雨交加，雷鸣电闪！
我的朋友一定在门外冻得打颤！
既然是无情的判决把我俩驱赶，
好神甫，请让他也进来避避风寒。

神　甫

我的家从来不曾拒绝过穷人。

隐名人

站住！我的兄弟，我亲自去领他进门。
（离去）

儿　童

哈，哈，哈！爸爸，这是怎么一回事情？

他跑来就胡说八道，唠叨个不停，
穿着又是那样古怪得吓人！

神 甫

孩子们，嘲笑别人的痛苦
将会痛苦一生！
你们不要嘲笑！他很可怜，
这个人得了重病。

儿童们

有病？可他跑来跑去，似乎很健康！

神 甫

他脸上健康，伤在心上。

隐名人

（拖着枞树枝）
进来，兄弟，进来！

神 甫

（对儿童们）
            他精神失常。

隐名人

（对枞树枝）
进来，兄弟，见了神甫，你不要惊慌。

儿童们

爸爸，你瞧！他手上牵的是什么：

他像个强盗，拖着一根大枞树枝。

隐名人

　　（手指枞树枝，对神甫）

隐居者的朋友必在森林！

也许他的形象使你触目惊心？

神　甫

　　　　　　谁的形象？

隐名人

我的朋友的形象。

神　甫

　　　　　　什么？这根棍子的模样？

隐名人

我已说过，他是在森林里长大，

模样儿不够灵巧。

向主人问好！

　　（举起枞树枝）

儿童们

　　　　　　你要干什么？干什么？强盗！快滚！

强盗，你不要打死我们的父亲！

隐名人

啊，不错，我的孩子们，这是个大盗！
可他只残害自身，不伤及别人！

神　甫

你醒醒，兄弟，干吗要这枞树棍？

隐名人

枞树棍？神甫，你可真是学识高深！
你再瞧瞧，连枞树柏树也分不清！
这是临别的纪念，我的命运的印证。
（拿起几本书）
你读读古时候的史书：
希腊人曾有过两种神圣灌木，
谁若与某位姑娘倾心相爱，
便把绿桃金娘花冠往头上戴。
（稍停后）
这柏树枝是她亲手所折，
满怀柔情赠别，
长忆最后一声"珍重"，
一腔心事难说。
从此远走他乡，满目秋光萧瑟。
我留下柏枝为友，相随不离左右！
它无知无觉，却把我的心事猜透，

比多少有知有觉的人更为忠厚。
它不会嘲笑我的眼泪，
也不会厌恶我的怨诉；
它是我唯一的慰藉，
它是我唯一尚存的挚友！
它掌握我心灵的一切隐秘，
你若想打听，它会向你倾吐，
和盘托出，毫无保留。

（向树枝）

告诉他，我为心上人痛哭了多久。
年复一年春去春来，
朝朝暮暮煎心焦首！
记得当年，我接过这柏树，
只不过是半片小叶，幼嫩娇柔：
是我围沙护土精心培育……
浇灌它有我热泪长流。
你瞧，它几乎长成了一棵小树，
多么茁壮，枝繁叶茂！
一旦我这痛苦的生命结束，
再不愿向天发泄恨悠悠，
还靠它绿阴如盖遮我坟头。

（面带温和的微笑）

啊，这树枝上的羽状复叶
多么像我心上人的发辫，
她那头发的光泽
就跟这柏树枝一样鲜艳！

你不信？我拿给你看。

（寻找，从胸口掏出）

这头发卷成一团越理越乱。

（费劲地梳理）

这头发多么柔软，

它来自一位少女的发辫……

可是，只要我把它放在胸间，

它就像件粗毛的内衫把我裹缠，

使我心撕肺裂，呼吸艰难！

啊，我罪孽深重，才受如此熬煎！

神　甫

你放宽心，听我一声奉劝。

唉，我的孩子，你真是苦不堪言。

须知你在阳世的任何罪孽

到阴司都能指望上帝赦免！

隐名人

罪孽？请问，罪孽与我何干？

莫不是纯洁的爱要永遭劫难？

是上帝创造了爱情，创造了玉颜。

上帝把两个灵魂锁上一条魔链，

是上帝使两情相依，缠绵缱绻！

上帝用泉水把它们造得光灿灿，

在上帝赋予灵魂以躯壳之前，

早已使它们难舍难分，紧紧相连！

而今坏人的手使我俩成分飞双燕，

它狠狠抻拉这条魔链，可魔链不断！

相爱的人儿被生生拆散，

尽管我们再也不能相见，

情丝难断，永远围着一个圆周转，

就像那魔链一环套一环。

神　甫

倘若是上帝结下的姻缘，

世人刁难终难拆散！

你二人兴许会苦尽甘来，

良辰美眷，春光无限。

隐名人

只待来生现，今生今世两无缘。

愿她的心剐成片，我的心捻成线，

只要把两颗心儿一处悬，

可如今一切奢望皆成荒诞。

在这世上我和我心上人

已经永别，再也难相见！

　　（稍停后）

当年诀别场面仍在我脑际浮现，

记得那是个秋天……凄凉的夜晚，

明天我将远行……却在那花园留连！

我默默祈祷上天赐我一副铠甲

把我那颗脆弱的心儿遮掩

以抵挡她眼中射出最后的箭！

我在灌木丛里徘徊，走过多少遍！

美好的夜色，至今历历都在眼前：

雨后初晴，园林寂寂，叶上露珠圆。

薄雾笼罩谷地，如茫茫雪海一般；

天上一边乱云飞渡，

另一边月似银盘，

逐渐夜深沉，碧空消失繁星点点。

我翘首望天……等待着启明星出现。

啊，我跟它多么熟悉，我们天天见面！

我俯视下方……透过树丛……往前看，

无意中把她发现！

她站在凉亭前面，

黑暗中闪烁着她白色的衣衫。

她站在那里，一动不动，墓碑一般；

接着她跑了过来，好像一阵清风，

两眼盯着地面……不敢抬头把我看！

她面无血色，白惨惨，

我低头从侧面瞥了她一眼，

看到她眼中泪光闪闪。

"明天，"我说，"明天我就走了！"

"再见！"她悄声回答，我勉强能听见。

"忘了我吧！"我能忘记？

啊，她把事情看得多么简单！

她发出了诀别的宣言，

我只愿此刻天塌地陷，

让我俩一起化灰化烟！

"忘记我吧！"

她说得好不简单！

    （唱）

    不要哭泣，不要悲伤，

    从今分手，天各一方，

    我将永远把你——

    （顿住）

                怀想，

    （点头，唱）

    但我不能做你的新娘！

    （停）

仅仅是怀想？……明天我就远走他乡！

我抓起她的双手，放在我胸口上。

    （唱）

    美丽的姑娘，像天使一样，

      仙姿绰约，压倒群芳，

    蔚蓝的眼睛像五月的骄阳，

      甜蜜的笑靥像鲜花怒放。

    她的亲吻似玉液琼浆，

      像两道火焰相交闪着灿烂光芒，

    像两把诗琴合奏的歌声

      和谐而又嘹亮。

    两颗心儿拥抱在一起跳动，

两张脸儿贴在一起燃烧，

两张嘴巴结合在一起战栗，

两个灵魂彼此交融……

大地和天空在我们身边

喷出热浪千重！

（停）

神甫！你感受不到这幸福的场面！

你从未触到过爱人那甜蜜的唇边！

任世俗者怎样亵渎经典，

任年轻人怎样爱得狂癫，

你心如铁石全不听自然的召唤。

啊，亲爱的姑娘，当我第一次吻你

就已经在天堂里死去过了一遍。

（唱）

她的亲吻似玉液琼浆，

像两道火焰相交闪着灿烂光芒，

像两把诗琴合奏的歌声

和谐而又嘹亮。

（抓住一个儿童欲吻，儿童躲避）

神　甫

他是好人，你为何躲闪？

隐名人

在不幸者面前人人逃躲，

如同回避地狱里的凶魔！

啊，不错，连她也是来去匆匆，

只留下一声"珍重"，

如闪电划过长空。

　　　　（对儿童们）

她为何把我躲闪？

莫非是被我的目光吓破了胆？

莫非我的言辞举动有损她的尊严？

我必须从头细想一遍！

　　　　（回忆）

　　　　　　　　　　我的头脑昏昏沉沉……

不！不！我对一切都记忆犹新，

每一个字我都记得清。

我对她只说过一句话，

　　　　（伤心地）

神甫啊！我只说过一句话！

"明天我要走了，再见！"

"珍重！"……这时她折下柏枝，

分我柏叶半片……

她说："这是我们在这儿

　　　（手指土地）

　　　　　　　　　　唯一的纪念！"

只留下一声"珍重"，

如闪电划过长空！

　　神　甫

年轻人，对你的痛苦我很同情！

可还有人比你的痛苦更深沉。
我自己就不止痛哭过一位亲人。
我超度过自己的父母，
告别了我的两个小天使的灵魂；
把同甘共苦的伴侣送进了坟茔，
我的妻，我对她的爱是那么真诚……
有什么办法？上帝赏罚分明！
一切只能由上帝安排，听天由命！

隐名人

（有力地）

妻？

神　甫

唉，这回忆撕裂了我的心！

隐名人

怎么？到处有人为妻子涕泪滂沱！
与我无关，你的妻子我不曾见过！

（忽然想起）

听我说！可怜的丈夫，不要太伤心，
你的妻子去世之前就是个死人！

神　甫

怎么？

隐名人

（更有力地）

　　　　　一旦有人把姑娘称作妻房，
就已经把她活活埋葬！
一旦她走进别人的家里，
就会抛弃朋友、父母、兄弟，
甚至把整个世界统统遗忘！

神　甫

你的信条是掩饰悲伤的雾障，
你痛失的姑娘不是活得很健康？

隐名人

（讥讽地）

活着？这倒是要感谢上帝的大恩！
活着？怎么，我说的话你不肯相信？
我敢起誓，对十字架，凭上帝圣灵，
她死了，想要复活已是万万不能！

（停顿片刻后慢慢地）

因为死有各种各样，
有的死是普通现象：
老人寿终，儿童哀殇，
男人妇女命断身亡。
一句话，死者成千上万，
每时每刻都有人举丧；
可我见到的马利亚之死，

却是极不寻常。

（唱）

涅曼支流河水清，

广袤原野草如茵，

马林山楂飘落英，

何人墓落无人境？

萧疏荆棘绕孤坟。

（停）

啊，这是何等严酷的景象！

一个青春年少的美貌姑娘，

刚刚来到这个世界上

却不得不告别心爱的爹娘！

你看，她躺在床上是那样苍白，

如曚昽的清晨罩上淡淡的云彩！

人们围着她哭作一团：

牧师低头站在床边，

女仆哭得好不心酸，

女友两眼泪涟涟，

母亲比她们哭得更凄惨，

伤心莫过情人，哭得肝肠断。

你看，生命正在从她脸上消逝，

双目恹恹无精神，

最后一点余辉飘忽不定；

她的双唇昔日如玫瑰般娇艳，

如今却凋谢了，失去了红润，

像盛开的芍药花剪下的花瓣，

布满了青紫的斑痕。
她微微抬起头来，
睁眼把我们张望，
两颊惨白无血色，
头又颓然落到了枕上。
她的双手已经僵冷，
还在跳动的那颗心
越跳越慢，越跳越轻，
终于停息了……她离开了我们，
啊，昔日那双朝阳似的眼睛……
你可看到，神甫，围上了一圈黑晕？
那是悲伤留下的记印！
她那双眼睛熠熠发光，
像戒指上的钻石一样闪耀，
然而灵魂之火再也不能燃烧！
那双眼睛像磷火闪烁却无生命，
像树上的水珠在寒风中结成冰。
她微微抬起头来，
睁眼把我们张望，
两颊惨白无血色，
头又颓然落到了枕上。
她的双手已经僵冷，
还在跳动的那颗心
越跳越慢，越跳越轻，
终于停息了……她离开了我们！

儿 童

她死了！啊，多么不幸！
我听了也真是伤心。
她是你的妹妹还是熟人？
你别哭，愿她的灵魂安息，
我们将每天为她念一遍祷文。

隐名人

这才是一种死，我的孩子；
更可怕的是另一种死亡，
因为那不是立刻丧命，
而是又徐缓，又痛苦，又漫长：
那种死同时落在两个人身上，
但是，杀掉的仅仅是我的希望，
对另一个人却丝毫不会损伤。
她行走如常，安然无恙，
只不过洒几滴清泪，
然后便把一切遗忘，
她的感情就会生锈，
换一副铁石心肠。
啊，那种死同时落在两个人身上！
但是，杀掉的仅仅是我的希望。
对她却丝毫不会损伤！
她安然无恙，身体很健康。
她的死就是这般模样……
谁？啊，我不能说出这个名字！

孩子，这岂不是更加可怕的死？
如果人成了一具睁眼的僵尸。

　　[儿童们躲避。

可她是死了！……我痛哭号啕，
人们围在我的周遭，
都伸长了脖子喊叫，
一个说我骗人，胡闹，
另一个推了我一下说：
　"瞧，他发了疯，她活得很好！"
　　（向神甫）
啊，神甫，尽管那些好事人
千百次地嘲笑，
可是，我的心我知道，
我失去了马利亚，永远失去了！
　　（稍停）
死还有第三种情形：
如《圣经》所说，永世不得翻身。
谁若被这种死亡夺走了生命
那才是倒霉透顶！
孩子们，或许我就是这样丧生，
我的罪孽太重，太深！

　　神　甫
你若是反抗世人，自戕其身，

你的罪孽将比反抗上帝更深沉。
人不是为了眼泪和欢笑而降生，
而是为了有所奉献造福于他人。
不论上帝对你的磨炼多么严峻，
忘却尘芥生命想想世界的无垠，
崇高的思想会熄灭平庸的热情。
上帝的忠仆操劳到老茹苦含辛，
懒汉才会萎靡不振过早地轻生，
躺在墓中等待最后审判的号声。

隐名人

（惊诧地）

神甫！这莫非是魔术？真不可思议！

（旁白）

他准是掌握了神奇的魔术把戏，
或者偷听过我们谈话——牢记。

（向神甫）

我从她那儿听见过同样的教义！
她也是这样对我教诲谆谆，
就在那个诀别的黄昏。

（讥讽地）

那正是适于说教的时辰！
从她嘴里我听到多少高论：
"祖国，科学，荣誉和友情！"
可如今都成了耳边风吹过一阵，
我却心无波澜终日睡昏昏。

曾几何时，

我的灵魂燃烧着那不竭的诗韵，

曾几何时，

米提亚德①凯歌把我从梦中惊醒。

　　（唱）

　　　青春，你要高高飞翔，

　　　驾凌整个人类之上，

　　　像一轮火红的太阳，

　　　从东到西把环球照亮！

　　（停）

她吹口气便驱散了巨大的希望！

只留下一丝踪影，苍白的幽灵，

只留下碎末，齑粉，

小小的蝴蝶寻觅的食品，

她吸口气便能吞个罄尽；

可她又想在齑粉上把宫殿建成！

她把我变成蚊蝇，又想变大力神②，

用花岗岩的肩膀把天来擎。

她是枉费了心！

人身上只有一颗火苗，

它只在青春岁月燃烧。

有时密涅瓦③女神把它吹旺，

---

①　古希腊雅典统帅，公元前490年率领雅典军队在马拉松大败入侵的波斯
　　军队。

②　即阿特拉斯，希腊神话中擎天的巨人。

③　罗马神话中的智慧女神，即希腊神话中的雅典娜。

那时在黑暗的人间
就会出现智者和柏拉图之星
世世代代放射光芒。
倘若傲慢把火苗变成火柱燃烧，
那时就会有盖世英雄觊觎红袍，
通过大仁大德或者更大的罪愆，
把牧羊杖变成统治世界的权标
或眨眼间把旧的帝王宝座推翻。

　　（稍停后，缓慢地）

倘若燃起火星的是美人的眼睛，
那时就只有一点幽光照亮自身，
宛如罗马古墓里的一盏孤灯。

神　甫

啊，不幸的狂热的年轻人！
受伤的心在痛苦中呻吟，
说你不是罪人，我自会找到凭证。
那位美人，你为之丧失了理性，
不仅是容貌牵动了你的痴情。
既然你爱得如此炽热、真诚，
你也该仿效那位天神的心性。
就是罪犯爱上她也会改邪归正，
而你，一个有德之人却丢了本分！
无论人间有什么障碍隔开你们：
虽云笼雾罩，天上星星彼此吸引，
云雾会消散，星星永远交相辉映，

地上捆缚的锁链会随大地粉碎，
两情若是久长时必在天国相会，
虽是不该相爱上帝也不会责备。

隐名人

什么？你全知道？好不奇怪！
　　（模仿神甫的声音）
她心灵圣洁恰似她那如花笑靥，
人世捆缚的锁链会在天国斩断。

你全知道！你偷听过我俩的交谈，
你曾把秘密刺探。
我俩把秘密深藏在心底，
最好的朋友也感到茫然，
因我们曾一手扶着柏树，
把另一只手紧贴在胸前，
发誓永远沉默不对人言。

曾记得有那么一个难忘的晚上，
忽然想起借助画笔神奇的力量，
偷写她的玉容画成了一幅肖像，
拿创造的奇迹去让朋友们欣赏。
可我的至诚敲不开他们的心房，
我的深情被他们视作游戏一桩；
没灵魂的眼睛怎能把灵魂看透，
他们衡量丽质想用冰冷的尺度！

他们仰望高空像天文学家又像狼。
牧人、情人、诗人各有不同的目光。

唉！我把这无生命的画视为神圣，
不敢用脸污染她无防护的双唇，
每天向她道晚安伴着月色晶莹，
如果卧室里偶尔亮着一盏明灯，
我不敢在她面前解带宽衣就寝，
总要用柏树枝遮住她那双眼睛。
可我的朋友们！……也怪我太不经心！
一个从我眼中看到了我的痴情，
咬住了嘴唇几乎要笑出声；
一个打着呵欠说："这么个女人！"
另一个摇头晃脑："你呀！太天真！"
啊，这个该死的理智的先生
到处张扬，何等险恶的居心！

　　（越来越迷乱地）
他到市场上散布，对孩子和行人；
是哪个孩子还是哪个恶棍
跑来向您神甫报告，
您从别人的忏悔里知道了详情……
　　（十分癫狂地）
莫不是你在听忏悔时阴险逼问？

　　神　甫
我们何苦要搞阴谋来欺骗？

是悲痛使你把一切搅成了一团。
如果对人的情感不是视而不见，
那么你们的隐秘也就不难洞穿。

隐名人

对呀！凡人普遍都有种恶习，
白天有什么痛苦埋在心底，
到了晚上便必然涌到脑际，
那时人便不知不觉要梦呓。
许久以前……我有过同样的经历。
第一次跟她见面之后回到家里
便蒙头大睡，对谁也不曾提起。
第二天一早问安时我见到母亲，
她说："你为何突然变得如此虔诚？
竟长夜祈祷，还要叹息个不停，
反复祝颂圣母马利亚的英名。"
我明白了，从此夜夜关紧房门。
今天我同样做不到小心谨慎。
我无家无室到处飘零，到处安身，
经常梦呓……头脑如大海翻腾！
一时狂风骤起暴雨倾盆，
一时悄无声息风平浪静，
多少往事海潮般涌来，
一幅幅画面轮廓分明，
转眼间消逝得无踪无影，
唯有一幅小画铭刻在我心田。

当我置身荒野凝视深潭，

它便像水中明月在我眼前闪现：

我可望不可即，它却总在我身边；

有时我把视线从大地投向蓝天，

于是那天使的形象

也不离左右扶摇直上

追到太空的顶点，

如小鹰舒展双翅随我盘桓。

　　（仰望上方）

它高高飞舞在云端，

不等它扑下抓住地上的我，

就已把我刺伤，它的目光有如利箭；

有时它立住不动，微微有点打颤，

似乎被一面大网纠缠，

抑或是它的翅膀被钉在天上：

她就这样在我头顶上方光灿灿！

　　（唱）

　　　无论世界阳光灿烂，

　　　　还是披着夜的黑衫，

　　　我都能看到她，把她追赶；

　　　　她不跟我一起，但常在我身边。

　　（停）

每当她出现在我的眼帘，

不论是在田野还是在树荫下，

我都不能咬紧牙关默默无言，

总要叫着她的芳名跟她说话。

正是今天早上，有个恶人偷听
阴险地偷听我的心声。
那个清晨……我记忆犹新，
先是一夜大雨淋淋，
谷地茫茫，雾气腾腾，
牧场上朝露未散水珠晶莹，
天上繁星结束了夜的行程；
只有一颗启明星在我头顶，
我看到了！每天我都见到这颗星。
在那儿，靠近那花园的凉亭——

    （忽然想起）

                哈！哈！我斜插着向那儿奔……
这不是那个清晨！哈！浪漫的狂人！
该死的头晕！

    （稍停后，回忆）

那是个清晨，我沉思，埋怨，呻吟，
狂风怒号，大雨倾盆，
我在小树丛里藏身……

    （面带微笑）

那坏蛋在一旁偷听……
不知他是只听到我的怨恨，
还是也听到了她的芳名，
因为他离那小树丛很近。

    神　甫

可怜的，可怜的年轻人！

94

你说什么？谁在偷听？

隐名人

（严肃地）

谁？一只小虫，我敢肯定。

它爬到我的眼前，它的名字叫萤。

它也通人性，

唠唠叨叨把我解劝：

"可怜的人，呻吟哀叹却为何？

切莫伤心自折磨！

美貌原非她的错，

多情也不是你的过。"

"你看看我，"小虫接着说，

"我身上射出一点星火，

在小树林里闪闪烁烁。

我原以为这是我的荣耀，

现在方知它是我的灾祸。

它为我们招来了敌人，

那蝎虎使我多少兄弟丧生！

我诅咒自身的装饰品，

它给我把死亡招引。

我希望这火星快快烧尽，

可要熄灭它，我又不能。

这火会长烧，只要我一息尚存。"

（稍停后手指心口）

是的，这火会长烧，只要我一息尚存！

儿童们

你们听呀……怎样的奇迹！
爸爸，你可听说过奇迹？

　　　　〔神甫两手抱肩下。

难道小虫会说人话？
它也能懂人意？

隐名人

怎么不能？过来，快到桌柜跟前，
俯下身子，耳朵贴近：
这儿有个受苦的幽灵，
请求念三遍《圣母》祷文。
啊，你可听到那哀告的声音？

儿　童

是的，不错，不错。爸爸你来听，
是有个丁丁冬冬的奇怪声音，
就像用枕头压住的钟表
滴答，滴答！这是什么原因？

隐名人

里面有只小小的蠹虫，
由一个大高利贷者变成！

（向蠹虫）

你有什么要求，幽灵？

（装蠹虫的声音）

"我请求念三遍《圣母》祷文。"

是你，吝啬鬼！我认识这个恶人。

他曾经是我的一位近邻；

他把自己埋进了金银，

常用铁杠顶住关闭的家门，

不顾门外孤儿寡妇的哭声。

他从未向人施舍过一片面包，

也不曾向人恩赐过小钱半文。

生前他把灵魂装进了钱袋

躺在桌柜的最底层；

死后他也得不到安宁，

等待他的是地狱里难逃的报应。

他在蛀蚀桌柜，你们听！

嘴像钢钻，疯狂钻个不停。

谁若是想发善心，

为他念三遍《圣母》祷文。

[神甫手捧一杯水上。

隐名人

（越来越不清醒）

啊哈，你们可听得清

这个罪恶灵魂的哀鸣？

神 甫

上帝！你在发什么昏？

　　（朝左右看）

什么也没有，到处是夜的寂静！

隐名人

你竖起耳朵仔细听听！

　　（向儿童）

过来，过来，我的孩子！

你可听得清？

儿 童

　　　　　　不错，爸爸，

那儿确实有个声音。

隐名人

　　　　　　你还不信？

神 甫

睡觉去吧，孩子们，

是你们胡思乱想捕风捉影，

没有一点响动，四周寂静无声。

隐名人

　　（面带微笑向儿童们）

老年人听不见大自然的声音！

神　甫

我的兄弟，洒点水在手心
洗洗你的额头，
给这可怕的热度降降温。

隐名人

（拿水洗额，这时墙上的闹钟开始打点；打过数下后扔
掉水，严肃、阴沉地望着闹钟一动不动）
这闹钟已打了十点，

　　〔鸡叫声。

雄鸡也叫了头遍；
岁月如流，光阴似箭，

　　〔小桌上一根蜡烛熄灭。

这支蜡烛泪已熬干。
还有，还有两个时辰。
　　（浑身发抖）
我身上好冷！

　　〔神甫略带惊诧地望着蜡烛。

　　　　门缝里钻进寒风阵阵：
这儿多么寒冷！

（走近壁炉）

　　　　　　　　　我在什么地方？

神　甫

　　　　　　　　　在朋友的家中。

隐名人

（略微清醒地）

我的来访莫不使你心惊胆战？

来到陌生地方在这异常的时间，

又是这样一身奇特的打扮。

我是不是说了许多昏话？

啊，请你千万别对人言！

我是个可怜的流浪汉，

走过了路途遥远。

（环顾左右，更清醒地）

那还是在我青春时代，

就在大路中间

他对我突然袭击，

剥去了我身上的衣衫。

（微笑）

　　　　　　　　　他是个有翅膀的抢犯。①

我没有衣服，能找到什么

都胡乱往身上穿。

———————

①　指爱神，长有翅膀。

100

（摘掉身上的树叶，整理长衫，伤心地）
啊，他把我抢劫一空，
夺去了世上的一切珍宝；
我身边留下的
唯有这件贞洁的长袍！

神　甫
（一直望着蜡烛，对隐名人）
你安静些，真是天知道，
　　（对儿童）
　　　　　　　　是谁把蜡烛吹灭了？

隐名人
每个奇迹你都想解释原因，
跑去求助于理性……
但是，大自然也像人
有自己的秘密事情，
不仅瞒过了芸芸众生，
　　（热烈地）
就是对神甫和智者也不言明！

神　甫
（拉起他的手）
我的儿子！

隐名人

（激动而又惊诧）

儿子！这一声宛如雷鸣电闪！

我的理智也冲出了无边黑暗！

（审视）

不错，你就是我的再生之父，

这儿正是我的故园！

我认出了这可爱的小屋！

这一切真是大变！

孩子们长大了，你也是白发皤然！

神　甫

（慌乱地举烛审视）

什么？你认识我？是他……

不……是……不……这不可能！

隐名人

古斯塔夫。

神　甫

古斯塔夫！你，古斯塔夫！

（拥抱）

古斯塔夫！仁慈的上帝啊！

我的学生！我的儿子！

古斯塔夫

（拥抱神甫，一边望钟）

父亲，我还能拥抱你一次！

然后……很快……我要动身远行！

啊，将来有一天你也会走这条路，

那时我们会相聚一起永不离分！

神　甫

古斯塔夫，我的上帝！

你从哪里来？这漫游岂不是太长？

年轻的朋友，你一向生活在何方？

这么多年如石沉大海，音信渺茫，

为什么不见你片言只语寄家乡？

古斯塔夫，你的出走使我好心伤，

曾几何时，你是全体同学的榜样，

在你身上寄托了我美好的希望，

你怎能自暴自弃，着此古怪衣装？

古斯塔夫

（气愤地）

老师！难道要我唇枪舌剑相非难，

诅咒你的教育，见面就吵得不欢？

杀我者是你！教我知识去我愚顽！

教我认识世界，诵读华美的诗篇！

你给我把人间变成了地狱

（带着痛苦和微笑）

　　　　　　　　和天堂！

　　（更有力地并带着轻蔑）

可人间不过是原来模样！

　　神　甫

　　　　　　　　　　　我听见了什么？啊，耶稣圣灵！

我想毁掉你？我有颗干净的良心！

我爱你如同自己的骨肉亲生！

　　　古斯塔夫

　　　　　　　　　　这正是我原谅你

不算旧账的原因！

　　神　甫

　　　　　　　　　　　　啊！为别的事我从未哀告过上天，

只求生前尚能见你一面！

　　　古斯塔夫

　　（拥抱）

让我们再拥抱一遍，

　　（看着蜡烛）

　　　　　　　　　　　赶在第二支蜡烛熄灭之前。

上帝垂怜，实现了你的心愿。

可是时间太晚，

　　（看闹钟）

　　　　　　　　　　我要走的路非常远！

神 甫

我多么想听听你的经历，

可是你累了，需要好好休息。

明天……

古斯塔夫

            谢谢你，我不能待在你的客栈，

因为我如今已付不起房钱。

神 甫

什么？

古斯塔夫

            啊！不错！欠债不还要受诅咒！

一切都要偿还：或者用辛勤劳动，

或者用感激，以一滴清泪为报酬。

还完了债才能重获天父的宽佑。

可我走过了那么多记忆的国度，

每个熟悉的角落都使我泪长流。

如今是夙债已偿清眼泪也流干，

我不愿再欠新债既然无力偿还。

（稍停后）

前不久我曾探访过先母的住房，

几乎认它不出，只剩下断壁残墙！

我抬眼一望，破落，空虚，好不凄凉！

篱笆倒塌，铺地的石头也被搬光，

满院是苔藓，苦蒿没膝，荒草掩门，
宛如北方的墓地，周围寂静无声！
遥想当年每逢我小别回家探亲，
那时迎接我的却是另一番情景：
未入家门便有人向我问寒问暖，
殷勤的家仆为接我驱车到城边；
姐妹兄弟都跑到街上欢欣雀跃，
"古斯塔夫！"他们围住了马车呼叫，
又回头跑去，手里摇着糕点礼物；
妈妈站立在门口等着对我祝福，
同学朋友，又吵又闹，好一阵欢腾！
而今是空屋，静夜，不见一个活人！
只听见哀哀犬吠，沉沉敲击之声：
啊！是我家的黑狗，这忠实的畜生！
你这勇敢卫士，昔日受全家宠幸，
群仆朋友已风流云散唯你犹存！
长年来你忍饥挨饿，瘦得皮包骨，
守护没锁的大门、无主人的房屋。
黑黑！过来！它两脚直立侧耳细听，
投向我怀里，呜咽着结束了生命……
我看到窗口有亮光：怎么回事情？
原来是窃贼举灯持斧正在搜寻，
把昔日最后一点圣迹破坏殆尽！
就在当年放我母亲卧榻的房间，
窃贼劈开了地板又砸碎了垫砖。
我抓住了贼，扭断了他的喉咙管！

我坐地痛哭，面对黎明前的黑暗，
有人走过来，拄着拐杖，步履蹒跚。
是位妇人，衣衫褴褛，年高病恹恹，
那模样就像炼狱里的鬼魂一般。
当她看到这空屋里可怕的景象，
画了个十字，惊叫一声跌坐地上。
别害怕！上帝保佑，亲爱的你是谁？
为什么大清早就在这空屋徘徊？
"我是个穷人，"她泪流满面地回答，
"这幢屋子里当年住着我的东家；
他们是好人，但愿他们早升天界！
可上帝却没有顾惜他们和后代：
他们死了，房倒屋塌也无人照管，
少爷出走无音信，多半不在人间。"
我心血如潮涌，颓然依靠在门边……
唉！难道一切都成过往一去不返？

神　甫
除了上帝和灵魂

一切都是过眼烟云：幸福与不幸！

古斯塔夫
那幸福时刻多少事我记忆犹新！
我和孩子们在这小院堆过沙盘，
我们也曾跑到树林里掏过鸟蛋；
想游泳有窗前那条清澈的小河，

牧场上我和同学们玩过追跑捉。

傍晚和清晨我在灌木丛中藏身，

为了拜访荷马 ①，或找塔索 ② 谈心，

或观看杨三世 ③ 在维也纳获大胜。

我曾召集学友在小树林演兵，

这一边血红的月牙旗 ④ 森森严阵，

那一边结集的德国兵胆战心惊；

我一声号令横刀跃马，盘弓搭箭，

我身后明晃晃波兰战刀如闪电！

我们披星戴月，黑夜鏖战到黎明，

砍掉无数脑袋，抛下无数缠头巾；

土耳其精兵落花流水溃不成军，

失去骑手的战马直冲土城狂奔，

我军一直追到土城下斩草除根……

那座山丘就是我们设想的土城。

她站在那里观看孩子们的游戏，

看到她的倩影挨着先知的大旗 ⑤，

戈德弗雷 ⑥ 和杨转眼都销声匿迹。

从此她成了我行动、思想的主人，

从此我日思夜梦，只为她而生存！

---

① 荷马（前873—？），古希腊诗人。

② 塔索（1544—1595），意大利诗人。

③ 杨三世·索别斯基，波兰—立陶宛联邦最后一位强大的国王，1674—
　　1696 年在位。曾在维也纳城下打败奥斯曼帝国。

④ 奥斯曼帝国的旗帜。

⑤ 穆斯林军队的帅旗，先知指穆罕默德。

⑥ 塔索的长诗《被解放的耶路撒冷》的主人公。

这一带她的芳名早已家喻户晓，
我却是第一次见到她神仙容貌。
她在山丘第一次赏脸跟我交言，
在山丘我俩共读卢梭同声慨叹。
就在树荫下我给她建了个凉亭，
我从林子里为她采集鲜花果品；
她也曾依偎着我，伴我垂钓溪头，
把闪银光的鲤鱼、鲑鱼扔进鱼篓。
可是今天……

　　　（大哭）

神　甫

　　　　　　　　你哭吧，怀念能揉碎我们的心灵，
可惜却不能改变我们周围的环境！

古斯塔夫

而今别后几春秋，世事沧桑几度，
当年幸福难温，伤心不敢重回首！
倘若你怀一块没有生命的石头，
因是儿时玩具，带着它到处飘流，
有朝一日你万里迢迢重归故土，
人已面目全非石头却形态依旧；
孩提时代在保姆跟前同它嬉耍，
如今得放进棺材伴你皤然白发。
这石头若不能涌出苦涩泪如雨，
神甫，你不必审问，把它扔进地狱！

神　甫

倘若哀伤是用幸福的仙酒和掺，
这眼泪不再是苦涩而是蜜样甜；
多情常把热泪献上人类的祭坛，
只有罪人的眼泪才是毒汁苦胆。

古斯塔夫

我想告诉你……我又去过那座花园，
在同一个时刻，又是深秋，晚风寒，
同样是翻滚的乌云掠过了天空，
同样苍白的月色，同样是露华浓，
同样是雾飘谷地，犹如雪海一般；
又是夜深沉碧空消失繁星点点，
那颗启明星又在我头顶上出现，
那星儿似曾相识，其实天天见面。
旧地重游又燃起我当年苦思念，
一切都如往昔只有她不得相见！
我走向凉亭，听见了窸窣的响声，
莫非是她？……不！那是风吹败叶枯藤。
凉亭！我幸福的摇篮，埋我的坟茔，
我们在此相逢又诀别，你是见证！
这儿也许是她昨天坐过的地方，
这儿也许还留下她的气息芬芳！
我悉心倾听，四处观望，徒劳寻访，
只看到蜘蛛在我头顶上方织网，
它粘着片小叶，靠一根游丝飘荡。

我俩存身世界的希望一样渺茫！
我背靠大树，忽然见到长凳边上
有束小草，一片小叶躺在草中央，
正是我怀中这片小叶的另一半——

（从怀里掏出半片柏树叶）

我想起那最后一声"珍重"泪潸然！
我和它旧友重逢，情切切意悠悠。
我跟它谈了许多，盘根问底不休：
问她夜里可安宁？清早如何解闷？
什么歌曲经常飞出她的钢琴？
她常爱到哪一股泉水旁边散心？
她常爱坐在哪一个房间里思忖？
提起我她可曾满面红霞染云鬓？
她可曾时不时无意之间念故人？
老天啦！我的好奇心受到了严惩！

（气得以拳击额头）

女人！

（唱）

        一开头……

（忽停，转向儿童们）

        孩子们！你们可知一支古老的歌？

（唱）

对你朝思暮想，
时时刻刻难忘。

儿童们

（合唱）

　好可爱的姑娘，

　　时时刻刻把你想望。

古斯塔夫

后来是一天想一次，

再后是一次管一周。

儿童们

　好多情的姑娘，

　　一周一次把你想望。

古斯塔夫

再后是一月想念你一回，

月初或者是月尾。

儿童们

　好善良的姑娘，

　　一月一次把你想！

古斯塔夫

钟情好似水长流，

难得相思为你愁：

一年想念你一次，

都在复活节前后。

儿童们

　　好客气的姑娘，

　　一年还有一次把你想！

（停）

古斯塔夫

于是——

　　（展示小柏树叶）

　　　　　　　　她把昔日最后的一点残迹抛弃！

她心中再不能保留对我的记忆！

我走出花园，昏昏沉沉信步而行，

一股无形的力量引我向豪富华门。

府第辉煌灯火驱散了夜的黑暗，

门前车马如龙一派欢声笑语喧。

我一步一步偷偷摸摸靠近墙边，

来到玻璃门前，瞪大好奇的双眼，

酒席齐备，所有的门都半开半掩；

是这般歌舞升平——什么盛大节庆！

祝酒！……我听到一个名字……如箭穿心！

"万岁！"我又听到一个陌生的声音，

"万岁！"上千张嘴发出同样的叫嚷；

"万岁！"我也在轻声呼唤，"祝你健康！"

然后——啊，这回忆本身就要我的命！

牧师说出了第二个名字，又是欢腾！

　　（仿佛盯着门看）

有人笑着表示感谢……是她的声音！

我看不清，玻璃挡住了我的眼睛，
愤怒使我疯狂，我用肩膀去撞门，
想砸碎玻璃……却倒下失去了灵魂……
　　（稍停后）
不是失去了灵魂……只是失去理性！

神　甫

不幸的人！你是自寻烦恼枉费神。

古斯塔夫

我像个死人，身旁是婚礼的嘉宾，
我躺在苦泪浸透的一片青草坪，
世上最后的爱和恨在脑际纷争！
我醒来了，瞥见一轮朝日如血盆。
我定定神：既无喧闹也不见华灯。
啊，那一刻犹如迅雷又似夜漫漫！
再逢同样时刻除非最后的审判！
　　（稍停后徐缓地）
死亡天使把我带出了天堂乐园！①

神　甫

何必自寻苦痛撕开愈合的伤痕。
我的儿子，有个警句可万确千真：
失去的不可挽回逝水不能复还，

---

①　暗示古斯塔夫当时自杀了。

114

这是上帝意志死生离合皆前定。

古斯塔夫

（伤心地）

啊不！上帝为我们安排了共同生命，

襁褓中照耀我们的是同一星辰，

彼此虽经历不同，却是生来平等。

我俩郎才女貌，又天设地配同庚，

有着一样的喜和忧，一样的爱恨，

一样柔肠千回百转脉脉两情深。

为使这无双情侣结成如花美眷，

上帝也牵了红线——

（以极大的悲哀）

你却把它扯断！

（更有力地，充满愤怒）

女人！你这轻狂的生灵！杨花水性！

虽然生就了天使羡慕的丰韵，

但好皮囊包不住丑陋的灵魂……

天啦！金钱使你瞎掉了眼睛，

闪光的空肥皂泡是你的名声！

愿你手摸什么立地变黄金；

让黄金塞住你的嘴巴，堵住心，

愿你去跟冰冷的黄金拥抱、亲吻！

若是我成了别的姑娘的意中人，

哪怕那姑娘美貌绝伦，

超出了上帝创造的标准，

压倒了天国仙人，

打破了诗人的想象，我的梦境，

哪怕她比你还要妖娆十分……

我也不会见了新人弃旧人，

只要你投我一个甜蜜的眼神！

即使塔霍河的黄金 ①

统统流进她的嫁妆，

即使她有个王国

高高耸立在天上，

为了你我也能把她遗忘！

多少黄金也买不了我的心，

多少姿色也打不动我的情，

她苦哀求不能分享我半点生命，

为了你却整个儿徒然耗尽！

即使她只求我一年半载的钟情，

即使她只求我给一次温存，

即使她只求我给一个眼神，

我也不会答应！

不！我不允许那样的婚姻。

（严厉地）

而你却用无情面孔冷酷的心，

一句话就宣判了我的死刑。

是你燃起了可憎的大火冲天，

它把连着你我的链条烧断，

---

① 塔霍河主要在西班牙境内，古代盛产黄金。

它像地狱的烈焰横在你我中间，
让我永生永世受熬煎！
你杀了我！狐媚子！引起天怒人怨，
我岂能容你……另结新欢，
我要去，我要叫负心人浑身抖颤！

    （拔出短剑，带着疯狂的讥讽）

去给贵族老爷送把闪光的短剑，
用它敲碎酒杯大闹婚礼的豪宴……
哈！你这女性的败类！
我要给你的脖子套上死的花环，
我要把你抢走，带到地狱深渊，
我要去……

    （止步，思索）

            啊不！不……不能……她若红颜命断，
我岂不是比地狱的魔鬼更凶残！
扔掉这可憎的铁片！

    （收藏短剑）

        让记忆使她昼夜不安，

    〔神甫走开。

让天良的匕首刺她的心尖！
我要去，但不带短剑；
我要去，只为了瞧她一眼。
大厅里光灿灿披金戴银皆华胄，
婚宴上醉颜酡狂呼乱吼！

我破衣烂衫，一片树叶贴在额头，
我走进去，站在桌旁静候……
突然站起一群惊讶的贵族，
推推搡搡纷纷向我祝酒。
他们请我入席，我站着像块石头，
一个字也没有透露。
大厅里响起了舞曲放开了歌喉，
人们欢蹦乱跳歪歪扭扭。
女傧相向我走来伸出纤纤素手，
我一手举着树叶一手按在胸口，
一个字也没有透露！
这时她说了话，带着天使的魅力：
"我的客人！请问，你是谁？你从哪里来？"
我一声不吭，心中却在啜泣，
我只是逼视着她，目不转睛。
哈！用眼睛！毒蛇的眼睛，
它们集中了我满腹的仇恨。
让她变成瞎子，像岩石般冰冷，
我要用目光刺穿她的心！
像地狱的浓烟熏她的眼睛，
我要在她心中刻下永恒的烙印。
我要叫她白天不得安宁，
夜晚从梦中惊醒。

（声渐缓，带着柔情）
可她是那样温柔，那样娇嫩，
犹如草坪上一朵春天的蒲公英，

一阵西风就能把她卷得无踪影，
一滴露水也能使她战战兢兢。
我若情绪波动她便萦怀耿耿，
我有一句重话就能伤她的心，
我面带一丝愁云她便暗自伤神。
我俩这般洞察彼此的灵魂，
真是柔情脉脉，心心相印，
两个生命已融为一体难舍难分。
我们的面颊如同明镜，
顾昐之间便能照透内心。
每当我的眼中柔情一闪，
这道光立刻飞进她的心田，
又从她的眼中射出光辉灿烂。
啊！我爱她！爱得如此深沉！
有情人岂能去做索命的幽灵？
对她能要求什么？啊，卑劣的妒火！
她有什么罪过？
莫非她用含糊的话语欺骗了我？
莫非她用媚人的微笑把我诱惑？
莫非她佯装假面让我丧魂失魄？
莫非她有过海誓山盟千金一诺？
莫非在梦中她点燃过希望之火？
没有！没有！都是我单相思着了魔，
我自己酿的毒酒只有自己来喝！
我发了什么疯？我手中有何权柄？
有什么能为我受的屈辱鸣不平？

高尚的德行？英勇的行为？好名声？

什么也没有！唯有这失败的爱情！

我知道，因此我才能防意如城，

从来不曾表现过放肆的热情，

从来不曾要求她为我消魂：

只求她念我痴心，略事垂青，

只求她朝夕相伴聊慰愁人，

即使形同兄妹如骨肉至亲，

我也会心满意足。上帝可以作证。

只要我能说：昨天我见到了她，

明天又能跟她见面，

从早到晚都能围着她团团转，

天天向她问安，坐到她的桌边，

我就会感到洪福齐天！

　　（稍停后）

　　　　　　　　我这是无计留人空嗟叹。

你身边是一双双嫉恨的眼睛，

狡猾的蛇蝎成了你的卫兵！

你我就是想见一面也不能，

咫尺天涯路隔断有情人。

他们逼得你变心……

我丧命！

　　（悲痛地）

　　　　　　　　冷酷的人们！你们不可想象，

隐居者的死是何等凄凉！

我独自同世界告别，孤苦伶仃：

没有一只亲切的手为我合上眼睛，

没有人围在床边给我守灵，

没有人跟着棺材给我送葬，

没有人抓把净土撒在我的坟上，

没有人哭我泪汪汪！

唉，倘若我能出现在你的梦境，

倘若你能记得我的苦闷，

至少能穿一天服丧的黑裙，

哪怕有朵白花别在你的衣襟！

偶尔偷看一眼……泪盈盈……

哪怕能叹息一声：他爱得真诚！

　　（嘲弄地）

算了吧！收起你的假意虚情！

我生为幸运儿，死时涕泪零？

上天已夺走了我的一切，

却不能剥夺我最后一点自尊！

生前我不曾哀告于人，

死后也不会乞求怜恤！

　　（坚定地）

随你的便，你是自己命运的主宰，

忘记我！我也把你忘怀！

　　（困惑地）

　　　　　　莫非我已忘却伊人情影？

　　（做沉思状）

轮廓越来越暗淡……已是模糊不清！

我已落入永恒的深渊，

蔑视尘俗的疯癫……

（稍停）

唉，又是叹息！为何长吁短叹？

哈！活着是铭心刻骨的思念，

不！死后我也不能把她忘在一边。

我看见了她，她就站在我的面前！

泪珠滚滚，为我哭得好不心酸！

（伤心地）

哭吧，亲爱的，你的情人黄泉路近！

（坚定地）

勇敢些，古斯塔夫，结束你的残生！

（举起短剑）

（伤心地）

别害怕，亲亲，他不怕死，也无怨艾！

别难过，他什么也不往阴间带！

是的，我把一切，一切，都留给你，

留下生活、世界和欢乐，

（愤怒）

和你的丈夫！……让一切与你同在，

我一无所求，不要你为我还泪债！

（面对正带着仆人上场的神甫）

你听着……倘若有一天你见到……

某个超凡淑女……那位女性，

倘若她问起我死去的原因，

你休要说是由于绝望伤心；

要说我一直很快活，面色红润，

说我从未提起过昔日的情人；

说我跟朋友嬉戏终日，打牌豪饮……

说我喝得醉醺醺……

说我跳舞时……

　　　（跺脚）

　　　　　　　　　　　扭断了脚筋，

因此而丧了命……

　　　（把短剑刺进胸口）

　　神　甫

　　　　　　　　耶稣，马利亚！你把上帝触犯！

　　（抓住古斯塔夫的手，古站着）

　　［闹钟开始打点。

　　古斯塔夫

　　　（同死亡搏斗，望着闹钟）

这闹钟在打十一点！

　　神　甫

古斯塔夫！

　　［鸡叫二遍。

　　古斯塔夫

　　　　　　　雄鸡也叫了二遍！

岁月如流，光阴似箭！

[闹钟打完点，第二支蜡烛熄灭。

又熄灭了一支蜡烛！
苦难到了尽头！
　　（拔剑，收藏）

神　甫

上帝呀！你们快救救他，想个办法！
啊，他刺得好深，直插到剑把，
疯狂的牺牲品，他就要倒下！

古斯塔夫

　　（面对，冷笑）
　　　　　　　　　其实不会倒下！

神　甫

　　（抓住古的手）
罪过啊！上帝，宽恕他……
古斯塔夫！古斯塔夫！你呀！

古斯塔夫

这样的罪不会天天犯，
切莫空把心担；
犯过了，谴责了，只为留下教益，

犯罪的人才重演痛苦的场面。

神　甫

什么？这是何意？

古斯塔夫

魔法，幻象，把戏。

神　甫

啊，我毛发兀立，战战兢兢，
以上帝圣名！这是怎么回事情？

古斯塔夫

（眼望闹钟）

已过了两个时辰：爱情和伤心，
现在的这个时辰是：教训。

神　甫

（想扶他坐下）

坐下，躺倒，把这凶器扔掉，
让我给你把伤口包扎好——

古斯塔夫

我答应你，说到做到，
不到最后审判短剑不会出鞘。
伤口不用担心，你看我不是蛮好？

神 甫

天啦！我不知道，这是……

古斯塔夫

狂怒的功绩，

也许是变戏法？——有一种贵重的利器，
它会刺透你的心，溶化在灵魂里，
然而并不伤害你的身体。
我曾两度被那利器刺得血淋淋……

    （稍停后，面带微笑）

那利器在我生前是妇人的眼睛，

    （面色阴沉）

而死后是痛苦的罪人的悔恨！

神 甫

以圣父、圣子和圣灵之名！
你怎么像是没有生命？不敢看人？
瞧，你的目光，是这样散漫无神！
脉搏也不跳动，手像铁一样冰冷！
这一切是怎么回事情？

古斯塔夫

以后再说原因！

你听听，我为何又来到这世上。
我来找你，站在你家的门旁，
我记得，你正同孩子们一道祈祷，

为死者的灵魂得救祝告上苍。

神　甫
（手扶耶稣受难像的十字架）
不错，我们这就做完祷告。
（把孩子们拉到身边）

古斯塔夫
喏，告诉我，但要真诚——
对地狱和炼狱你是否相信？

神　甫
我什么都相信，
只要是写进了耶稣的《圣经》，
凡是教会所荐我都信得虔诚。

古斯塔夫
你可记得祖宗的信仰、风习？
啊！那美好的节日，对亲人的回忆，
你为什么取消了祖上的先人祭？

神　甫
那节日起源于多神教的时期，
教会令我取消，我是照章办理，
感化百姓，消除迷信的遗迹。

古斯塔夫

(用手指地)

可我代表他们，向你恳切建议，
给我们恢复古老的节日先人祭。
在那万能之主的宝殿有座天平，
我们的一生都要放在天平上称，
仆人的一滴泪重于虚伪的祭文——
倘若这一滴泪水确是出自内心，
倘若在你死时他哭得真正动情，
胜过雇佣的仪仗和盛大的出殡。
倘若百姓在那善良的贵族死后，
在他的坟前点上一支小小蜡烛，
这蜡烛在阴曹地府里发出的光
比千百盏假意志哀的灯火更亮。
倘若有人向他把蜂蜜牛奶奉献，
在他的坟上撒把面粉作为祭奠，
他的灵魂享受的供品，会千百倍
胜过他的亲属举办的送葬酒宴。

神 甫

可是先人祭的集会常是夜静更深，
在教堂、荒野，或者是地穴里举行，
充满了巫术、念咒仪式亵渎神灵，
使百姓们深深陷入黑暗和愚蠢；
因此才有那些奇怪的迷信故事，
讲幽灵、鬼怪和迷人的妖精。

古斯塔夫

你是说没有幽灵？

（嘲弄地）

这个世界没有灵魂？

它活着，但只是像副赤裸的骷髅，

是医生用神秘的弹簧让它行走；

或者说它像一座巨大的钟，

靠重锤推着它转动？

（微笑）

你们不知那钟摆是何人所安！

理性给你们齿轮和弹簧的知识，

可你们看不见上簧的手和钥匙！

一旦把你们眼中那重厚幕揭开，

也许能看到周围有无数生命

在推动世界这无生命的巨块。

（向正走来的儿童们）

孩子们，快来到桌柜跟前。

（向桌柜）

你有什么要求，可怜的幽灵？

桌柜里的声音

我请求念三遍《圣母》祷文。

神　甫

（恐怖地）

上帝呀！……快去……把更夫唤醒。

道成了肉身！……你们快去叫人！

古斯塔夫

可耻呀，神甫！怎忘了信仰和理性？
十字架的威力胜过你全体仆役，
谁若是敬畏上帝，他便无所畏惧。

神　甫

说吧，需要什么……你这鬼魂！幻影！

古斯塔夫

我！什么也不需要，需要的是他们！
　　（捕捉蜡烛旁的飞蛾）
是你在这里？飞蛾先生！
　　（走向神甫，给他看捉住的蛾）
这群蛾子飞来飞去时隐时现，
他生前扑灭过教育的每点光焰，
为此他将受最后审判永堕深渊；
他正带着有罪的灵魂到处流浪，
他非常讨厌光却被迫往光上闯，
对于阴暗的灵魂光是最大灾难！
瞧这一只穿着大花衣色彩斑斓，
他生前是个小王侯或富贵权奸，
他曾张开淫威的翅膀
使州州县县一片黑暗。
这一只小一点黑黢黢大腹便便，

他生前是个愚蠢的书报检查官，
他曾把艺术的花朵恣意摧残，
一见到美他就用黑墨涂点，
一见到甜他就用毒舌吸干，
或用脚踩进地里封得严严；
他把科学的幼芽拦腰折断，
用虎狼的牙齿咬得稀烂……
这一群嗡嗡叫吵个不停，
都是些谤书的作者专制的媚臣。
他们的主子对哪一片园地怀恨，
哪里便会出现一团该死的乌云，
把刚刚破土或已成熟的庄稼
像蝗虫一般吃光啃尽。
孩子们，为这些有罪的灵魂，
不值得念三遍《圣母》祷文。
可还有另一种灵魂值得怜恤，
他们之中有你的朋友和学生，
是你教他们想入非非壮志凌云，
你错把他们天赋之火烧得通明。
他们生前为了赎过已历尽苦行，
我一入阴司大门便说明了原因：
我把生命压缩在三个暂短时辰，
重受一遍痛苦只为你吸取教训。
你去祝告上苍为他们祈得宽佑，
至于我，除了一点怀念别无所求。
我的生命已经是对罪过的严惩，

今天，不知我是受赏还是受刑。
谁若是在人间领略过天国柔情，
谁若是觅得称心佳偶绝色丽人，
谁若飞出了碌碌凡尘达到胜境，
沉溺于爱人怀抱任她荡魄摇魂，
用她的头脑思想仰她鼻息生存，
死后也会把自我意识丧失殆尽，
成为心爱人儿的附属品，
只不过是她的身影。

　　谁若生前依附圣主受他的恩宠，
死后也会同他分享天国的光荣；
谁若与恶人为伍必被推下地狱，
跟他一起受煎熬忍受烈火熊熊。
幸好上帝使我成了天使的奴隶，
对她和我前程露出了一丝笑意。
可是我飘悠不定只为丽人倩影，
时而身在天堂时而受地狱酷刑。
每当她想念我唉声叹气泪涔涔，
每当抚摸那金发亲吻她的娇唇，
千古赏心乐事人同呼吸影成双，
我便是身在天堂！
可有时！……唉，你们也有所爱，定知道
那是怎样的妒火中烧！
我还不得不久久地在人间流浪，
直到上帝把她召唤到自己身旁；
那时我将紧紧追随心爱的天使，

这飘摇的影子也偷偷溜进天堂。

[闹钟开始打点。

（唱）
请你们认真听细思量，
上帝的旨意切不可忘：
谁生前哪怕一次到过天国，
死后就不会立即进入天堂。

[闹钟打完点，鸡叫声，圣像前的蜡烛熄灭，古斯塔夫
消失。

合　唱
我们要认真听细思量，
上帝的旨意切不可忘：
谁生前哪怕一次到过天国，
死后就不会立即进入天堂。

易丽君 译

先人祭

第一部
场　景

[舞台的右边——有个姑娘待在空寂的房间——房间一边有许多书籍，一架钢琴，左边的窗户冲着田野；右边有面大镜子；桌上有支行将燃尽的蜡烛和一本敞开的书（浪漫小说《瓦莱丽娅》①）。

姑　娘

（从桌边站起身）

可恶的蜡烛！偏巧在这时燃到尽头！

我无法阅读——难道到了入睡的时候！

瓦莱丽娅！古斯塔夫！天使般的心上人！

啊，我经常青天白日醒着梦见你们，

睡着了也与你们同在，有上帝作证！

悲伤的故事！多么悲伤的学问之根！

（片刻间歇，面呈厌恶之情）

我何苦去读？由远及近已接近尾声！

如此一对情人在这里

---

① 当时流行的长篇小说，作者是俄国作家伯爵夫人克吕德莱尔（1764—
　　1824），该书受《少年维特之烦恼》影响，描写一对青年恋人的不幸爱
　　情，男主人公也叫古斯塔夫。

（以手指地）

等待什么不同的命运？

瓦莱丽娅！你置身于人世间女子之群

值得艳羡，因为有这样的情人

对你顶礼膜拜如神，

别的女子幻想这样的情人虚度了一生，

在每张新的面孔上寻找他的迹印，

在每个新的嗓音里徒劳地研究他的音韵，

只有那声调能触动她的灵魂。

因为别的面孔像见过美杜莎① 的脑袋

流露出岩石一般的坚硬，

他们说的话比深秋的淫雨更为冰冷！

我每天带着对枯燥的形象和事件的记忆

回到寂寞，回到书本——回到幻想里，

像个旅人，给抛到荒野的岛屿上，

每日清晨把目光和双脚送往不同方向，

在那里真的是见不到一个亲近的生灵，

夜晚便回到自己的洞穴返回绝望。

发了疯的人，但愿能爱上自己孤寂的石墙

不要拉扯锁链，别去刺激旧伤。——

----

① 　希腊神话中戈耳工三女妖中的一个。据说原为一美丽少女，为波塞冬所
爱，因而惹恼了女神雅典娜，把她的美发化为毒蛇。她能使看到她的头
的人化为石头。

你好，我的洞穴——被关在洞里的人岁月绵长，
让我们学会当个囚徒出于自己的愿望——
难道我们找不到可做的事？昔日的智者们
自己关在洞穴寻找宝藏，或药物和砒霜——
我们这些无辜的年轻人
让我们去寻找它们，为的是毒化自己的梦想。
而如果进坟墓的入口有信仰阻挡，
让我们把自己的灵魂在生前就埋入这些篇章。
得以漂亮地复活并在这样的死后，
通过这样的坟墓有条路走向爱丽舍牧场 ①。
居住在虚构世界的影子当中，
枯燥的现实世界的丧失将得到补偿。
影子？在尘世的兄弟之间从来没有
这样的影子，莫不是被囚禁者濒死的形象？
他们的灵魂由诗人们的妙笔得以生存，
仅从云中的美丽词语找到外形？
我不能用这种思想得罪自然，
我岂能亵渎造物主，也使自己不得心安？

在大自然中，在肉体和灵魂的共有家园，
所有的造物都有自己亲近的另一半：
每道光线，每个声音都跟相关的另一半结缘，
通过色彩和声调展示相互一致的欢颜；

---

① 　古希腊人认为爱丽舍牧场位于大地的尽头或地下世界，供有德之人的灵
魂居住。

一粒微尘在无数的造物中漫游，
最终落到亲近原子的心头；
唯有一颗多情的心满怀永恒的思念
成为一个孤儿留在造物的家族？
造物主给了我这颗心，虽说日常人群
无人能认出它，因为无人理解，
将来某个时候，哪怕是在天尽头
定有某个人飞向我，成为我的知音！

啊，假如我们能冲破分隔的乌云，
哪怕在死前张开思念的翅膀彼此接近，
哪怕仅用一个字，一个眼神，——
                        哪怕只有短暂的一瞬，
便足以让我们知道，我们双双都是活人。
到那时，灵魂为自己的温情所笼罩，
欢愉把成串的苦难一扫而光，
阴暗、沉寂的洞穴会变成美丽的天堂！
我俩兴冲冲去认识它，双双把它拜访，
大凡美好的一切都在头脑里大放光芒
大凡高尚的一切全都涌到神秘的心房，
爱人的眼睛光彩熠熠出奇地明亮，
宛如宝石镶嵌在水晶的胸膛！
到那时我们能靠回忆活生生重现过往，
能靠预感使未来变得其乐融融无比欢畅；
而在此可贵的时刻让我们尽情享受
结合美好的一切充分完整地活上一场；

也许我俩就像朝霞吐出的雾，
在春天的清晨向着天空冉冉上升，
轻盈盈，影影绰绰，可一旦升到天顶，——
就会爆炸，在群星中闪耀出新的火星。

[舞台的左边，一群端着食物和饮料的农民合唱队上场；合唱队为首的是一个老人。

祭　师

到处是沉默，到处是黑暗，
让我们带着警觉的耳朵，戒备的眼睛
匆匆赶去参加秘密祭典，
轻声哼唱，迈着缓步；
我们哼的不是圣诞节歌谣，
我们哼的是葬礼的曲调；
不是到贵族庄园作新年祝福，——
而是眼含热泪去寻找坟墓。

合唱队

乘如今到处是沉默，到处是黑暗，
让我们匆匆赶去参加祭典。

祭　师

让我们悄悄地缓步前进，
避开教堂，避开贵族庄园，
因为神甫不准祭师出来活动，

夜晚的歌声会惊醒贵族老爷的酣梦。
只有亡魂能够按照自己的意念
前来祭师召唤的地点；
活着的人都要在贵族老爷的地里劳作，
坟场也得由教会统管。

合唱队

乘如今到处是沉默，到处是黑暗，
让我们匆匆赶去参加祭典。

年轻人的合唱队

（对姑娘，见诗作《浪漫性》）
不要反拧你的双手，年轻女人，
不要啼哭，可惜了手掌和眼睛。
你那双眼睛要跟另一对眸子交相辉映，
你那双手要把另一个人的右手握得紧紧。

一对鸽子飞出森林，
一对鸽子，第三个是只鹰：
你飞走了，小白鸽，你朝上方瞧一眼，
是否有个银色羽毛的丈夫跟在你后边？

你不要哭，不要徒劳服丧长吁短叹，
新的丈夫在冲你柔声细语咕咕叫，
他脚上带着踢马刺，蔚蓝的丝绦
装饰他的脖子，像彩虹闪耀。

玫瑰和紫罗兰在夏日的牧场
相互伸手紧握，散发出芳香，
徒步的工人 ① 在砍橡树，
伤了丈夫，留下寡妇。

你徒劳服丧，痛哭流涕，哀声叹气，
清秀的水仙在向你躬身行礼，
在田野的子孙中那双眸子异常明亮
犹如群星中的一轮皓月放射光芒。

不要反拧你的双手，年轻女人，
不要啼哭，可惜了双手和眼睛。
你为之哭泣的那个人，并非你的知音，
他用一只眼睛瞟着你，手却不向你伸。

他右手握着黑色的小十字架，
却双眼望天寻找自己想去的家。
年轻女人，你大可捐资做弥撒为他安魂，
而把至诚的话语留给我们活人。

（向老人）
不要思念，老翁，年轻人恳请，
思念既伤心灵又伤思想；

---

① 　　古代波兰贵族庄园实行奴役制，农奴中有骑马的工人和步行的工人，后
　　者更低一等。

心灵里存在着要给我们作的榜样，
思想里有给我出主意的宝藏。

古老的橡树垂下轻盈的衣裳，
青草和鲜花向他请求阴凉；
　"我不认识你们，新氏族的子孙，
你们是否值得我撒下的清凉和阴影，
让青草和鲜花在我的帷幕下生长？
过往年代的花草可不是这般模样。"

休要发牢骚，你的愤怒毫无道理，
谁也不知早前的花草是什么样的。
一些花草枯萎，另一些蓬勃生长。
它们有何过错？纵然没那么漂亮，
请守护我们的颜色，欣赏我们的衣装，
请回忆过往年代就从我们身上。

你休要哀声叹气，老翁，在思念中受折磨，
你失去的不少，剩下的还有百倍之多。
并非你全部的幸福都在坟墓里，
并非你所有的熟人都在墓中安息。
请从我们幸运的人中拿去一点幸运，
请在我们活人中寻找死去的熟人。

祭　师
谁在生命之国漫游，

想要守护一条直路，
虽说按照习俗他的命运已铸就
到处播种芒刺和荆棘；

终于在许多年后，
在数不清的忧虑和深沉的苦闷之中，
忘记了打算历经千辛万苦，
找到通往目标的那条道路；

谁从地上仰望太阳
幻想天空和星辰的飞行路线
而对大地一无所知，直到最后
跌入黑暗的深渊；

谁伤心地渴望高高抬起
那种消失在过往怀抱的东西，
谁贪婪地渴望迎头赶上，
那种远景藏在神秘领域的东西；

谁在不适合的时候认识自己的错误，
改正错误又不彻底，
眯缝着眼睛，是为生活在梦中
带着醒时寻找的东西。

谁染上了痴心妄想症，
自己便是自己苦难的发端人，

徒劳地期望在自己前面找到，
只是隐藏在自己灵魂深处的病根。

你若爱回忆早前的时刻，
热衷于幻想未来的事情，
你就离开人世朝坟墓走去，
你就远离智者去找祭师！

神秘的黑暗包围着我们，
歌声和信仰率领我们向前，
请跟我们一道继续前行，
谁绝望，谁忆旧，谁期盼。

儿　童

我们还是回家更好，有点什么从教堂闪现，
我害怕，有什么声音顺着森林召唤。
明天我们去上坟，你按照自己的习惯
沉思，我去用鲜花和绿叶把十字架装点。

有人说，今天夜晚我们会遇见死了的人，
我不认识他们，我不记得自己的母亲，
你的眼睛白天都视力不济，黑夜怎能看清，
竟徒劳地渴望辨认很早以前见过的人。

你的耳朵重听，记得吗？两个礼拜之前
聚集了许多亲戚和邻居，庆祝你的寿诞；

你却默默无言坐在一边，
不曾回答任何人的祝福，只因你没听见。

末后你曾发问，为何聚集了这许多人
在一个平常的日子里？黄昏是否已经降临？
我们是前来祝贺，在几个钟头之前
太阳已经下山，今天是你的寿辰。

老　人
打自那一天，唉，我已游离了多远！
我绕过了所有熟识的陆地和海岛，
所有祖传的珍宝都已消失在时间的隧道；
我要在你们的面容、声音和手上寻找什么？
打自童年钟情于那些面孔我已形成习惯，
那些手曾把我抚摩，声音，曾渗透到我心间，
如今它们在哪里？熄灭了，消散了，改变了，抹掉了。
我不知道，我是在死人中间，还是自己已经死了。
但另一个世界我不是与之相遇，而是在离弃；
不幸的人，已是部分与坟墓连成了一体！

我的孙儿，最后的慰藉，还能听到你的声音
犹如在死去母亲的歌声中听到婴儿的回应。
母亲浪迹天涯，她的歌声重复着婴儿的哽咽。
但你会抛弃我，犹如别人都已抛弃。

我独自去，谁在白天迷路，就听不见活人的交谈，

夜晚看得见，就懂得坟墓寂静的语言。
我不会迷失方向，须知年年我都走同一条路：
开头像你，我的儿子，带着婴儿的惶恐不安，
然后像个少年充满好奇的想望，
再后带着思念，如今甚至没有思念，
没有悲伤；我是怎么回事？是某种新的激情，
黑暗的预感，或许是坟墓的本性。
我会找到坟场，内心深处有点什么给我算命，
说此后我已不再需要守护人。
但分手之前，你那孩子般的效劳我会嘉奖，
去吧，我的儿子，去跪下，把手指交叉合上。

上帝！你命我斟满生活之杯，
它太大，太苦，你拿给我喝是考验我的修为，
想到我的承受力应与你的仁慈相称，
我带着这承受力把满杯苦汁一口喝光。
我斗胆向你乞求唯一的，却也是最大的奖赏：
祝福我的孙儿！让他年纪轻轻便撒手人寰！

再见；站住，让我听到你的声音！
再一次握紧爷爷的手，唱支歌给我听，
唱一支你喜爱的，重复过那么多次的歌曲，
唱一个被施了魔法的青年，变成了岩石。

儿 童

（唱）

被施了魔法的青年

撬开城堡的大门，
　　特瓦尔陀夫斯基[①] 在殿堂之中穿行，
他奔上塔楼，下到地窖：
　　那里有多少魔法！那里多么吓人！

在一个偏僻的地窖——
　　强制忏悔是多么荒诞——
一个年轻人立在镜子前面，
　　被钉上了铁锁链。

他站立着，而从人的身形
　　由于施加的魔力，
不时失去某些部分，
　　慢慢裹进了岩石里。

直到胸口他已变成了石头。
　　只有面孔还在熠熠闪光，
表现勇气和力量；
　　两只眸子透出温柔。

"你是谁？"被施了魔法的人开言，

---

① 波兰民间传说中著名的魔法师。密茨凯维奇在第一部诗集《歌谣和传
　　奇》（1822）中也写过一首《特瓦尔陀夫斯基太太》。

"你夺取了这些殿堂何其大胆，

　城堡里损坏了那么多刀剑，

　　那么多人把自由奉献。"

　　"我是谁？啊，在我的宝剑面前

　　　整个世界都会吓得打颤，

　听说我的力大无穷和更多光荣莫不胆寒：

　　　我是一位骑士，来自特瓦尔陀夫的好汉。"

　　"来自特尔瓦陀夫？……在我的一生

　　　我从未听说过这个名称，

　无论是在战争拼杀者中间

　　　还是在骑士竞技场上都没听说过这个地名。

　　"我猜不到，究竟有多少岁月

　　　我在监牢被久久囚禁；

　你刚从世上归来：

　　　你必须把它说给我听。

　　"难道时至今日奥尔盖德①的肩膀

　　　仍背负着我们的立陶宛走上战场，

　抵抗德意志人入侵一如既往，

　———————

①　　立陶宛大公，1345—1377年在位；曾构筑城堡防止鞑靼蒙古的入侵，
　　与条顿骑士团（德意志人）长期作战。他是瓦迪斯瓦夫·雅盖沃的父
　　亲，后者在奥尔盖德死后继任立陶宛大公，于1386年与波兰女王雅德
　　维加结婚，加冕为波兰国王，是波兰—立陶宛联邦的奠基人。

150

纵横驰骋在蒙古的草原上？"

"奥尔盖德？嗬，早已成了过眼云烟，
　打自大公离世已过了二百年，①
但是他的孙子②雅盖沃
　接着战斗并把胜利频添。"

"我听到了什么？还有句话没说完：
　或许在你周游各国期间
特瓦尔陀夫的骑士，你可曾到过
　我们的希维泰什湖③两岸？

"在那里人们难道不曾谈起
　臂力无穷者波拉伊④
不曾谈起美丽的马雷娜，
　谈起他如何崇拜她的魅力？"

"年轻人，在这个国家无论何地，
　从涅曼河到第聂伯河边际，
我没听说过波拉伊

---

① 据概算，歌谣的情节发生在16世纪中叶，齐格蒙特·雅盖沃家族统治
　的时期。有关特瓦尔陀夫斯基的传说正是和这个时代联系在一起。
② 此处诗人有误，应系玄孙，即齐格蒙特一世。
③ 立陶宛的一个美丽的湖泊，在密茨凯维奇的家乡诺沃格鲁德克附近。诗
　人在那里和马雷娜·维列什恰库夫娜相恋。
④ 在密茨凯维奇的长诗《塔杜施先生》中，波拉伊是密茨凯维奇家族的族
　徽，臂力无穷者是波拉伊的浑名。

151

对他的情人也无人提及。

"何必问，耗费时间可惜，
　　等我从这岩堆释放你，
世界上所有的趣闻
　　你自己去寻找靠你自己的脚力。

"我懂得魔法的学问，
　　知道这面镜子的磁力坚韧，
我立刻将它砸成碎块，
　　让石头外壳从你身上掉下来。"

他说着，就以一个突然的动作
　　拔出宝剑并举步向前，
但年轻人面呈惧色——
　　"站住！"他冲骑士叫喊。

"请你让镜子离开墙壁
　　将它递到我的手里，
让我自己粉碎我的锁链
　　从而结束我的苦难。"

他拿着镜子又叹了口气，脸色发白
　　布满了涌泉般的热泪，
他冲镜子亲了一口——
　　整个人变成了石头。

青年合唱队

这里祭师吩咐年轻人
走到半道就停步不前：
在那小山丘上有个村庄，
在这橡树林中有座坟场。

从摇篮到坟墓
我们的青春年华处在半途，
在婚礼和葬礼之间
我的兄弟们！我们各走了一半。

不应返回村庄，
不应踏着他们的足迹奔忙。
我们将在此处举行先人祭，
用歌声使黑夜变得不长。

我们将对走来的人表示欢迎，
对返回的人询问原因，
给胆小的人驱逐惊慌，
给迷路的人指明方向。——

太阳下山了，孩子们在奔跑，
老人们在行走，哭泣，哼唱，
但是太阳会重新大放光芒，
孩子们和老人们都会回到原来的地方。

不等孩子长出白发如霜，
不等老年人的丧钟敲响，
还会在世上遇到他们
还会有不只一个快乐的时光。

我们中谁在年轻时代
行事不是靠强壮的肩膀，
而是靠心灵和思想，
这样的人对于世界已经消亡。

谁像头野兽把荒原寻找，
像只雕鸮在夜里飞行，
像个幽灵去敲叩棺木，
这样的人对于世界已经死了。

谁在年轻时代把丧歌哼唱，
一次哼唱，便永远哼唱；
谁年纪轻轻就把坟墓拜访，
再也不能从坟墓中返回到世界上。

让孩子们和父亲们
带着请求，带着面包去上教堂；
青年们，让我们留在半路上
我们要在露天下享受时光。

猎人之歌

在山丘，谷峪，
　　在盆地和森林，
猎犬狂吠
　　号角声声：

骑上快马，它的飞行
　　令鹰隼心惊，
带着猎枪，它的轰鸣
　　压过了雷声；

像孩子般快活，
　　像嗜血的骑士精神抖擞，
胆大心细，散播灾祸，
　　开始了狩猎战斗。

请你们向骑士喝彩，
　　山丘和田地，
森林之王，野兽的主宰，
　　猎人万岁！

羽箭无论是射向天空，
　　还是射向密林和耕地，
带羽翎的雹子飞到哪里，
　　那里便会淌出血流如小溪。

谁进入茂密的森林
　　不会受到野猪惊吓？
谁敢把熊的一绺鬃毛
　　踩在脚下？

谁用计谋将成群的飞鸟
　　赶进布下的罗网？
谁靠初步战斗
　　就夺下旗帜束缚它们的翅膀？

请你们向骑士喝彩，
　　山丘和田地，
森林之王，野兽的主宰，
　　猎人万岁！

向前，向前，跟踪追击，
　　跟踪追击，向前，向前！
向前，向前，跟踪追击，
　　跟踪追击，跳！马儿快奋蹄！

古斯塔夫

我捕猎的是歌曲！猎人们不会恼怒，
说我回家没有带回野兽。
我一进家门，立刻就得唱歌给他们听。——
可是我走到了哪里？这儿既无脚印又无道路。
唉呀！密林中多么寂静——既无号角又无枪声。

我迷了路——全是由于诗人的热情！

我追逐缪斯①，离开了围猎地。——刺骨的严寒。

必须点个火堆；只要火光闪现，

或许有猎户中的某个伙伴

像我一样迷了路，这火堆就会把他引到我面前，

我们一起寻路更加方便。

              啊，我的朋友！

像你这样的猎人想多找几个恐怕困难。

他们不习惯从森林里仰望天上的浮云，

靠猎犬捕猎美丽的风景；

他们总是带着唯一的打算，唯一的渴求，

在地上跟踪猎物——这样更好——他们不会迷路！

他们多半已是带着欢快的心和流汗的额头

结束每日的舞会坐到豪宴的桌后。

每个人都在吹嘘过去或未来的业绩，

每个人都在计算自己命中的射击和别人的失手；

他们高声彼此开玩笑或套着耳朵窃窃私语；

所有人都在说话，唯有一个老父一旁听着。

末了如果他们对狩猎感到厌烦

那时就去找邻居女人——微笑，交谈。

有时猎人的爱情——如同候鸟群，

迁飞中遇到一颗心——就停留一个时辰，

一个礼拜或者一年，——昨天是如此这般，

今天也是这样，如此将度过每个傍晚。

———————

①   希腊神话中原是歌唱女神，后来成为司诗歌、艺术和科学的女神。

幸福的人们！——

　　　　　　　　　　而我……为何不像他们？

我们一起出门——是什么把我赶进了森林？

啊，我不是追求娱乐——而是逃避苦闷；

我喜欢的不是狩猎的快感——而是艰辛。

是想到，至少地点会发生改变，

想到在这里无人对我的幻想追踪指点，

我不知道，空虚的泪水为何在眼里闪光，

我不知道，没有目标的叹息飞向何方。

多半不是飞向邻家女！是飞向风，飞向树林，

飞向幻想！……

　　　　　　　　　多么奇怪的念头！我总是思忖，

会有某个人看见我的眼泪还听见我的叹息，

会永远围着我打转犹如我的身影。

多少次白天发出的沙沙响打破了草原的寂静，

宛如某个自然女神飞翔的窸窣声；

我一看：鲜花都在摇晃，脑袋纷纷扬起，

仿佛给轻轻触碰。不止一次在卧室里

我独自在阅读；书从手中落到地面，

我看到有个轻盈的身影在镜子对面闪现，

她轻飘飘的衣裙窸窸窣窣宛如窃窃低语。

不止一次我深夜沉思；每当我的思想涣散，

我就伤心叹气，总有点什么给叹息赋予生命征兆，

是心脏跳动，我感到有第二颗心在陪着跳。

话语甚至时常不清不楚，几近沉默，

宛如夜蛾飞过抚摩我的耳朵！……

我在洁白的雾中睡着了；从上面，从远方
有什么东西在闪光，虽说并不具有可见的形状；
我感到眼睛的光芒，微笑的面庞！
孤独的神秘女儿，你在何方？

但愿你的灵魂附着于肉体，
哪怕肉体低劣，并不美丽；
愿你披上一道彩虹像个飘逸的仙女
或是成为泉中明亮的水晶酷似一条美人鱼！

愿你遮盖的面庞射出光芒
长久，长久地在我眼中闪烁！
愿你优美诱人的歌声
长久，长久地在我耳畔回荡！

照亮我，愿你的眸子像太阳
愿太阳也把你的面孔照亮；
唱吧，美人鱼！用你动人的歌声
催我入睡，幻想天国的情景！

唉，我到哪里寻找你？我从人群中逃离，
唉，只要你跟我在一起，我会把世界舍弃！

黑色猎人

（唱）

你飞吧，我的小鸟，你飞得太高，

　　你可知道自己翅膀的力量？

你瞧瞧地面，那土地你已记牢，

　　那儿有多少诱饵，那儿有多少罗网！

年轻人

嗨！听得见歌声，喂！所有的活人！

请回答，兄弟，你是谁？

猎　人

是跟你一样的狩猎者，只是力气略大一些。

我们两个都打猎，虽说你在清晨

便出门，我在夜晚才开始狩猎；

你守伺野兽，而我守伺情人。

古斯塔夫

我不知道，你狩猎是否把好地点挑中，

但我不想打搅，祝你一路顺风。

猎　人

喂，朋友！你别这么焦躁，

是行事鲁莽，还是由于惊慌？

是你自己先召唤我，现在却想逃跑。

古斯塔夫

是我曾把你召唤?

猎　人

　　　　　　我从远处听见,

是你在叫喊;叫谁? 为什么? 我不大清楚,

但有一点,我曾听到你的叹息和怨诉。

我是跟你一样的猎手,我也曾有过韶华的青春,

因此我知道你的行业和多奇遇的年龄。

你一定有什么事憋在心头,让我们坦诚地谈谈心。

大致是什么野兽使你在密林中迷路?

兄弟,我自己也曾迷过路,我知道各种野兽,

天上飞的,地上走的,两条腿的和四条腿的都有。

如果你什么也不追逐,莫不是把好主意寻求?

嗨,难道猎袋空空的景象不会让你脸红?

迄今什么都没射中难道不会让年轻人害羞?

你承认吧,需要时我能给你帮助。

古斯塔夫

谢谢,我不渴求陌生人的帮助,

我不会这么快就接受你的情谊,尤其在夜里;

我不明白,你的话有何意义?

猎　人

如果你有什么事不明白,我会给你解释清楚,

如果你不相信我,我愿对你表示诚意……

首先你得知道，无论你走哪一条路，
都会遇到值得信任的人，
他不会让你从他眼中消失，
他想把你作为一个完人问候，
如果你曾经许诺过什么，
你定要矢志不渝地坚守……

古斯塔夫
天啦！这是什么意思？……不要靠近我！

[手稿到此结束]

易丽君 译

先人祭

第三部
立陶宛

前　言

半个世纪以来，在波兰，一方面暴君们横征暴敛，无尽无休，残酷无情，另一方面，人民则显示了自己无限的坚韧不拔的献身精神，这是从基督徒受难以来史无前例的。显而易见，帝王们像希律 ① 一样已经预感到，新曙光即将来临，他们自己的崩溃迫在眉睫，而人民则愈来愈强烈地相信自己的再生和复活。

波兰的苦难史包括许多代人和不可胜数的牺牲者；鲜血淋淋的场面出现在我们整个国土上，也出现在国外。我们发表的这部诗剧只限于这巨幅画卷中的几个细小的轮廓，是亚历山大皇帝 ② 所进行的迫害时期的几个事件。

1822 年前后，敌视一切自由的亚历山大皇帝的政策开始明朗化，进一步强化，并且方向明确。这个时期，对整个波

---

① 　典出《圣经·新约》。希律王得知耶稣诞生，下令将伯利恒及其周围境内所有的新生儿杀死。

② 　指亚历山大一世·巴甫洛维奇，俄国沙皇，1801—1825 年在位。1815年起兼任经由维也纳会议建立的波兰会议王国的统治者。

兰民族实行了全面的、日益残暴的血腥迫害。在我国历史上，人们永远不会忘掉的参政员诺沃西尔佐夫 ① 登上了舞台。他第一个把俄国政府对波兰人的本能的、兽性的仇恨，说成是有好处的，有政治意义的，并把这种仇恨作为自己一切活动的依据，企图消灭波兰民族。于是，整个波兰的土地，从卜罗斯纳到第聂伯河，从加里西亚到波罗的海 ② 都被封锁，变成了一座大监狱；整个行政机构成了一架摧残波兰人的庞大的刑具，而推动这架刑具的轮子的就是皇太子康士坦丁 ③ 和参政员诺沃西尔佐夫。

得寸进尺的诺沃西尔佐夫头一件事就是对孩子们和青年们进行迫害，以便把波兰的希望——后一代灭绝在幼芽时期。他在俄罗斯—立陶宛的科学文化中心维尔诺 ④ 建立了刑讯总部。当时在大学生中有许多以维护波兰语言和波兰民族性为宗旨的文学团体 ⑤，这些团体是维也纳会议和帝国宪章所特许波兰人成立的。这些文学团体看到政府的猜疑日甚一日，甚至在法令禁止他们活动之前就已经纷纷解散了。但

---

① 　尼古拉·诺沃西尔佐夫，俄国显贵，1815 年被任命为沙皇驻波兰政府的全权代表；他因对维尔诺学生的残忍审讯而被称为"立陶宛的希律王"，后取代温和的查尔托里斯基（见 332 页注 ①）当上了维尔诺学区总监。

② 　波兰曾遭受俄国、普鲁士、奥地利三次瓜分，这是俄国在瓜分后所得的波兰领土。

③ 　康士坦丁·巴甫洛维奇，亚历山大一世的兄弟，1815 年被任命为波兰会议王国陆军总司令，后成为波兰的实际统治者。

④ 　立陶宛首都维尔纽斯的波兰语称呼。

⑤ 　指波兰青年在维尔诺和附近诸省的秘密结社，主要有由密茨凯维奇等人组织和领导的爱学社（1817 年成立）和爱德社（1820 年成立）。这些秘密结社开始时是为了发展文学和科学活动，逐步把献身大众福利、争取波兰民族解放作为自己的宗旨。

是，诺沃西尔佐夫虽然是在这些团体解散一年之后才来到维尔诺，他却向皇帝诬告说，他发现了一些团体仍在活动；他把他们的文学活动说成是对政府的公开叛逆；他监禁了数百名青年，并在自己的势力下建立起军事法庭，审讯学生。按照俄国秘密审讯的程序，被告想辩护是无能为力的，因为他们常常不知道自己被控的罪名，甚至他们的口供也是由审判委员会随心所欲地录下来，或者写在报告上，或者随意删掉。被康士坦丁皇太子所派遣、拥有无限权力的诺沃西尔佐夫，既是原告，又是法官，也是刽子手！

他在立陶宛关闭了几所学校，明令宣布，在这些学校读过书的青年在法律上都要当作死人看待；他们不能担任任何公职，任何机关也不能任用他们，也不允许他们在任何公立或私立的学校继续完成学业。这种禁止青年学习的法令是前所未有的，它是俄国的独创。除关闭学校之外，他们还把几十名学生流放到西伯利亚矿山充当苦工，或者到亚洲驻防军中服役。他们之中有属于立陶宛名门望族的未成年的少年，二十几个教员和大学生因为有波兰民族思想的嫌疑被永远流放到俄国内地。这些流放者当中至今只有一人[1]得以逃出俄国。

所有写到当时立陶宛的迫害事件的作家都异口同声地认为，在维尔诺学生事件中有着某种神秘的和秘密的东西：青年们的领袖托马什·赞[2]的神秘、温柔然而坚贞不屈的性

---

[1]　指密茨凯维奇自己。

[2]　维尔诺大学数学物理系的学生，后在维尔诺教书，是爱学社和爱德社的重要成员，同时是爱光社的领导人。他是密茨凯维奇最亲密的朋友之一。后被流放到奥伦堡。

格，青年囚徒中富有宗教色彩的淡泊无求、和睦相处和兄弟情谊，以及上帝对迫害者的惩罚，这一切都给事件的当事者和目击者留下了深刻的印象。而他们所写下的这一切，又把读者带到了一个遥远的、充满了宗教信仰和传奇色彩的时代。

谁要是熟知那个时代的事件，就会证明作者是如实地描绘了历史情况和人物性格，既没有添枝加叶，也没有故意夸张。何必要添枝加叶或故意夸张呢？是要在同胞的心目中唤起对敌人的仇恨？还是要在欧洲唤起同情？——昔日的残暴较之今天波兰民族所受的苦难①算得了什么！而现在欧洲却对此熟视无睹！作者只是希望为他的民族从立陶宛几年前的历史中保有一个忠实的纪念。他无须在同胞眼里丑化他们世世代代所熟知的敌人；而对于那些犹如为耶稣而哭泣的耶路撒冷的柔弱的妇女一样为波兰而痛哭的好心的欧洲民族，我们民族只要用救世主的话对他们说："耶路撒冷的女儿们，你们不要为我而哭，还是为你们自己痛哭吧。"

---

① 指旨在争取民族解放的波兰十一月起义（1830—1831）被镇压后，波兰爱国者所遭受的迫害和大规模流亡。

谨将此诗
献给

民族事业的殉难者
杨·索波莱夫斯基[1]，
崔卜源·达什凯维奇[2]，
菲力克斯·库拉可夫斯基[3]——
为热爱祖国而遭受迫害，
在对祖国的怀念中
死于阿尔汗格尔斯克、莫斯科和彼得堡的
学友、狱友和难友，
永志神圣的纪念。

① 杨·索波莱夫斯基，爱学社和爱德社成员，维尔诺大学数学物理系的学生，后在热木集教书。1823 年被捕，被判处到俄国工程兵团充军，1829 年在流放中死于阿尔汗格尔斯克。

② 崔卜源·达什凯维奇，爱德社成员，维尔诺大学的学生，法律学家、历史学家。被流放到俄国，1829 年死于莫斯科。密茨凯维奇于 1826 年在莫斯科和他结识。

③ 菲力克斯·库拉可夫斯基，爱德社成员，维尔诺大学的学生。被流放到喀山，在那里学习了东方语言，1831 年死于彼得堡。

序　幕

你们要防备人。因为他们要把你们交给公会，也要在会堂里鞭打你们。

     ——《马太福音》10:17

  并且你们要为我的缘故，被送到诸侯君王面前，为他们和外邦人作见证。

     ——同上，10:18

  并且你们要为我的名，被众人恨恶，惟有忍耐到底的，必然得救。

     ——同上，10:22

[维尔诺，奥斯特罗不拉门大街，已改成政治犯监狱的巴西尔神甫修道院内，囚堂。

[囚徒依窗而睡。

守护天使
任性的、狠心的孩子！
你母亲在尘世的德行
和她现在在阴间的哀求，
守护着你年轻的生命，
免遭不虞之灾和诱惑之苦；
就像那白日盛开的玫瑰，
百花园中的天使，
在夜晚喷吐芬芳的魔力，
守护着孩子昏睡的头颅，
免受疾病的感染和毒虫的侵袭。

我常常依照你母亲的祈求
和上天的特许，
趁着明月当空，从天而降，

来到你小小的茅屋，
在寂静的夜幕笼罩之中，
悄悄地站在你的床头。

当黑夜使你进入梦乡，
我怀抱着你狂热的幻想，
如同一枝皎洁的百合，
低垂在浑浊的泉水旁。
你的灵魂常常使我感到厌恶，
然而我却在沉重的罪恶思维里，
寻找善良的思想之光，
如同在蚁穴之中
寻找微粒神香。①

只要善良的思想一露光芒，
我就把你的灵魂带在身旁，
上升到永恒的世界，
让天国的歌声在它耳边震响；
凡间的孩子难得听到这样的歌，
即使偶尔在梦中听到，
一觉醒来也会忘得净光。
我向你说出了未来的幸福，
我双手把你捧上天堂。
而你听着天国的仙乐，

---

① 相传过去农民常在蚂蚁洞里找到松香，当作香点。

却像听着宴会上醉汉的叫唱。

我，永生不朽的光荣之子，
为了使你服罪，我谴责你，
那时候，我不得不扮成
来自炼狱的一个恶鬼；
你受着上帝的鞭笞，
仿佛忍受敌人的酷刑。
但你那惴惴不安的灵魂，
醒来时仍那么傲慢，毫无悔恨，
仿佛在一夜之中，
把忘泉的浊流饱饮。①
上天留在你心头的印象，
你全部付诸东流；
就像瀑布直泻万丈深渊，
把林叶和花朵卷走。

那时候我双手掩面，
痛哭不止，羞愧难言。
我久已思归天界，
但又踌躇不前；
我怕与你母亲相逢，
我怕她向我发问：

---

① 据希腊神话，在尘世与冥府之间有一条叫奈塔的河，死人的灵魂喝了河
里的水，就会忘记生前的一切。

"人世间有什么消息？

我的茅屋有什么变化？

我的儿子梦里是否安宁？"

囚 徒

（醒来，显得很疲倦，眼望着窗外，黎明）

寂静的夜啊，你悄悄地到来，

可是你来自何处，又有谁明白？

看着你将繁星撒遍天空，

又有谁能仰望星空预卜你飞腾的行程？

占星人在塔上高呼：太阳下山了！

但是为什么下山，谁也不能答复。

黑暗笼罩了大地，人们沉沉睡去，

但是为什么入睡，谁也不去深究。

倒头睡去，就像一块木头，

早晨醒来，也没有对阳光的感受。

昼夜交替，就像哨兵换防，

可又是谁在把太空的大权执掌？

梦境么？啊！无声的世界、神秘的天体、

心灵的生活——难道不值得智者去探求？

谁去测量它的方位，计算它的时间？

人睡着心里忐忑不安——起了床又无虑无忧。

但是智者们却常说：梦境是白天的回忆——

啊，这可怜的贫乏的智慧！

难道说我不能辨别回忆和幻想？

莫非要让我信服：我在狱中受苦受罪——

只不过是一段回忆？

有人说，梦中的欢乐和心灵的忧戚，

无非是宁静无为中想象的游戏。

想象的游戏！这些蠢材就知道点书本知识，

却对我们预言家① 来饶舌，装腔作势！

不！我曾生活在想象之中，把它的广度测量，

我知道它的边界，越过去就成了梦想。

与其说梦境就是回忆，梦想就是想象，

不如说白昼就是黑夜，欢乐就是忧伤。

（躺下又站起来，走到窗前）

我一刻也不得休息！睡眠把我这般折磨！

忽而使我恐惧，忽而把我诱惑。

（瞌睡）

众夜精灵

黑鹅毛，软鹅毛，轻垫在囚徒身下，

轻声唱，莫慌张，勿使他担惊受怕。

左边的精灵

监狱之夜惨惨凄凄，城市之夜欢欢喜喜，

宴会桌旁乐声悠扬；

高脚杯美酒满斟，古风曲缭绕低回。

----

① 指诗人。

彗星在漆黑的夜空滑翔：
美目晶莹，长发闪闪发光。

　［囚徒昏睡。

谁撑船去把他们引渡，
谁就会怀抱幻想昏睡在浪尖，
　一觉醒来就到了我们的岸边。

天　使
我们恳求上帝，
　把你交到敌人手里。
孤独会使人变得聪明；
你在这孤寂的牢狱之中，
如同预言家身处荒漠，
好好想想自己的使命。

众夜精灵
（合唱）
白天上帝多骚扰，夜晚好逍遥，
　深夜懒汉长肥膘；
夜里唱歌多自由，
　还有魔鬼教。
一颗赤心上教堂，
　经书箴言心里装，
黑夜里跳出吸血鬼，

满脑虔诚一扫光；

黑夜里布下了毒蛇阵，

经书箴言全走样。

我们是黑夜的骄子，

专为昏睡的人歌唱；

我们竭力为他效劳，

来日他做奴仆把我们报偿。

让我们扑在他心上，

跳在他头上，

他将是我们的——

啊！但愿他此梦长又长。

天　使

天上人间都在为你祈求：

暴君必须很快还你自由。

囚　徒

（醒来，沉思）

你拷打、监禁、残杀自己的兄弟，

白天满面笑容，夜晚花天酒地。

清晨起来你几乎忘记了夜里的梦，

就算想得起，你可明白它的真意？

（入睡）

天　使

我们前来通知你，你将重获自由。

囚　徒

（醒来）

我将自由？——昨天有人对我这样讲；

不过这是上帝显圣，还是我仍在梦游？

（沉沉睡去）

众天使

现在必须守护他，使他安然无恙，

他身上正展开一场善与恶的搏斗。

左边众精灵

让我们加强进攻！

右边众精灵

　　　　　　让我们加强守护！

是善胜恶，还是恶胜善，

将在他明天的言行中见。

斗争的结局常决定于短短的一瞬，

这一瞬可能决定他一生的命运。

囚　徒

我将获得自由？是的，这是哪来的新闻我不晓得，

但我深知莫斯科鬼子的恩赐是什么货色：

坏蛋们只是摘下了我的脚镣手铐，

我的灵魂却会被他们钉得更牢。

我这名歌手将被迫在敌人当中流浪；

我的歌将因为没有人理睬而被遗忘。

坏蛋们夺不走我这最后的宝剑，

但是它却会被毁坏，折成两段。

我虽然活着，但对我的祖国却成了亡灵，

因为他们不会让我自由地发言。

我的思想将会蒙上一层阴影，

像金刚钻外面围一层肮脏的煤炭。

〔他站起来，用炭在一面墙上写道：①

全知全能的上帝

古斯塔夫于1823年11月1日死

在另一面墙上写道：

康拉德于1823年11月1日生

〔囚徒靠在窗前，入睡。

精　灵

人啊！但愿你懂得你的权力是何等强大无边！

你的一个像乌云中一点火星般的看不见的思想，

骤然间就会呼风唤雨，产生惊雷闪电。

但愿你懂得，你的思想的一个小小的闪光，

---

① 　下面两句话原文是拉丁语。

就会使魔鬼和天使屏息静气地期待你的智慧，
就像宇宙万物在静静地期待着雷鸣！
你可以上照苍天，下捣地狱，
你独来独往，如天上的彤云，飘忽不定，
不知道要飘向哪里，有多大的才能。
人啊！你虽然身在牢狱，而思想和信念，
却能冲破障碍，既能砸碎、也能重建金銮宝殿。

第一幕

第一场

[监狱的走廊。稍远处站着持枪的卫兵，几个年轻的囚徒手持蜡烛从自己的牢房里走出来。夜半时分。

雅苦布 [1]

真的吗，我们重又见面?

阿朵尔夫 [2]

　　　　　　　我们的伍长在值勤，

卫兵在喝酒。

雅苦布

　　　　　　现在几点钟?

阿朵尔夫

　　　　　　将近夜半时分。

———————————

[1]　雅苦布·雅格洛，爱德社成员，对爱德社的侦讯中被监禁，后在斯沃斯克教书。

[2]　阿朵尔夫·扬鲁什凯维奇，维尔诺大学的学生，参加十一月起义，后被流放到西伯利亚。密茨凯维奇于1829年在罗马和他结识。

雅苦布

巡逻队查夜抓住我们，伍长可就要遭殃。

阿朵尔夫

把蜡烛熄灭；没看见吗？烛光照到了窗上。

　　　[他们把蜡烛熄掉。

查夜！呸！光大门就得敲半天，

还要发口令，核对口令，寻找钥匙，没个完，

然后——还有长长的走廊——

等他们走完走廊，我们早就溜之大吉，

各归各位，关上门，躺下打鼾！

　　　[另一些囚徒从牢房里被唤出来。

热果塔 ①

晚上好！

康拉德

　　　　　　你也在这里！

----

① 　即依格纳西·多美依科，爱学社成员，维尔诺大学数学物理系的硕士。
　　获释后被监视居住，参加十一月起义，后流亡南美。

利沃维奇神甫①

> 还有你们?

杨·索波莱夫斯基②

> 我也在这里。

弗烈因德③

热果塔! 请我们都到你的牢房去。

朋友们, 今天要来一位新的弟兄。

热果塔有暖炉, 我们可以把火烧旺,

还可以看看新房子, 谈谈新闻。

杨

热果塔! ——你也在这里, 亲爱的人!

热果塔

我的牢房宽不过三步, 你们却来了这么一大群。

弗烈因德

这样吧, 我们最好还是去康拉德的牢房,

那里距哪儿都远, 而且紧挨着教堂,

我们唱也好, 叫也好, 谁也听不到;

---

① 卡拉萨其·利沃维奇神甫, 爱德社成员, 数学教师。

② 见170页注①。

③ 安东尼·弗烈因德, 爱德社成员, 参加十一月起义, 死于起义中。

今天我想纵情攀谈，还想放声歌唱。

明天是圣诞节，城里的人会以为是教堂的唱诗班。

朋友们，我还有几瓶好酒！

雅苦布

要不要请请伍长？

弗烈因德

伍长是个老实人，也爱喝两杯，可以请上。

再说他是波兰人，当过军团① 战士，

是沙皇用暴力把他变成了莫斯科鬼子。

这样一个善良的天主教徒决不会刁难，

会允许我们一起度过这圣诞节的夜晚。

雅苦布

要是他们知道了，他一定也要完蛋。

[囚徒们走进康拉德的牢房，点燃了壁炉中的火，点着蜡烛。康拉德的牢房同序幕中一样。

利沃维奇神甫

热果塔，亲爱的！你是怎么到这里来的？

---

① 　　指波兰军团。参214页注①、②。

热果塔

今天早上把我从家里的仓库里抓来的。

利沃维奇神甫

你还是个庄稼人？

热果塔

怎么！一个出色的庄稼汉！

我的牛羊你真应该好好看看！

开头我连稻草和燕麦都不能辨认，

现在全立陶宛都称我是最好的庄稼人。

雅苦布

那么，他们是突然把你抓来的？

热果塔

不，我早就听说

维尔诺正在进行审讯。我的家就在路边，

看得见一辆辆囚车飞驰而过，

到了夜晚，不祥的车铃声使我们心惊胆战。

有时我们围坐一桌正吃晚饭，

有人只是好玩地用刀子碰一下杯盘，

妇女们立刻浑身颤抖，老年人脸色煞白，

都以为宪兵的带铃的囚车 ① 到了门前。
但我并不知道他们抓的是谁，为了什么，
我从没有参加过任何秘密集团。
我认为，政府的搜捕就为了这样一点：
我敢说，只要能把他的钱包塞满，
就会放我们回家。

托马什·赞 ②

你是这样希望的吗？

热果塔

总不能无缘无故把我们送往西伯利亚！
他们能加给我们什么罪名？我们有什么错？
你们都不说话——告诉我，究竟怎么回事？
为什么要惩罚我们？根据是什么？

托马什

根据——就是从华沙来了诺沃西尔佐夫，
这位参政员老爷的行径你一定清楚。
不久前，他在皇帝面前失了宠，

---

① 这种囚车是木制的，没有弹簧和铁件，狭窄而平，前宽后窄。拜伦在
《唐璜》中提到过这种车。这种囚车经常晚上出动，抓走有嫌疑的人，
从来不说明拉到哪里。这种囚车上都挂有邮车的铃铛。没有到过立陶宛
的人很难理解每一个立陶宛人的家庭在听到门前邮车铃响时是如何闻铃
色变。——作者注
② 见167页注②。

把以前搜刮来的东西吃光耗尽，

弄得商人都拒绝向他借贷，落得两手空空。

虽然他想方设法，真正是机关算尽，

也没能在波兰破获一个秘密组织；

于是他只好决定换个地方，来到立陶宛，

随身带来他全部的侦讯人员。

为了能够肆无忌惮地把立陶宛蹂躏，

为了重新骗取专制君王的欢心，

他必然要从我们学生社团中制造惊人事件，

用新的牺牲向沙皇奉献。

热果塔

但是我们要为自己辩护。

托马什

$\qquad\qquad$完全是白费劲——

侦讯和审判全都在秘密进行。

没有人会告诉你为什么受审讯，

听取辩护词的正是那个控告我们的人。

他既然要用暴力判决我们——就无法逃脱。

我们只有采取痛心的一着——也是唯一的一着：

在我们中间找出几个人做牺牲，

让他们承担所有的罪名。

朋友们，我曾经是你们社团的首领，

因此，为你们去受难是我的责任，

请挑出几位兄弟和我同去，

要孤儿，年长的，或者无妻室的单身，

他们的死不至于使立陶宛有更多的人伤心，

我们的有为青年就可以从敌人的魔掌中脱身。

.

热果塔

已经到了这般地步吗？

雅苦布

　　　　　　　　看！他已经这样愁眉苦脸，

他还不知道，他可能再也回不了家园！

弗烈因德

我们的雅采克 ① 抛下了临产的爱妻，

但是谁又看到过他哭哭啼啼？

菲力克斯·库拉可夫斯基 ②

　　　　　　　　哭？哭什么？——他还得感谢上帝。

如果她生个儿子，我可以预言他的命运——

把手给我，——我懂得一点手相术，

让我给你看一看你的后代的前程。

　　（看着雅采克的手）

在莫斯科的统治下，如果他秉性忠诚，

---

① 　即奥鲁弗利·彼得拉希凯维奇，爱德社秘书，自然科学工作者。侦讯中
他实际上没有被捕，后来才同别人一起被流放到俄国。

② 　见170页注③。

他一定会碰到囚车和法庭；

谁知道，也许他会在这里和我们相聚。

我喜欢儿子，他们是我们未来的同志。

热果塔

你们到这里很久了吧？

弗烈因德

谁知道有多久？

我们没有日历，谁也不给我们写信，

更糟的是我们不知道要关到什么时候。

苏　静[①]

我的窗户上挡着厚重的木板，

我甚至不知道黎明和夜晚。

弗烈因德

你问托马什吧，他是苦难的先驱，

他是第一条落网的最大的梭鱼；

他迎接了我们所有的人，也将最后离开，

他知道我们每个人为什么被捕，从何处来。

---

① 　亚当·苏静，爱德社成员，维尔诺大学数学物理系学生，同托马什·赞
等人一起被流放到奥伦堡。

苏　静

托马什先生！我竟然没有认出是您。

我们握手吧，咱们有一面之交，托马什先生。

那时您的友情对我们大家是无价之宝，

在您的周围有我们的许多友好。

您没有在人群中特别注意到我，

但我对您的一切却早就知道，

知道您为了保全我们做了些什么，受了多少折磨，

我将因为同您的结识感到骄傲。

将来临死的时候，我会记起：

我曾经和托马什先生同洒热泪。

弗烈因德

凭着上帝的名义，请收起你的眼泪，

何必要那么哭哭啼啼，唉声叹气！

你看托马什，当他还是自由的时候，

人家就把"山羊"① 这两个大字写在他的额头，

现在他身在狱中，却像生活在自己家里。

他在世界上像颗菌子一样见不得阳光，

见了阳光就会萎缩、干瘪；但是移在洞里——

我们这些向阳花在那里会变得苍白枯萎，

他却能生长，开花，变得苗壮。

但是托马什先生经过了一种时髦的治疗，

---

① 　双关语。波兰语中"Koza"是双义词，一义是山羊或母山羊，另一义是监牢。

这就是当今一种有名的疗法——"饥饿"。

热果塔
（对托马什）
他们用饥饿折磨你吗？

弗烈因德
不，他们给他食物！
不过那种新奇的情景，你真应该目睹！
只要房间里有这种食物的气味，
就可以消灭蟋蟀和老鼠。

热果塔
那你怎么能吃呢？

托马什
有一个星期我丝毫未尝，
后来试着吃点，于是很快就影响到我的健康，
接着，就像中了毒一样浑身针扎似的疼痛。
这之后，我一直躺了几个星期，昏昏沉沉，
也不知道自己到底得过几次什么病——
老实说，那里没有医生，也无从知道病名。
但我终于醒了过来，又吃它，一直到恢复元气。
就像是从这种食物中得到了回生之力。

弗烈因德

（强作愉快）

请你们相信，牢狱外面往往把事情想得离奇，

到了这里，很快就看透厨房和住室的秘密：

什么是好，什么是坏，朋友们，全在习惯。

有一次，一个立陶宛人不知是问宾楚克人 ① 还是魔鬼：

"我不明白，为什么你总是坐在污泥里？"

那一位回答说："我坐在这里，因为我已经习惯。"

雅苦布

要习惯得了啊，兄弟们！

弗烈因德

全部诀窍就在这里。

雅苦布

我到这里已经八个多月了，总在想家，

就像刚来时一样，怀念不减——

弗烈因德

也没有增加？

托马什先生对狱中生活已经如此习惯，

以致吸一吸牢狱外面的新鲜空气，

反而使他感到头昏眼花，胸闷气短。

---

① 　立陶宛人称生活在沼泽地区宾楚克的人为宾楚克人。——作者注

他几乎用不着呼吸，也从不走出牢房——
如果把他赶出去，我们的"山羊"可就十分合算：
因为他以后再也不用花一个小钱买酒，
只要吸一口空气，就会像一个醉汉。①

托马什

我宁可下矿山，忍受饥寒疾病，
挨棍打和比棍打更坏的惩罚——审讯，
也不愿和你们一起坐在这里受苦——
那些坏蛋想把我们统统埋进一个坟墓。

弗烈因德

什么？你为我们伤心？——你在为谁发愁？
总不会是为我哭泣吧？请问，我有什么用处？
如果是在作战——没话说，弗烈因德先生还能打仗，
也许还能砍断几个顿河哥萨克兵的脊梁。
但在和平的年代——纵然我能活上一百年，
我也只能把莫斯科鬼子骂一百年，最后死掉，腐烂。
要是在牢狱外，我活上一百年形同一粒尘土，
顶多也只能像一点火药，或者一杯淡酒；——
而今天，他们给火药安上了引信，把酒装瓶加封，
于是我在狱中就成了完整的子弹和整瓶的烈酒，
我就会像子弹一样愤怒地飞出枪膛，

---

① 被监禁太久的囚徒，由于长期缺氧，一遇到新鲜空气就会像喝醉酒一样
晕倒。——作者注

我就会像烈酒一样从打开的瓶口喷出。

如果他们给我戴上镣铐，往西伯利亚流放，

立陶宛的兄弟们就会看到我，并且会想：

这是我们高贵的血统，我们的青年在被人摧残，

等着吧，莫斯科鬼子！等着吧，沙皇杀人犯！

像我这样的人，托马什，我宁可被吊死，

只要能换得你在这个世界上多活一个小时。

像我这样的人——只能以死来为祖国服务，

只要能使你，或是这位忧郁的诗人康拉德得救，

我就是生十次、死十次也心甘情愿。

康拉德能预卜人们的命运，像茨冈一般。

　　（对康拉德）

我相信，像托马什说的，你是个伟大的歌手，

所以我爱你。说实在的，你就像这瓶酒，

你倾吐出诗歌、感情和满腔的热忱，

我们尽情地享用，而你却逐渐地消耗殆尽。

　　（拉着康拉德的手，一边抹泪）

　　（对托马什和康拉德）

你们知道，我爱你们，不过每个人可以爱，

但不能流泪。兄弟们，请擦干你们的泪水；——

因为我一旦动了感情，大哭一场，

结果就会茶也沏不成，火也要熄灭！

　　（沏茶）

　　[片刻的沉默。

利沃维奇神甫

真的，我们对新来的人欢迎得不好！

（指着热果塔）

我们立陶宛人认为，乔迁之日哭哭啼啼，不是吉兆。①

我们白天沉默得难道还不够？

嗨，我们还要沉默到什么时候？！

雅苦布

城里没有新闻吗？

众　人

新闻？

利沃维奇神甫

一点新闻也没有？

阿朵尔夫

杨今天去受审讯，在城里待了一个钟头，

回来的时候一声不响，无限忧愁。

他什么也不想讲。

几个囚徒

好吧，杨！告诉我们有什么新闻！

---

① 立陶宛风俗，乔迁之日，主人要举行庆祝仪式。——作者注

杨

（阴郁地）

事情不太妙——今天，有二十辆囚车

发往西伯利亚。

热果塔

什么？——我们的人吗？

杨

热木集的学生。[1]

众　人

发往西伯利亚！

杨

那么盛大的场面，那么多人。

数　人

真的流放吗？！

杨

我亲眼看见的。

---

[1] 指热木集的克罗斯县立学校的学生，杨·莱波索夫斯基是他们的教师。
为援救被监禁的爱德社成员，学生们组织了秘密团体"黑兄弟会"，被
俄国发现后发生这次逮捕事件。

雅采克

你亲眼看见！

你可看见我的弟弟？看到我们所有的人？

杨

我看到所有的人都被带走——

那是在回来的时候，我请伍长稍事停留。

于是他让我站在远远的地方，

藏在教堂的圆柱后面观望。

教堂里正在做弥撒，挤满男女老幼。

突然间人们向着大门外蜂拥而出，

从教堂直奔监狱。我站在教堂门口，

看到里面空空荡荡，只有教堂深处，

神甫手里举着圣爵，伴童手里提着小铃。

外面人们围着监狱，组成一道严密的墙，

从监狱大门直到广场，就像举行什么大典：

军人拿着武器，带着鼓，排成两行；

中间是囚车——我看到，宪兵队长骑着大马

从广场过来；——他那副神气，你可以想象，

俨然是一位取得了重大胜利的大人物，

就像是战胜了一群孩子庆祝凯旋的北方沙皇。

一会儿之后，战鼓齐鸣，监狱敞开了大门，

我看到了他们——宪兵走在每个人背后，手持刺刀。

那些小伙子个个面黄肌瘦，就像被征的新兵，

他们的头发都被剃光，脚上拖着脚镣。

可怜的孩子们！——他们最小的才只有十岁，

他指着他那双血肉模糊的赤脚直哭，

他拖不动那副沉重的脚镣。

于是宪兵队长过来，问他有什么要求；

真是个仁慈的人！还亲自把脚镣检查：

"整整十磅，完全合乎规定的重量！"——

他们把扬采夫斯基 ① 带了出来——我认出了他。

他样子变了，又黑，又瘦，——但是更为高尚。

一年前，他还是个调皮的漂亮的青年，

今天，他却用高傲、冷酷而镇定的目光从囚车里张望，

就像那位皇帝 ② 在荒寂无人的孤岛岩石上一般，

仿佛是为了抚慰他的难友才投来这样的目光。

他又用苦涩然而和蔼的微笑向人们辞行，

仿佛是告诉人们："我还有一颗坚强的心。"

突然我感到他的目光碰到了我的目光，

但是没发现我身后的伍长正拉着我的衣裳，

他以为我得到了自由——因而吻了吻自己的手，

又像告别，又像祝贺，对我频频点头；

立刻所有的目光都转到我的身上，

吓得伍长使劲拉我，叫我赶快躲藏。

但是我不想躲，只是更靠近了教堂圆柱。

我注视着这个囚徒的神态和动作：——

当他发现人们望着脚镣痛哭的时候，

---

① 崔卜源·扬采夫斯基，"黑兄弟会"的发起人，他是密茨凯维奇在科甫
诺的学生，后来又是索波莱夫斯基在克罗斯的学生。他被判处死刑，后
减刑流放到波卜路易斯克。

② 指被囚禁在圣赫勒拿岛上的拿破仑。

他就用脚摇动脚镣，示意这个重量他经受得住。

宪兵们挥鞭策马——囚车辚辚向前，

他脱下帽子，站立起来，大声疾呼：

"波兰不会亡！"他三次这样高喊。——

囚徒们在人群中消失了，但是那只手，

那只久久地伸向蓝色天空的手，

那顶如同葬礼黑幡一样的黑色的帽子，

那颗被无耻的暴力强行剃光的头颅，

那颗渐渐远去的毫不羞涩的高傲的头颅，

在向所有的人宣告自己的无辜和屈辱。

挺立在黑压压的人群之上的那颗头颅和那只手，

仿佛跃出大海的海豚在召唤暴风雨，

将永远留在我的眼里，刻在我的心上——

像指南针一样，为我指示着前进的方向。

如果我一旦把他们忘记，但愿至高的上帝

也把我忘记！

利沃维奇神甫

　　　　　　上帝保佑你们，阿门！

所有的囚徒

　　　　　　也保佑你！

杨

当其他的囚车排成阴森的一长列，

一辆挨着一辆驶过的时候，

我用目光扫了一下密集的人群和军队，——
我看到所有的脸都像死尸一样苍白；
人们是那样地被沉默所笼罩，
以致每一个脚步声、脚镣撞击声我都能听到。
奇怪得很！谁都看得出这是什么样的惩罚，
包括民众和士兵，但都沉默着——他们害怕沙皇。
最后一个囚徒被拖了出来。他似乎还在抵抗，
然而这个可怜的孩子不能行走，一摇一晃——
他缓缓地走下石阶，刚踏到第二级，
便头朝下摔了下来，直挺挺倒在地上。
这是曾经住在我们隔壁的华西烈夫斯基。
他受审的时候挨的棍棒无法算计，
因此他看起来面色苍白，毫无血色。
一个士兵走过来，把他的身体从地上拖起，
一只手笨拙地扶着他，慢慢地走向囚车，
另一只手偷偷地抹掉自己眼角的泪水。
华西烈夫斯基既没有昏迷，也不瘫软，
但他的身体像刚倒下时一样木头般发僵，
他的两只手从士兵的肩头伸出去，
就像刚让人从十字架上摘下来一样。
他的两眼直勾勾地睁着，灰白而又痛苦。
我看到人们的眼睛里也充满着痛苦和愤怒。
突然，一声声叹息从千百人的胸中涌出——
这是可怕的低沉的来自地下的声音，
仿佛教堂地下的坟墓同时发出了呻吟。
指挥官用鼓和口令淹没了人们的叹息：

"枪上肩，开步走！"——人群退向两边，

当中的囚车闪电一般向前飞驰。

有一辆囚车里，虽有囚犯，但却看不见，

他只是从车上的稻草堆里伸出一只手，

伸出一只铁青的、张开的、死尸的手，

随着车身的颠簸而摇晃，仿佛在向人们告别。

这辆囚车因为人群拥挤来到教堂门旁停候，

于是一阵嗖嗖的鞭声把教堂前面的人群赶走。

就在这个死人被运来的瞬间我听到铃响，

我看到教堂里空空荡荡，神甫把圣体和圣血举在手上，

于是我喊道："啊，上帝！您为了拯救世界，

在彼拉多①的裁判下，流了您无辜的血；

今天，请您在沙皇的审判前接受孩子们的牺牲，

他们的血同样清白无辜，虽然不那么神圣！"

〔长时间的沉默。

约瑟夫②

我曾经读过远古野蛮时代的战争故事。

那时候战争非常可怕，敌人残酷无情，

他们连森林里的一草一木都不肯放过，

---

① 　典出《圣经·新约》。本丢·彼拉多是罗马帝国犹太行省的执政官，主持了对耶稣的审判。

② 　约瑟夫·科瓦莱夫斯基，爱学社秘书，维尔诺大学哲学历史系的学生。被流放到喀山；他在那里学习了东方语言，后来成为当地大学的教授和校长。

走进森林，砍树刨根，把一切都烧成灰烬。
但是沙皇更聪明也更残酷，彻底血洗波兰，
甚至把庄稼的种子抢走，斩草除根；
是魔鬼传授了他这种方法来破坏万物。

菲力克斯
并且把最高的奖赏给他的门徒。

[片刻沉默。

利沃维奇神甫
弟兄们，谁知道，也许那个囚徒还活着，
只有上帝知道，适当的时候也许会予以揭露。
我作为神甫，只能为他祈祷，
也劝告大家为殉难者念安魂祷告；——
谁知道明天什么命运等在我们前面。

阿朵尔夫
你念吧，如果你愿意，也为克萨维尔① 念一遍——
你知道，他被抓住还没有拖进牢房，
就朝着自己的脑袋开了一枪。

---

① 　在诗人手稿里是卡尔丹·普舍奇舍夫斯基。他是爱德社成员，在被捕前
　　开枪自杀。

弗烈因德

这个聪明的家伙！——他和我们分享快乐的筵席，
到要分担忧患的时候，他倒溜之大吉！

利沃维奇神甫

是的，我们为这个兄弟祷告，这不是坏事。

扬科夫斯基 [①]

你知道，神甫，我的确瞧不起你的信仰：
即使我比土耳其人、鞑靼人更坏，
即使我成了强盗、密探、杀人犯，
成了奥地利人、普鲁士人、沙皇的官吏，那又怎样？
上帝的惩罚我才不放在心上；——
华西烈夫斯基被杀害了，我们被关在牢房——
而外面，当政的仍然是沙皇。

弗烈因德

　　　　　　　好啊，我正想这样说，
你却替我负起了说这种话的罪过；——
但是请让我缓口气，这些故事吓得我发呆，
人哭得太多就会变成傻子，失去常态。
嗨，菲力克斯，叫我们高兴高兴吧，笑一笑！
你这个人，只要兴致一来，就是地狱里的魔鬼也得发笑。

———————————

① 　杨·扬科夫斯基，爱德社成员，被捕后写了长篇供词，导致密茨凯维奇
　　和其他一些人被捕。之后他当了伏沃格达地区的警察局官员。

几个囚徒

对，是这样，菲力克斯，你说吧，唱一唱，

菲力克斯有副好嗓子。喂，弗烈因德，把酒斟上。

热果塔

请你们等一等——我是议会的小绅士，

虽然我最后来到，我也不愿默默地坐着，一语不发；

约瑟夫对我们说起种子的事，

我作为一个庄稼人应该出来说几句话。

尽管沙皇可以把我们所有的种子抢走，

把它们种到自己帝国的土地上，

使我们出现粮荒，但是你们不用怕挨饿，

安东尼先生已经描写过这样的情况。

囚徒之一

哪个安东尼？

热果塔

你们可知道格列斯基①的寓言，

或者说是真理？

———————

① 安东尼·格列斯基，波兰诗人、寓言作家。曾因一篇讽刺康士坦丁和诺
沃西尔佐夫的寓言《关于马车夫的故事》而被捕。这里谈的是他的另一
篇寓言《魔鬼和粮食》。

众人的声音

什么真理？朋友，给我们谈谈！

热果塔

上帝把亚当逐出天堂的福地，

为了不想叫罪人活活饿死，

他命令天使准备好粮食，

沿着罪人走过的道路布施。

亚当走过来，发现这些种子，瞧了一瞧，

就走了过去；因为他不知道种子的用处。

但是到了晚上，狡猾的魔鬼来了，见到粮食寻思：

"上帝撒下这些燕麦不会无缘无故，

这些种子里一定藏有什么神奇的活力；

现在人还没有发现它的价值，得赶快埋起。"

于是他用角在地上挖道沟，撒下麦种，

吐口唾沫，盖好土，还用蹄子踩结实。

他很自豪，也很得意，因为上帝的意图被他瞒住，

他放声大笑大叫了一阵，就倏然消失。

但是冬去春来，奇迹使魔鬼大为惊讶：

麦种发了芽，抽了穗，最后结了籽。

你们！你们这些只顾在黑夜里漫游世界的人，

你们把狡猾称作智慧，把恶意称作权力；

你们谁要是看到了信仰和自由就把它埋葬，

谁要是想欺骗上帝——到头来只能害了自己。

雅苦布

好样的安东尼！他还得去把华沙拜访——
为了这个寓言，起码又要蹲上一年牢房。

弗烈因德

这个故事不错——但我还是要找菲力克斯，
你们的寓言——对我来说没有多大意思！
要琢磨它的一点意思还得绞尽脑汁。
菲力克斯和他的歌万岁！来，喝一杯！

（给他斟酒）

扬科夫斯基

利沃维奇在干什么？——他还在为死难者祷告！
听着，让我为利沃维奇唱一支歌。

（唱）

如果你们有谁愿意，

耶稣圣母马利亚！

为我们祈祷，

耶稣圣母马利亚！

要我相信你的好心，

耶稣圣母马利亚！

得先把坏蛋统统干掉。

耶稣圣母马利亚！

那里沙皇像野兽，

耶稣圣母马利亚！

这里诺沃西尔佐夫像毒蛇。

耶稣圣母马利亚！

只要沙皇的脖子还完整，

　　　耶稣圣母马利亚！

只要诺沃西尔佐夫还在吸血，

　　　耶稣圣母马利亚！

我就不相信你的好心。

　　　耶稣圣母马利亚！

康拉德

你听着！喝酒时不要提起这些名字，

我早已不知道我的信仰跑到了哪里，

《圣经》里所有的圣者都与我无关，

但是我不能允许亵渎马利亚的名字。

伍　长

　　（走近康拉德）

好哇！有一个名字总算还留在你的心上！

输红了眼的赌鬼总是搜索空囊，

哪怕只剩下一块钱，也不认为输得精光。

碰到走运的那一天，他拿出这一块钱，

做个买卖，将本求利；上天对他垂怜，

到死的时候竟留下一笔可观的财产。

这个名字能逢凶化吉，我不是开玩笑——

这件事以前在西班牙，我曾亲自遇到。

那时沙皇还没有用这肮脏的军服使我丢脸——

开始我在东布罗夫斯基军团 ① 服役，
后来我到了著名的索波莱夫斯基军团 ②。

    杨

那是我的兄弟！

    伍　长

               我的上帝！愿他安息！
他是个勇敢的战士——身中五弹光荣牺牲。
他同您长得很像——我骑马来到拉梅古 ③ 小城，
就是遵照您的兄弟索波莱夫斯基的命令。
我至今记忆犹新——那里来了许多法国人，
有的掷骰子，有的玩纸牌，有的抱着姑娘——
每一个家伙都喝得醉醺醺的，狂呼乱叫。
后来他们又唱起了歌，忽高忽低根本不成调，
而且，他们唱些什么！淫秽不堪，乌七八糟。
他们那种荒唐放荡的生活——
连我这年轻人都感到害臊！
他们越来越放肆地亵渎圣者，
竟口出狂言，拿圣母的名字开玩笑。

---

① 　杨·亨里克·东布罗夫斯基，波兰将军、民族英雄。波兰被瓜分后，他
　　于1797年在意大利组织波兰军团，参加拿破仑战争。其军团团歌《波
　　兰不会灭亡》后被定为波兰国歌。
② 　指玛切依·索波莱夫斯基领导的波兰军团单位，参加过拿破仑远征西班
　　牙的战争。
③ 　位于葡萄牙北部的一座城市。

你们都知道我参加过圣母会，
保护马利亚的圣名是我的职责——
因此我向他们发出了警告：
"闭上你们的狗嘴，见鬼去吧！"
于是他们一声不吭，都不想跟我较量。

[康拉德在沉思，其他人开始交谈。
请听听这件事结果闹成了什么样：
吵嘴后我们都去睡觉，一个个烂醉在床——
深夜里突然军号响，战马嘶鸣，要动刀枪。
可是晚了，法国人的帽子已经戴不到头上——
没有地方戴啦——每颗脑袋都被齐颈砍下，
狡狯的客店主人把他们当成庄院的鸡一样宰杀。
我赶紧摸摸自己的脑袋，它还没有搬家；
帽子里留着一张纸条，不知是谁写了句拉丁文：
"波兰人万岁！只有他保卫了马利亚。"
您瞧！正是这个名字救了我的一条命。

囚徒之一
菲力克斯，你一定得唱个歌！给他倒茶，
要不，来杯甜酒。

菲力克斯

　　　　　既然兄弟们一致决定，
我应当高高兴兴。虽然我心痛欲裂，
但菲力克斯仍然会愉快的，你们会听到歌声。

（唱）

　　带镣铐，去西伯利亚，进矿山，

　　　　有多少刑罚我也不管，

　　我总是忠实的臣民，

　　　　为了沙皇拼命干。

　　在矿山，我用大锤开矿，

　　　　我一边开，一边想，

　　原来开出的矿是铁矿，

　　　　正好打把板斧砍沙皇。

　　如果我到了遥远的村庄，

　　　　我要娶个鞑靼姑娘，

　　也许就在我这一代，

　　　　生个帕伦①宰沙皇。

　　如果我到了移民区，

　　　　又开田来又耕地，

　　年年不忘一件事：

　　　　把大麻亚麻全种齐。

　　人们把大麻纺成线——

---

① 　彼得·帕伦，俄国将军、彼得堡总督。他是针对沙皇保罗一世的宫廷
政变（1801）的主谋，据说他用一根装饰沙皇礼服的绶带把保罗一世
勒死。

　　　　灰色麻线闪银光，
　　有朝一日时机到，
　　　　织一条绶带送沙皇。

众　人

（合唱）

　　特啦……特啦……特啦……

　　生个帕伦宰沙皇。

苏　静

为什么康拉德一声不哼，情绪低沉，

是不是在历数自己的罪过要进行忏悔？

菲力克斯，他对你的歌声充耳不闻。

康拉德！——你们看——他的脸色白一阵红一阵。

莫不是他身体有病？

菲力克斯

　　　　　　　　　别做声！我早就料到这个结果。

啊，我们知道这是怎么回事，我们了解康拉德，

后半夜就是他的时辰。——我菲力克斯暂不说话。

兄弟们，我们大家就要听到更好的歌，

不过需要音乐伴奏；——你有笛子，弗烈因德！

你吹他一向喜欢的曲子——我们静静地等着，

等需要合唱的时候，我们就一起应和。

约瑟夫

（看着康拉德）

兄弟们！他的灵魂已离开身体，在远方游荡：

它至今未归——也许还在观看星象预卜未来，

也许它又在哪儿碰见了一群相识的精灵，

听它们高谈阔论宇宙的奥秘、群星的形态。

他的目光多么奇怪，像一堆火在燃烧，

可是他的眼睛却没有任何意思表示出来，

灵魂从他的眼里飞走，就像军队野营

离开营地时留下的篝火在黑夜里燃烧，

他们离开的时候没有把它们熄灭，

使它们一直燃烧到军队重返营地的时候。

〔弗烈因德试吹了几个音调。

康拉德

（唱）

我的歌是坟墓的歌，冷酷的歌，

  它一闻到血腥气从地下涌出来，

就像渴血的吸血鬼一样：

  拿血来，拿血来，拿血来。

    对呀！报仇，报仇，向敌人讨还血债，

    上帝和我们同在，或者滚开！

众　人

（合唱）

我的歌喊道：我要傍晚出行，
　　首先去咬我的同胞兄弟，
只要我的长牙咬着谁的灵魂，
　　他就要同我一样变成吸血鬼。
　　　　对呀！报仇，报仇，向敌人讨还血债，
　　　　上帝和我们同在，或者滚开！

然后我们挽手同行，找敌人报仇雪恨，
　　喝他的血，用板斧把他剁成肉泥，
用钉子把他的手脚钉紧，
　　叫他翻不了身，永世成不了吸血鬼。

我们抓着他的灵魂下地狱，
　　我们一起把他的灵魂踩在脚下，
只要他还有一点点气息，
　　我们就死命地咬住他。
　　　　对呀！报仇，报仇，向敌人讨还血债，
　　　　上帝和我们同在，或者滚开！

**　利沃维奇神甫**

康拉德，停住！凭着上帝的名义，别唱这异教的歌！

**　伍　长**

看，他的眼神多么恐怖，——这是魔鬼的歌。

〔众停止歌唱。

康拉德

（伴着笛子）

我要升腾！我要飞起！飞上山巅，——

　　翱翔于人类之上，

　　　　来到先知们中间。

我的眼光如同利剑，

能把那笼罩着未来的乌云刺穿；

我的双臂如同旋风，

能把那笼罩着未来的浓雾驱散——

使我从万里碧空之中，

　　　　居高临下，俯视人间——

把这记载着世界未来命运的西比尔经书[1] 翻看。

　　　　在下方！

看吧，看吧，未来的事件，未来的年代，

　　它们像一群小鸟一样仰望着我，

　　　　仰望着我这只雄鹰，在蓝天翱翔！

　　看吧，它们是怎样落下地，怎样逃跑，

　　　　怎样成群地在沙土里挖坑潜藏——

　　我的眼睛紧跟着它们，

　　　　我的眼睛闪耀着光芒，

我的利爪抓住了它们——它们已在我的掌握之中。

这是什么？是一只什么鸟站了起来，

---

[1] 　希腊和罗马神话中，西比尔是女先知的统称。西比尔经书系预言书，来自坎帕尼亚的库迈，据古罗马诗人维吉尔在史诗《伊尼特》中描述，她将经书售与了塔奎纽斯。

挡住了其他的鸟，用眼睛向我挑衅；
它的两个翅膀像暴风雨前的阴云那样乌黑，
又长又宽弯成了一道长虹。
　　　　严严密密地遮住天空。

这是一只大乌鸦——你是谁？——你是谁，乌鸦？
你是谁？——我是鹰！——乌鸦死盯着我——
　　　　我的思路纷乱如麻！
你是谁？——我是雷神！——
它紧紧地盯着我，突然把一团黑烟吹进我的眼睛，
　　　　我的头脑昏沉——思路纷乱如麻！

几个囚徒
他在说什么！——什么——他怎么啦——
　　你们看，你们看，他多么苍白！
　　（他们抓住康拉德）
你安静一下……

康拉德
　　　　　　　　放手！你们放手！我正同乌鸦搏斗。
你们放手——我要把紊乱的思路解开，
　　我要唱完我的歌——一直唱到最后——
　　（摇晃）

利沃维奇神甫
不要再唱这些歌了。

其他人

> 够了！

伍　长

> 够了，上帝保佑！

铃声！——听到了吗？——巡逻队到了大门口！
赶快灭掉火——赶快散伙！

囚徒之一

（从窗口向外张望）

> 他们把大门打开啦。

康拉德晕过去了——随他去吧——
让他一个人孤零零地留在这里，别去动他！

[众人逃散。

第二场

即 兴

康拉德

（长时间的沉默之后）

孤独呵！——人们都走了，我算得上什么歌手？
我歌中的思想有谁能够认清？
我歌中灵感的光焰有谁能够看透？
为人拨弄琴弦的实在不幸：
语言欺骗声音，声音却去欺骗思想；
思想从心灵中飞出，却在语言里死亡。
语言吞噬了思想，在思想之上发抖，
如同大地在看不见的地下激流上颤抖。
难道人们会从土地的颤抖探测水流的深度？
有谁会想到这股激流正奔往何处？

感情在灵魂中搏动，燃起烈焰熊熊，
如同血液在深藏的、看不见的脉管中奔腾；
人们从我的脸上看到多少血色，
就会从我的歌中发现多少感情。

我的歌呵，你是世界以外的星辰，

凡人的眼睛就是安上玻璃的翅膀，①

追呀，追呀，也难以和你靠近。

他们的眼睛刚碰到银河上，

　　　　　发现那里有许多太阳，

　　　　　就以为难以计算，无法测量。

我的歌呵，凡人的耳目对你们有什么用处？

　　　　　你们像地下的一股潜流，

　　　　　在我的灵魂深处流淌，

像天外的星辰在我的灵魂高处发光。

你呀上帝，你呀大自然！你们听着：

这是配得上你们的音乐，值得长久地歌唱。——

　　　　　　　我是歌王！

　　　我是歌王，我伸出手掌向上，

　　　一直伸到天空，触到群星，

像弹拨玻璃的琴键②一样把它们拨动，

　　　　　让它们忽紧忽慢地歌唱，

　　　　　我用我灵魂的力量演奏出一篇篇乐章。

　　　亿万的旋律，亿万的音响倾泻而出，

　　　我把它们加以剪、裁、删、接，

　　　去粗取精，反复锤炼，

　　　使谐音同律，使美曲连篇，

---

① 喻望远镜。

② 一种古代的乐器：用一片片玻璃做成半圆形的键，装在一根轴上，在转动时，用手指弹拨玻璃键，可以演奏各种曲调。

叫它们清丽悠扬，如闪电一般光华灿烂。

我挪开双手，飞上世界之巅，
同时琴声也骤然中断。
　　　　我引吭高歌，我的歌声
　　　　就像狂风怒吼，电闪雷鸣，
　　　　把新鲜空气和生机带到人间；
　　　　我的歌声震长空，低沉悲壮，
　　　　一个个世纪为它低声伴唱；
　　　每一个音符都在演奏，都在燃烧，
　　　　我看得到它的光辉，听得到它的曲调，
　　　　像狂风激起滚滚浪涛，
　　　　我听见它在飞行中发出呼啸，
　　　　我看到它披着霓裳彩云降临。

　　　我的歌与上帝相称！
　　　这是伟大的歌，创造的歌。
　　　这样的歌矫健刚强，力量无限，
　　　这样的歌永生不灭，万世流传；
我感到这永恒是我所创造。
上帝呀，你还能创造出什么比这更崇高？
看吧，我苦苦思索得到了这些思想，
　　　　我又把它们化为语言，让它们在天空飞翔，
　　　　让它们奔驰，歌唱，腾跃，发光，
　　　　虽然相距遥远，我仍能触摸到它们；
　　　　我珍爱它们的优雅玲珑，

我猜得到它们的一切活动。
我爱你们，我的诗歌！
你们是我的思想，我的群星，
我的情感，我的旋风！
因为你们都是我的孩子，
我幸福地站在你们中间，
　　　　如同一家之长，慈爱的父亲！

我蔑视你们，所有的诗人，
所有的智者和先知，我蔑视你们，
虽然全世界都把你们夸奖。
尽管你们置身在自己的信徒之中，
接受他们的吹捧，倾听他们的颂扬；
尽管世世代代都用赞美的词句
当成桂冠扣在你们的头上，
你们也不能像我今天这样幸福，
　　　　在这寂静的深夜独自吟唱，
　　　　独自欣赏。
是的！——现在我感到其乐无穷，浑身充满力量，
　　　我从来没有像此刻这样，
　　　感到自己是如此情深，如此聪敏，如此坚强！
　　　这是我的良辰，我的力量达到了顶点；
　　　我就要知道，
　　　我到底是站得最高，还仅仅是傲慢。
　　　今天是我履行使命的时刻，
　　　我要奋力张开我灵魂的翅膀！

当参孙 ① 成了囚徒和盲人在圆柱旁沉思，

　这正是他显示力量的时光。

现在我抛弃躯壳，张开翅膀，

　　　急速飞翔，

　飞过行星和恒星环舞的境界，

飞向上帝和大自然相接的地方。

有了，有了，我有了两个翅膀，

我要把它们展开，从东方到西方，

左翼拍打着过去，右翼撞击着未来，

我要趁着情感的光辉——向你那里飞去，

　　　亲自领受你仁爱的胸怀。

　啊，你呀！上帝！大家都说你在上天主宰，

我到了这里，我来了，你看，我有多么巨大的力量！

　我的翅膀竟然使我达到了上苍。

然而我是凡人，我的躯体仍留在人间；

我爱那里，我把我的心留在祖国的土地上。——

　我的爱从不为了一个人，

　　像蝴蝶那样眷恋着玫瑰花丛；

　也不是为了一个家族，一个时代。

　我爱的是整个民族！——我张开双臂，

---

① 　典出《圣经·旧约》。参孙是古代犹太部落的领袖，以神力著称，他被
　　非力士人俘虏并刺瞎眼睛之后，拔倒胜利者们正在欢宴的神庙的圆柱，
　　使神庙倒塌，把敌人压死，他自己也被压死。

拥抱着整个民族的过去和未来，
像朋友，像情人，像丈夫，像父亲，
把它紧紧拥抱在怀里。
我希望它复兴，希望它幸福，
希望它受到全世界的赞美。
但是我无计可施，只好来到这里，
用思想的力量把自己武装齐全，
这思想曾使你的雷霆失去威力，
这思想能看出你的星球的运转，
也曾揭开海洋深处的秘密——
我具有超乎常人的力量，
我具有蕴藏在心底的感情，
它像火山一样，通过语言的艺术喷射出岩浆。
这力量我既不是取自伊甸园的知善恶树，
也不是偷吃了智慧果，
不是来自书本和故事，
不是来自魔术，
不是来自神秘的解题。
我生来就是创造者，
我的力量的源泉，
也就是你的力量产生的地方。
你无须寻求，就会有力量，
你不用担心失去它；我也一样。
我这敏锐而犀利的目光——
不知是你的赐予还是天生，
当我的力量一到——我居高临下，

能看清游云的方向，

能听到候鸟的飞翔，

能看见它们依稀可辨的翅膀；

只要我高兴，顷刻间像撒下罗网，

用目光终止它们的飞翔——

让它们哀声歌唱，

只要我不放松它们，你的狂风也不能把它们吹动。

当我用心灵的凝视全力盯着彗星，

只要我盯住不放，那彗星也要停止，

　　　失去飞驰的动力。

　　　只有那些堕落的人们，

　　　可悲而又不死的人们，

　他们不听我的——也不听你的，

　　　　不认识我和你。

　　　我来到这遥远的天国，

　　　　我要极力为人们设想，

要把这超越自然的力量

　　　送到世人的心上。

如同我用手势指挥星宿和鸟群，

　　　我要把我的同胞指引。

　　　我不用剑——因为它会在厮杀中断裂，

　　　不用诗歌——因为它成熟得太慢，

　　　不用科学——因为它会很快凋谢，

　　　不用奇迹——因为它过于喧闹，令人不安。

我要用感情来统治，这在我身上取之不竭；

我要像你一样长久而又不露形迹地统治。

我想干什么，他们会立即理解，

照着做的，就会获得幸福安适，

不照着做，就叫他们永世受苦难，

坠入死亡的深渊。

让人们变成我的思想和语言，

只要我愿意，就能用它们谱写歌曲，

有人说，你就是这样进行统治！

你知道，我的思想和语言健康而新鲜；

只要你赋予我同等的权力，

我就能把我的祖国化为一首生动的诗篇，

我就能创造出你从未见过的奇迹，

使幸福之歌更长久地响彻人间。

请赐我统治灵魂的权力！我蔑视这僵死的躯壳，

这躯壳人们称之为世界，对它大唱赞歌。

我的语言能否把它震撼，摧毁，

我还从来没有试过。

但是我深深感到，如果我把自己的意志集中，

使自己的意志得到加强，发光，

我就能叫一百颗星熄灭，把另一百颗星燃亮——

因为我是永生不朽的！我知道在造物的循环中，

还有和我一样的永生者，但是更高的，我还不知道。

因此，天国的至高无上者啊！我到这里把你寻访，

我，人世间至高无上的生物，

至今还没有见过你——说你存在，也不过是猜想；

现在让我同你相见，让我领略你高尚的品德——

把我想要的权力赐给我，

要不，就请你给我指出通往权力的道路！

我听说有过预言家，心灵的统治者，

我相信他们存在，但他们能做到的，我也能做到。

我想要有和你一样的那种权柄，

我想要像你那样统治人民的心灵。

[长时间的沉默。

（讥讽地）

你一语不发，一声不响！我了解你，

我懂得了你是怎么回事，懂得了你统治的秘密。

称你是仁爱的人必定是骗子，

你只不过有一点智慧。

人们探知你的道路不是用心灵，而是用思想，

人们寻找你的武库的方法也是这样——

　　　只有那种埋头读书的人，

　　　那种钻研金属、数字和尸体①的人，

　　　才能接近你，分享你的权力，

　　　才能找到毒品、火药、蒸汽，

　　　找到火焰、烟雾、轰响，

　　　找到法制，看出对自作聪明、不学无术的人的肮脏信仰。

　　　你让思想尽情享乐，

　　　而让心灵永远受苦；

————————————

①　　指当时的科学发现。

你赋予我以最短促的生命，

而赋予我的感情却最深厚。

[沉默。

我的感情是什么？

呵，只不过是一点火星！

我的生命是什么？

呵，只不过是短暂的一瞬！

那怒吼的惊雷是什么？

只不过是一点火星！

历史上的世世代代是什么？

只不过是短暂的一瞬！

整个人类从哪里来，小世界 ① 从哪里来？

只不过是来自一点火星！

那消耗我的思想财富的死亡是什么？

只不过是短暂的一瞬！

那把世界藏在自己胸怀里的人是什么？

只不过是一点火星！

如果你能把世界吞下，世界的永恒又是什么？

只不过是短暂的一瞬！

---

① 据古代的说法，人是宇宙系统缩小了的映像，他们构成了所谓的"小世界"，以与整个宇宙的"大世界"相对应。

左边的声音	右边的声音
我要像	他是何等癫狂!
骑马一样,	保护他,
骑上他的灵魂,	保护他,
快走,快走!	让我们用翅膀
飞奔,飞奔!	护住他!

一旦短暂的一瞬得以延长,一点火星得以燃烧——
　　　　就能摧枯拉朽,就能创造。
勇敢些,勇敢些!让我们把短暂的一瞬延长,
勇敢些,勇敢些!让我们把一点火星吹旺。
现在——好吧——就这样!我再一次把你召唤,
再一次向你敞开我的心灵,像对待朋友一般。
可是你却一语不发——你果真亲自同撒旦打过仗?
　　　　请接受我庄严的召唤!
你不要轻视我,虽然我孑然一身,却并不孤单。
我同地上的千百万人民心连心,
还有军队、权威、王位跟在我的后面,
　　　　如果我竟亵渎神灵,
我就要同你展开激战,比撒旦更让你丧胆;
他以理智斗争,我用心灵作战。
我深深地爱着,忍受着苦难,在苦难和爱情中成长;
你既然剥夺了我个人的幸福,
我就只能用自己的血染红自己的双手,
　　　　我还不曾举起它们反对上苍。

声　音　　　　　　　　声　音

我把骏马变成飞鸟，　　　一颗陨落的星！

插上雄鹰的羽毛　　　　　何等疯癫！

升起！　　　　　　　　　你就要

飞上云霄！　　　　　　　被推下深渊！

如今我已把我的灵魂和我的祖国连在一起，

用我的血肉之躯把祖国的灵魂吞食。

我和祖国是一个整体。

我的名字叫千百万——正是为了爱千百万，

我才如此痛苦，忍受酷刑。

我看着我可怜的祖国，

像儿子看着被车裂而死的父亲；

我感受着整个民族的苦难，

像母亲感受着腹中胎儿活动的阵痛。

我痛苦昏沉——而你却聪明而又冷静。

你总是这样统治，

总是这样裁判，

而人们却说，你从来就很公正！

你听着，如果我出生之后听到的全是真话，

说你也懂得爱；——

如果你生来就爱这个世界；

如果你爱世人真如慈父；

如果你对牲畜也慈悲为怀，

让它们藏在方舟里逃过洪水的灾害；——

如果心不是怪物，只是偶然一现，

从未达到它的天年；——

如果在你的统治之下，温情并不是淫乱，

如果千百万人高喊"救命哪！救命"，

你不会无动于衷，不把他们只当作纷乱的一团；——

如果爱在你的世界上还有用，

而不仅仅是你的错误的计算……

<table>
<tr><td colspan="2" align="center">声　音</td><td colspan="2" align="center">声　音</td></tr>
</table>

声　音　　　　　　　　声　音

把雄鹰变成九头蛇①，　　迷路的彗星，

　挖掉它的眼睛，　　　　离开了明亮的太阳！

　继续向前冲！　　　　　哪里是你奔驰的尽头！

　　冒烟！射击！　　　　没有尽头！没有尽头！

　　怒吼！雷鸣！

你还是一声不响！——尽管我已对你披肝沥胆！

我恳求你给我权力——哪怕是很小的一部分，

是人间的傲慢所霸占的全部权力中微薄的一点；

有了这一点微薄的权力我就能把幸福带给人们！

你沉默不语！你不把权力赠给心灵，就请赐给理性。

你看，我是凡人和天使中的骄子，

我对你的了解比你的大天使更为透彻，

你的权力我配领受，我应该分享！——

---

① 　希腊神话中的怪蛇，有九个头，每一个头被砍掉后都会再长出来。

如果我没有说对，请你直说——
你总是沉默不语，我并没有撒谎。
你一语不发，对自己强健的双臂满怀信心。
你可知思想不能摧毁的东西，感情能把它化为灰烬。
你看，这感情——就是我的火种，
我收集它，压紧它，让它发出烈焰。
我要把意志炼成钢铁，
如同把火药装入炮弹。

声　音　　　　　　　声　音

火光！射击！　　　　可怜！可惜！

你开口吧，——否则我就要向你开火射击；
即使我不能把你的天国化为瓦砾，
也要震撼你在天国的全部领地；
我要发出撼天动地的声响，
它将要一代一代地传下去，
我要大叫一声：你不是世界之父，你是……

魔鬼的声音

　　　　　　　　沙皇！

〔康拉德站立片刻，摇晃，跌倒在地。

左边第一个精灵

践踏他，抓走他！

左边第二个精灵

　　　　　　　他还在呼吸。

左边第一个精灵

　　　　　　　他晕倒了，晕倒了，
趁他还没清醒，闷死他！

　　右边的精灵

　　　　　　　滚开！还有人在为他祈祷。

　　左边的精灵

你看，他们要把咱们赶走。

　　左边第一个精灵

　　　　　　　你这个愚蠢的魔鬼！
你没有帮助他把最关紧要的一个字吐出来，
你没有把他的傲慢再升高一级！
再有片刻的傲慢——这颗脑袋就是死人的脑袋。
这样接近着它，却不敢用脚踩！
眼看着他嘴边流血，却不敢去舔它！
你这个最蠢的魔鬼，都是你放了他，功亏一篑！

　　左边第二个精灵

他会回来的。

左边第一个精灵

滚开！否则我就用角把你挑起来，
挑你一千年，还要拿你去喂撒旦！

左边第二个精灵

哈！哈！你吓唬我，姑姑妈妈哟！
可吓破了我的胆！
我要像孩子一样大哭——
（哭）
给你一下子，
（用角冲撞）
怎么样，正好中的？
你滚吧，滚进你的地狱里去———直沉到底。
好哇，我的角！——

左边第一个精灵

见鬼去吧！①

左边第二个精灵
（用角冲撞）
再给你一下。

---

① 原文是法语。

左边第一个精灵

快滚开！

[听到门的响声和钥匙插在锁孔的声音。

左边第二个精灵

神甫来了，快把角藏起来，快躲吧！

第三场

［伍长、本笃会^①神甫彼得和一个囚徒上。

彼得神甫
凭着圣父、圣子和圣灵之名！

囚　徒
　　　　　　康拉德！你看，
他一定是晕倒了，他什么也听不见。

彼得神甫
上帝呀！请降福于此室，保佑罪人安宁！

囚　徒
上帝，他晕过去了，你看——他在抽搐，奄奄一息，
他病得厉害，你看，他咬着自己的嘴唇。

---

① 天主教修会的主要派别之一。

[彼得神甫祈祷。

伍　长

（对囚徒）

我的先生，你走吧；让我们留在这里。

囚　徒

请不要在那些空洞的祷告里浪费时光，

还是把他从地上抬起来，放到床上。

彼得神甫！

彼得神甫

　　　　　　　　不，随他去。

囚　徒

　　　　　　　　这个枕头可以给他垫上。

（把枕头垫在康拉德头下）

唉，我知道是怎么回事——这种癫狂往往突然发作，

于是他长时间地唱歌，然后就胡说乱叫，

但是第二天又恢复健康，像鱼一样蹦蹦跳跳。

到底是谁告诉您，说他晕过去了？

伍　长

　　　　　　　　先生，请你安静点坐着，

让彼得兄弟为你的学友祈祷；

因为我晓得这里有事——我感觉到有点不妙。

巡逻队一过，我就听到这牢房里吵吵闹闹。
我从钥匙孔里往里边一看，只有我自己知道
我看见了什么。于是我赶快就去把神甫找。
彼得兄弟是个虔诚的信徒，赶忙向这里跑来。
你看看这个病人：他的气色多么糟糕！

囚　徒
上帝呀，我什么也不明白——我简直也要发疯。

伍　长
发疯？唉哟，先生们，小心点儿，先生们！
你们的嘴巴能说会道，各种学问装满了头脑，
但是你们看，聪明的脑袋却在泥土里打滚，
能说会道的嘴里流出来的——却是白沫，
我听到他在歌唱，唱些什么，我全不知道。
但是我看到了他眼里的神情、额上的动静。
请相信我，在这个人的身上出现了不祥的预兆——
我曾是军团的战士，后来入伍当了兵，
我冲击过炮垒、寺院和要塞；
我亲眼所见的灵魂出窍，
比你一辈子从书本上看的不知要多多少。
看着人死去，可不是件小事。

在普拉加 ①，我看到过神甫被杀戮，

在西班牙，我看到过把人从高塔上推下活活摔死；

我看到过刺刀怎样剖开母亲的胸脯，

我看到过哥萨克的长矛怎样挑着孩子，

法国人死在雪地里 ②，土耳其人被钉在木桩上；

我看到过多少垂死的人的惨状，

强盗、杀人犯、土耳其人、莫斯科鬼子，

所有这些家伙的凶相我全都熟悉。

我看到过被判死刑的人勇敢地直视枪口，

他们拒绝把眼睛遮住，

但是当他们直挺挺地倒下的时候，

我看到那生前被羞耻和骄傲压抑着的恐惧，

却像昆虫一样从他们的尸体上爬起；

就是胆小鬼在战场上也没经过这种恐惧，

因此只要看看那死者的额头，就要吓一大跳，

就会知道他的灵魂在受苦、在颤抖，

疼痛他经受得住，苦难却是永世难消。

因此我的先生，我常常想，死人的脸

就是通向未来世界的军人证书 ③，

你一看就会明白，他将受到怎样的接待，

按照什么规格、什么级别，成为圣者还是受到诅咒。

---

① 波兰首都华沙被维斯杜拉河隔成两个区，一个区通称华沙，另一个区叫
普拉加。在1794年的科希丘什科起义中，俄军占领普拉加后对平民进
行了大屠杀，整个地区被夷平。

② 指拿破仑远征俄国失败后，法军从莫斯科城下撤退时的情景。

③ 原意是军事学校的证书。

现在这个人的歌唱和疾病，
他的额头和眼神，全都不能叫人放心。
先生，请你安静地回到自己的牢房去吧，
让我和彼得兄弟在这里照看病人。

　　　〔囚徒出。

康拉德

深渊——千百年——空虚——啊，再多也好！
哪怕千年万代我也忍受得了——
祈祷吗？——不，祈祷已经是无济于事——
难道深渊确实存在，深不见底，无边无际？
我不知道，但确实存在。

　　伍　长

　　　　　　　　　听他哭得多么悲哀。

　　彼得神甫

我的孩子，向我这颗爱你的心上依靠。
　　（向伍长）
你出去瞧一瞧，别让任何人走进来，
在我出去之前，谁也不要把我打扰。

　　　〔伍长走出。

康拉德

（突然跳起）

不！——他还没有挖掉我的双眼！我还有一双锐利的眼睛，

我从这里看得到、看得到，虽然这里漆黑深沉，

我看到你，罗利逊①，——兄弟，你为什么在那里？

你也在狱中，被打得鲜血淋淋，遍体伤痕？

上帝也没听到你的祈求，你无法从绝望的深渊逃走；

你寻找小刀，用脑袋撞击墙壁，企图毁灭自身！

你呼唤上帝救你，上帝不听，我也不能。

我有一双锐利的眼睛，我看着你②，也许能结束你的余生——

不，不能这样，——但是我的眼睛能指给你绝命的途径。

你看见了吗？爬上窗户，把它打破，

跳下去，你就会断肢折颈，

这样就同我一起坠入那深沉、黑暗的深渊——

这个深渊里倒比人间干净，

那里没有兄弟，没有母亲，没有民族——也没有暴君。

彼得神甫

卑污的精灵，从你的毒汁我看出你的
原形，

你是一切精灵中最狡猾的一个。

你这最丑恶的撒旦，你又来到这间无人的屋子，

---

① 　在诗人手稿里是莫利逊，指杨·莫利逊。他是克依丹地方学校的学生，
十八岁时以阴谋组织反对康士坦丁的罪名被判处死刑，后减刑流放到西
伯利亚。

② 　康拉德认为自己的目光的幻力能让罗利逊解脱。

是你附在他的身上，通过他的嘴来散布你的罪恶。

我以上帝之名把你捆起，把你惩处。

我诅咒①……

精　灵

　　　　　　　　停住，不要诅咒——停住，

请离开门口一点，我就走。

彼得神甫

　　　　　　　　你出不去，除非上帝答应。

耶稣是这里的主宰——他将把你制裁：

你给狮子布下罗网，到头来自落陷阱。

上帝通过这个罪人把你擒来，

我也要通过他把你审讯：

你这个骗子，我命令你，你必须说出实情。

精　灵

请你用法语同我讲话，可怜的神甫，

我在世上一晃，就忘掉了拉丁文。

你是个圣者，应该有语言的才能，

德语你也会吧？为什么那样胆小地哼哼？

这是什么——先生们，听我说……②

————————

① 　原文是拉丁语。

② 　原文混杂了法语、德语、英语、西班牙语及意大利语。

彼得神甫

你用他的嘴胡说八道，你这个懂得百种语言的毒蛇！

精　灵

正是这样，在这种游戏里我们是互相协助，

他是智者，而我是精灵。

我是他的先生，我为此感到光彩，

你比我们懂得更多？你说吧——我倒要看看你的本领。①

彼得神甫

以圣父、圣子和圣灵之名！

精　灵

停住，停住，我的神甫，你已把我战胜！

好神甫，别这么折腾人，难道你是撒旦？

竟这样折磨我！

彼得神甫

你是谁？说！

精　灵

我是卢克莱修②，利维坦③，

---

① 　原文是法语。

② 　卢克莱修（约前99—约前55），古罗马诗人、哲学家。

③ 　代表海洋力量的巨兽。在英国政治哲学家托马斯·霍布斯的著作《利维坦》出版后，也演变成国家的象征。

我是伏尔泰^①，老弗利茨^②。

我是群。^③

彼得神甫

你看见了什么？

精　灵

野兽。

彼得神甫

在哪里？

精　灵

在罗马。

彼得神甫

不听我的——我又要祈祷。

（祷告）

精　灵

我听你的。

---

① 伏尔泰（1694—1787），法国思想家、作家。
② 指普鲁士国王弗里德里希二世，1740—1786年在位，史称腓特烈大帝，第一次瓜分波兰的倡议者。原文是德语。
③ 原文是拉丁语。典出《圣经·新约》，耶稣为人驱污鬼，问鬼的名字是什么，鬼回答说："我名叫'群'，因为我们多的缘故。"

彼得神甫

　　　　你在哪里见过囚徒？

精　灵

　　　　我说过了，在罗马。

彼得神甫
你撒谎！

精　灵

　　　　　神甫，我以名誉担保，以我爱人的
　　　　　　名誉担保，
我那面色乌黑的爱人，她总是为我长吁短叹。
你知道我的爱人的名字吗？——她叫傲慢。
你这个人一点好奇心都没有，真是没有味道！——

彼得神甫
　（自语）

　　　　　　怎么恳求也无用，顽强的恶鬼；
让我们向上帝膜拜，恳求他的慈悲。
　（祈祷）

精　灵
你又在干什么？我自己走就是了。
我承认，我钻入这个灵魂，不够机巧，
我这里给刺得好疼——它像一张刺猬的皮，

我反披着它，那刺一直扎到我的肠子里。

　　〔神甫继续祈祷。

虽然你是个普通的教友，但你却是个大师，
驴子们应该选你当教皇。
他们把愚昧摆在教堂的最前面，像圆柱一样，
却把你搁在一旁，像蜡烛上的一点微弱的光。

彼得神甫
你卑鄙而自以为是，你是谄媚者，是暴君，
你在尘沙里爬行，咬碎了人家的心。

精　灵
　　（笑着）
哈！你生气了，中断了祈祷，又得重新开头；
我不晓得，你这么摇着爪子的模样多么可笑，——
就像只大狗熊对付蚊子的胡闹和嗡叫！——
它也像你这样——够了，我们别再讥诮和争吵。
我知道你的力量，诚心向你忏悔，
我要对你说说过去和未来的事情。——
你可知道，人们在怎样谈论着你？——

　　〔神甫继续祈祷。

你可知道两百年后波兰的命运？——

你可知道修院院长为什么对你不喜欢？——

你可知道启示录中魔鬼的含义？——

你不言不语，只顾祈祷——一双眼睛盯得我心寒。

告诉我，神甫，为什么你专门找我的麻烦？

我有何罪，要受这样的鞭笞？

我不过是个普通的小鬼，——并不是鬼王。

你想想，让奴才为主人受罚可是合理？

我只不过是受撒旦的派遣来到这个地方；

他的命令难违，同他相处不易，因为他不把你当成亲兄弟。

我不过是奥地利的官员、俄国的省长、普鲁士的县官：——

他们命令我来"抓这个灵魂"，我就照办，把它抛到黑牢里；

如果那个灵魂遭了点儿苦难，

我有何罪？——我不过是个盲从的工具；

混账的暴君发下圣旨，写着："照此办理。"①——

难道我乐意去折磨别人——自己也跟着受罪？

唉——

　　　　（叹气）

　　　　　　　　最糟糕的事莫过于心软，唉，我的心已
　　　　　　　　快破碎。

请相信我：当我用爪子撕去罪人的皮的时候，

我得用我的尾巴揩掉自己的眼泪。

　　〔神甫继续祈祷。

————————

①　　指俄国政府颁布的法令。

你可知道，明天你就要像哈曼那样挨揍？①

彼得神甫

以圣父、圣子、圣灵之名，阿门。

我诅咒你，不洁的精灵。②

精　灵

神甫，请等一等——我说——就等我一秒钟！

彼得神甫

那个想要出卖灵魂的不幸的囚徒在哪里？——你不说——

　我诅咒你③。

精　灵

　　　　　　我说，我说，请不要着急。

彼得神甫

你看见了谁？

精　灵

　　　　　　　囚徒。

---

①　据《圣经·旧约》，哈曼是波斯的大臣，曾计划灭绝犹太人，计划失
　　败后被绞死。后来犹太人过普珥节时，就扎一个哈曼的模拟像进行
　　鞭打。

②③　原文是拉丁语。

彼得神甫

什么样的？

精　灵

罪犯。

彼得神甫

在哪儿？——

精　灵

在那所修院里。

彼得神甫

哪一所？

精　灵

多明我会①修院。

那罪人已永坠深渊，按理应该归我来管。

彼得神甫

你撒谎。

---

① 天主教修会的主要派别之一。

精　灵

　　　　　　　　他已经死了。

彼得神甫

　　　　　　　　你撒谎。

精　灵

　　　　　　　　他气息奄奄。

彼得神甫
我诅咒你 ① ——

精　灵

　　　　　　　　我说，我说——我唱——我跳，
只是你不要诅咒——我出不来气——该怎么说？

彼得神甫
说实话。

精　灵

　　　　　　　　那有罪的人是病了，糊里糊涂，东撞
　　　　　　　　　　　　西奔，
毫无疑问他的末日就是明天早晨。

────────────

① 　原文是拉丁语。

彼得神甫

你撒谎。

精　灵

　　　　　鬼王别西卜是个可敬的见证人，
你问他去——折磨他，饶了我这个无辜的灵魂。

彼得神甫

怎么去拯救这个罪人？

精　灵

　　　　　但愿你不得好死，老头子！
我不告诉你。

彼得神甫

　　　我诅咒你 ① ——

精　灵

　　　　　用安慰去拯救。

彼得神甫

好，你说清楚——他需要什么？

---

① 　原文是拉丁语。

精　灵

我嗓子哑了，我没法说。

彼得神甫

　　　　　　你说!

精　灵

　　　　　　我的老爷! 皇帝!

让我休息休息——

彼得神甫

　　　　　　你说，他需要什么——

精　灵

　　　　　　神甫，

这个我不能说。

彼得神甫

　　　　　　你必须说!

精　灵

　　　　　　嘿——面包——酒。

彼得神甫

我明白了，要的是你的圣血和圣体，上帝，
保佑我履行你的指示，我就去把他拯救。

（对精灵）

现在收起你的坏心和罪恶，

从哪里来就回到哪里去，快走。

[精灵下。

康拉德

你要把我拉起！你是谁？小心你也陷入这个泥坑。

我把手伸给你。我们飞吧。像鸟儿一样飞升——

一路上芳香醉人——我用光辉照亮着行程。

是谁向我伸出了手？——是天使还是善良的凡人？

哪来的怜悯心驱使你们到这万丈深渊，把我找寻？

凡人吗？——我轻视凡人；天使，我又感到陌生。

彼得神甫

祈祷吧，上帝的手已经给了你可怕的惩罚，

你的嘴冒犯了他的尊严，

你的嘴已被恶鬼用恶言秽语污染；

愚蠢的语言弄脏了你聪明的嘴巴，

但愿这些能被当作苦不择言，

但愿你能把它们忘光——

康拉德

可惜它们已像钢铸铁打。

彼得神甫

罪人啊，但愿你永远不要想到它们，

那些蠢话的含义，但愿上帝不要向你追问——

祈祷吧；你的思想已让这些恶言秽语弄脏，

就像一个被赶出皇宫的有罪的女皇，

穿着乞丐的破烂衣衫，全身沾满灰土，①

一直等到这惩罚把自己的罪过洗涤干净，

才重新换上帝王的服装，登上王位，

比以前更加光彩照人。

他睡着了——

　　　　（跪下）

　　　　　　　　　　　上帝，您的慈悲无边无涯。

　　（伏在地上，做十字状）

上帝，我是您的忠仆，一个衰老的罪人，

我已是老朽无能，精疲力尽。

请您让这个年轻人代替我，成为您的信仰的仆人！

我愿承担他的罪过，把一切惩罚归于一身，

他将悔过自新，为您扬名。

我向您祈祷，全知全能的上帝，请接受这个牺牲。

　　（祈祷）

　　〔从邻近的教堂，隔壁传来圣诞节的歌声。在彼得神甫
的头顶上，响起众天使的合唱；曲调是《天使向牧羊人说
话》。

───────

① 　天主教的忏悔仪式，表示负罪和悲恸。

众天使

（合唱，童声）

请赐此室以和平，

请赐罪人以安宁。

仆人呵！虔诚、温静的仆人，

你给这傲慢之家带来了平静。

请赐此室以和平。

第一个天使长

（用《我们的上帝是我们的隐身所》曲调）

上帝，他犯了罪，他反对您，罪过非轻。

第二个天使长

但是，您的天使们为他流泪，为他祈祷。

第一个天使长

啊，上帝，谁敢蔑视您神圣的审判，就给他以严惩。

第二个天使长

啊，上帝！宽恕这由于无知未接受您神圣审判的人。

天　使

当我带着希望之星 ①，

---

① 即伯利恒之星，象征耶稣的降生。

飞来赐犹太以光明，

天使们唱着圣诞颂歌，

智者对我们视而不见，

帝王们听而不闻。

牧童们发现了我们，

立刻往伯利恒飞奔。

穷苦、平凡、渺小的人们，

首先把永恒的智慧迎接，

把永恒的权力承认。

第一个天使长

当上帝从自己的仆人——天使的心中看到好奇、傲慢和狡猾，

对这些不朽的灵魂，纯洁的天使，也决不饶过。

成群的天使从天堂被逐下，像星星的雨点，

哲人们的智慧也像雨点一样跟着他们纷纷飘落。

众天使

（合唱）

上帝向小人物显示的东西，

却拒绝向伟人们显示。

怜悯吧，怜悯大地之子，

他和伟人们在一起。

呵！怜悯大地之子。

第二个天使长

他来把您的审判探讨不是为了满足好奇心，

他不是为了谋取凡人的智慧和光荣来向您询讯。

第一个天使长

他不认识您，不尊敬您，伟大的上帝！

他不爱您，没有向您呼求，我们的恩人！

第二个天使长

但是他尊重您的最神圣的圣母的名字；

他热爱人民，热爱许许多多的男人和女人。

天　使

　黄金铸成的十字架，

　装点着帝王们的王冠。

　　像北极星闪烁在哲人们的胸前，

　　但不能进入他们的灵魂。

　　上帝呀！请把光辉照耀着他们！

众天使

（合唱）

　我们如此热爱人民，

　同他们心连着心。

　　我们被哲人和帝王们弃置一旁，

　　是普通人对我们表示了欢迎和爱怜，

　　我们日夜在他们头顶上歌唱。

天使长们

（合唱）

扶起这颗头颅，让它从尘土里立起，升上霄汉，

自愿地跪拜在您的十字架前；

让全世界都按照他的模样拜倒在您的金十字架下，

呵！我们的上帝，对您的公正、仁慈热情颂赞。

众天使和天使长们

（合唱）

愿平凡的人们得到和平！

愿虔诚和宁静的美德得到和平！

虔诚的仆人，默默无声的仆人，

给这傲慢之家带来了平静，

给有罪的孤儿带来了安宁。

第四场

利沃夫 ① 附近的村舍

〔卧室。年轻女子爱娃②跑进室内，在圣母马利亚的像前整理花束，跪下祷告。玛尔采利娜③上。

玛尔采利娜

你还在祈祷！——已经半夜了，该去睡觉。

爱　娃

我已经为我的祖国、为我的父母做了祷告，

一切都遵照长辈们的教导；

现在我们再来为他们④同样祈祷。

虽然他们在很远的地方，但也是我们波兰的子孙，

属于同一个波兰祖国，同一个母亲。

今天到这里来的立陶宛人，逃出了莫斯科鬼子的火坑；

---

① 　波兰东南部的文化教育和工业贸易中心，被瓜分后属于奥地利，现属乌克兰。

②③ 　　这是密茨凯维奇1829年在罗马认识的两个波兰少女。一个名叫亨瑞塔·爱娃·安克维奇，另一个是她的朋友玛尔采利娜·莱门毕茨卡。"利沃夫附近的村舍"是爱娃的家乡。

④ 　指受侦讯的爱德社成员。

莫斯科鬼子对波兰人干了些什么，听起来叫人胆战心惊。

万恶的沙皇把他们统统送进地牢，

像希律一样想把整整一代人消灭。

这个立陶宛人使我父亲伤心懊恼，

老人跑到田野去散步，至今没有回家。

妈妈捐了钱为他们做安魂弥撒，

因为他们之中许多人已经死亡，我要为他们祈祷，

特别为那个写下这本诗歌①的人祷告。

  （以书相示）

这个客人告诉我们说他也在狱中。

我读了这本诗歌，有的诗写得非常动人——

我还要跪在圣母像前为他祈祷；

谁知道，此时此刻，

他有没有双亲在为他祷告。

  〔玛尔采利娜下。

  〔爱娃祈祷并睡去。

 天　使

轻轻地、悄悄地、像梦一样地飞行。

 众天使

  （合唱）

———————

① 指密茨凯维奇的第一部诗集《歌谣和传奇》（1822）。

让我们为可爱的兄弟在梦中把忧愁排遣，

让我们把翅膀给睡着的人作为枕垫，

让我们用星星似的眼睛照耀着他的脸，

让我们唱着歌，奏着乐曲，飞成一个花环，

把我们纯洁、恬静的亲爱的人装扮。

让我们把百合花一样的手臂变成桂叶，

让我们把前额修饰得像玫瑰一般鲜艳，

让我们把头发像彩带一样披散，

让我们在光芒中熔化，在芳香里飞舞，

用这盛开的、馨香的、活的花环，

戴在我们的亲人的头上，

围绕在我们的亲人的胸前。

让我们唱着歌，奏着乐，

在我们纯洁的、安睡的亲人上方盘旋。

爱　娃

幻　觉

这小雨是多么清新、可爱，轻俏得像露水一般，

哪里来的这种雨？——这么明净的天，

　　　　明净的天！

绿的点，红的点——草一样绿，花一样艳，

　　　　玫瑰、百合的花环

围绕在我的身边——啊，这梦是何等地香甜，

　　轻盈的梦，甜蜜的梦——但愿它永远在身边。

闪光的玫瑰，明亮的玫瑰呵，

透明的百合花，洁白的百合花呵！

你不是地上生——你生长在那洁净的白云间。

水仙花用它那雪一样明净的眼睛盯着我看；

而这蔚蓝的毋忘我花，

就像婴儿的瞳仁一般——

我认识你们——这是我的花——我曾亲自浇灌，

昨天我又从自己的园中亲手摘下，

亲手编成花环，

为我床头的圣母像加冕。

我看到了——这是圣母——奇迹的灵光闪现！

她俯视着我，手里拿着花环，

把它给了圣婴耶稣，

耶稣又把鲜花抛下来给我，笑容满面。

这些花儿给世界增添了多少姿色，——

多少花啊，真是不计其数，千千万万！

所有的花儿都在飞行，

都在空中为自己寻找伙伴，

我的亲人！

它们自动编成了花环。

我在这里多么快活，像在天堂一样，

我的上帝，我在这里多美满！——

让这花环永远围绕着我，

让我看着这些玫瑰花睡去，

立地死去，望着这洁白的水仙长眠。

玫瑰花，这玫瑰花活起来了！

它有了活的灵魂；

它抬起头来，又羞涩，又轻盈，

它像一团火，又温暖，又光明，

这生机勃勃的红晕——像霞光点点！

它在微笑，在微笑中把绿叶舒展，

珊瑚一样的两片红唇藏在绿叶中间；

它在说话，说些什么——这般轻柔，这般舒缓。

玫瑰花，你想对我说些什么？

声音这样轻，这样忧郁——难道你有什么哀怨？

是不是在诉说，不该让你离开你的花园？

我摘下你不是为了自己好玩，

我是为你给圣母的头像编织花冠。

昨天我忏悔之后曾用泪水把你浇灌；

从你珊瑚般的嘴里

喷射出光辉，

一个火星接一个火星——

这是不是你的感叹，你的低吟？

你要什么，可爱的玫瑰？

玫　瑰

请把我紧贴在你的心上。

众天使

让我们拆开我们的花环。

玫　瑰

我要张开我的两翼，展露我的娇颜。

众天使

我们要欢欢喜喜地飞上青天。

玫　瑰

天将破晓之前，我要使她高兴，
把我的双鬓贴在她的胸前，
像上帝的宠儿，神圣的使徒，[①]
把耶稣的圣怀当成自己的憩园。

---

① 指约翰，耶稣的十二门徒中最小的一个，耶稣特别爱他。

第五场

彼得神甫的禅房

彼得神甫

（躺卧，手臂做十字形，祈祷）

上帝！在你面前我为何物？——

　　　　是乌有，是尘土。

但是，当我向你忏悔了我的空虚，

　我，一粒尘土，也敢同你一叙。

幻 觉

暴君起来了——希律！——上帝，整个年轻的波兰

　　　　落入了希律的毒手。

我看到了什么？——一条条漫长的、铺满十字架的、茫茫

　的路，

漫长的路——永无尽头——穿过云海，踏过雪原，

条条路通向北方——通向那遥远的国度，

　　像条条河流一样地流呵流。

流呵流：——这一条直流到监狱的窗口，

那一条像溪水直泻悬崖，流到矿山的深洞口。^①

流呵流，苍海无边，没有尽头。^②——看，一队队囚车

在这些路上疾驰——像狂风驱赶着乌云；

　　　　所有的囚车都向着一个方向奔流。

　　　　啊，上帝！这是我们的子弟，

　　　　统统向北流——上帝！上帝！

　　　　这就是他们的命运——放逐！

难道你忍心叫他们年轻丧命？

难道你忍心把我们一代人消灭干净？

你看！——哈！——这个孩子终于得救——

　　　　他将成长起来——成为我们民族的救星！

　　　　成为民族复兴的圣人。

他出生自一个外国母亲，血管里流着历代英雄的血，

他的名字叫四十四^③。

上帝！难道你不愿意加速他的来临，

　　　　让我的人民高兴？

不！人民还要受难。——我看到了一群恶棍：

暴君和杀人犯，他们把我的民族捆绑起来劫走，

整个欧洲跟在后面拖着、嘲弄着我的人民——

"带上法庭！"——恶棍把这个无辜的人拖走，

法庭上只有一张张鬼脸，没有手，没有心；

---

①② 指许多波兰青年被流放到西伯利亚的矿山做苦工，或流放到俄国沿海生活。

③ 诗人想象的未来的民族救星的代号。

这就是审判他的一群法官！

他们狂叫："高卢①，叫高卢裁决，立刻开庭！"
高卢在他身上找不到罪行——想洗手不干，
但国王们大声狂叫："给他定罪，给他惩罚，
让他的鲜血溅落在我们和我们子孙的身上；
把马利亚之子钉上十字架，释放巴拉巴②：
钉上十字架——他竟敢侮辱皇冠，何等猖狂；
钉上十字架——否则我们就说，你是皇帝的仇敌。"
于是高卢软了下来。③ 人们拖走他，给他带上荆冠，
鲜血染红了他那无辜的双鬓。
他们把他举在全世界面前——人们跑来围着他看。
高卢大叫："看，这就是独立自由的民族！"

呵，上帝，我看到了十字架——唉，他背着它，——
上帝呀，怜悯你的仆人吧，他要背到什么时候！
请给他力量吧，不要让他中途倒下。——
十字架伸开长长的双臂遮住了整个欧洲，
它用三种坚硬的木料制成，来自三个冷酷的民族④。

---

① 指法国。
② 典出《圣经·新约》。巴拉巴是一名强盗，彼拉多把他与耶稣一同带到
　　犹太人前，询问释放二者中的哪一位。结果巴拉巴获释，耶稣被判处钉
　　十字架。
③ 十一月起义期间，一些波兰政治人物和社会团体希望法国能干预与俄国
　　的战争，法国公众和舆论也表现出了普遍的热情，但这没能让政府去采
　　取行动。
④ 指瓜分波兰的俄国、普鲁士、奥地利。

现在我的民族被钉在殉难的宝座上——

他说："我渴。"——拉古斯 ① 给他喝醋，波鲁斯 ② 给他喝
  胆汁，

而母亲——自由呵，则站在他脚下哭泣。

你看——莫斯科雇佣的一个大兵举起长矛向他直刺，

刺得我无辜的民族鲜血淋淋。

你干了什么事，最愚蠢最凶暴的刽子手！

但只有他日后悔改了自己的罪过，上帝才把他饶恕。

我的亲人！他低下了垂死的头，

高喊着："上帝，上帝，你为什么把我抛丢！"

他死了！

  [听到天使的合唱，远处传来复活节的歌声。结尾处传
来："哈利路亚！哈利路亚！"

向着天堂，向着天堂，他向着天堂飞翔，

      在他脚边飘垂着白色的衣裳，

      洁白得像雪一样——

衣裳垂拂下来，宽宽地展开，覆盖着整个世界。

他到了天堂，还没从我的眼前消失。

他的三颗瞳仁像三个太阳一样闪亮，

他向人们展示他那被钉穿的右手。

---

① 　指奥地利。
② 　指普鲁士。

这个男子汉是谁？^①——这是人间的代表，

  我认识他——当他还是个孩子的时候，

  他现在长得多么大，多么高！

他是个盲人，有个天使在给他领路，

  这是个可怕的男人——有三种面相，

  有三个额头。

神秘的天书像华盖一样铺展在他的头上，

  把他的脸笼罩。

  三个京城^②都踏在他的脚下，

当他一声叫唤，世界的三个末端一齐颤抖。

这时我听到一阵声音从天而降，像阵阵雷鸣：

  "这是自由的代表，在大地上都能看得清楚！"

他要在光荣之中建成一座巨大的教堂，

  君临于一切百姓和帝王之上。

他站在三顶皇冠之上——而自己却没有一顶冠冕。

  他的头衔——民族中的一个民族，

  他的生活——一切苦难中的苦难；

他出生自一个外国母亲——他的血统来自历代的英雄，

 他的名字叫四十四，

  光荣！光荣！光荣！

  （睡去）

---

① 这里往下是对"四十四"的描述。

② 指莫斯科、柏林、维也纳，分别为俄国、普鲁士、奥地利的首都。

众天使

（显身，上）

他睡着了——让我们把他的灵魂从躯体中取出，

像从黄金的摇篮里抱出一个梦中的孩子，

轻轻地给他脱掉感觉的衣裳，披上那晨星一样的灵光；

让我们飞翔，把这明洁的灵魂送到第三重天上，

放到他父亲的膝头，

让这梦中的孩子领受慈父的爱抚。

在晨祷之前我们再把灵魂送还，

重新安放在纯洁的感觉的襁褓之中，

送进他的肉体，如同把婴儿放进黄金的摇篮。

第六场

[豪华的卧室。参政员[①] 在床上辗转反侧，唉声叹气。两个小鬼在他的头上方。

小鬼一

他喝得昏头昏脑，半睡半醒，

我只得站在这里，耐心地等！

坏蛋，什么时候才能入睡？

莫非你身下压着个大刺猬？

小鬼二

给他眼睛里撒上罂粟籽。

小鬼一

睡着了，我得像野兽那样跳下去。

小鬼二

我要像老鹰捕捉麻雀那样窜下去。

---

① 即尼古拉·诺沃西尔佐夫，见166页注①。

两小鬼

把他的灵魂拖到地狱，
又叫蛇咬，又叫火烤。

别西卜

滚开！

两小鬼

你是谁？

别西卜

别西卜。

两小鬼

那又怎么着？

别西卜

你们不要给我惊动这个畜生。

小鬼一

可是，一旦这个坏蛋睡意来临，
能否让我给他一梦？

别西卜

等到他看到黑夜和烈焰，
看到频繁而严厉的惩罚，

他就会对我们的表演感到震惊；
当他明天想起今夜的梦，
他或许就会洗手不干。
因为他离死亡还远！

小鬼二

（伸出魔爪）
让我拿他开开心——
你又何必为他胆战心惊。
要是他能幡然悔悟，
我叫他立地成圣，
还要双手捧着十字架相迎。

别西卜

要是你恐吓得过分，
他就会想起梦境，
他就会欺骗我们。
你也就会白白放走这只秃鹰。

小鬼一

（指着熟睡的参政员）
可是这个小家伙
我最可爱的儿子，
他竟能无忧无虑地安睡？
你不愿意吗？——我来给他点苦吃。

别西卜

贱东西，你可知道我的品级①？

我是沙皇的助理！

小鬼一

对不起②——那你有何吩咐？

别西卜

你可以向他的灵魂进攻，

你可以煽动他的傲慢之心，

而后把他推进耻辱之中；

你可以叫他丢人脸红，

让他受尽冷嘲热讽，

但是关于地狱，可别开口！

我们飞吧，飞，飞，快点飞走！

（飞走）

---

① 这是只有立陶宛人才懂得的一个俄语词。在俄国，有人为了取得不受鞭笞的特权，就到沙皇政府中做官，取得一定的等级或品级。俄国政府文职官员共分十四等；从一个品级晋升到另一个品级需要好几年的任职时间，还要通过各种考试，与中国封建社会官员的品级极其相似。相传品级这个词是由蒙古人从中国带去的，彼得一世猜到了这个词的含义之后，就把俄国的整个政权机关几乎是按照中国的一套发展了起来。品级常常并非官职，只是有权取得官职，并且需要等待。每一个等级或品级都与一定的军衔相适应，如哲学或医学博士属于第八等级，并有少校的军衔，即八等文官；宫廷女官有上尉的军衔；主教也是将军。在品级高的和品级低的人之间是一种从属的和唯命是从的关系，这种关系和军队里一样严格。——作者注

② 原文是法语。

小鬼一

　　我马上把他的灵魂抓住!

　　喝,坏蛋,你在颤抖!

小鬼二

　　你把他抓在手上,

　　轻一点,像猫抓耗子一样。

参政员

幻　觉

　　(梦呓)

信件! ——给我的——沙皇陛下的命令!

还是亲手签署! 哈! 哈! 哈! 十万卢布的现金。

外加一枚勋章! ——听差的,给我戴在这里,

而且更重要的是——亲王的头衔!

啊! 啊! 那元帅啊,啊! 醋坛子要炸成碎片。

　　(翻身)

谒见皇帝! 到了前厅,他们都站得整整齐齐;

他们恨我又怕我,一个个向我鞠躬致敬。

元帅——总监察长 ① ——全戴着假面具,无法辨认。

　　　啊,好一片赞赏的私语

———————

①　　原文是法语。

在我周围唧唧咕咕：

"参政员得宠了，得宠了，得宠了，得宠了！"

啊，让我死了吧，让我在这幸福的喃喃声中死掉，

就像死在我那些情妇们的怀抱！

　　　每个人都向我点头哈腰，

　　　我成了这个聚会的主角。

他们看着我，嫉妒我，——我把头抬得更高。

多么快活哇！快活啊！我要在快活中死掉！

　　（翻身）

皇帝！——皇帝陛下——啊！皇帝进来了！

啊！什么？——他不看我！皱着眉头给我白眼瞧？

啊！最仁慈的皇上。哎哟！我瞠目结舌，说不出话。

唉！我一阵寒颤，汗流满面——哎哟！我直打哆嗦，心惊

　　肉跳。——

噫，元帅！——怎么啦，背对着我！

噫，参政员们和大臣们也统统背对着我！

唉，我要死了，我已经死了，被埋葬了，腐烂发臭了，

一堆蛆虫围着我，把我嘲弄讥笑。

他们都从我身边跑了，唉，何等空虚，何等寂寥！

少年侍从这个混蛋！瞧吧，他还对我张牙舞爪——

他的冷笑，像毒蜘蛛一样直往我嘴里跳。

　　（吐唾沫）

什么声音！这是双关语——这讨厌的苍蝇，

　　（在鼻子周围驱赶）

　　　老往我的鼻子上碰，

　　　像黄蜂一样地嗡嗡。

讽刺诗，小笑话，含沙射影，
这沙沙声，像蟋蟀钻进了我的耳朵，
　　我的耳朵啊，我的耳朵！
　　（用手指挖着耳朵）
什么声音！——少年侍从像夜猫子一样哼哼唧唧，
贵妇们拖着长裙，像响尾蛇一样窸窸窣窣。
多么可怕的嘟哝声！一阵阵奸笑，一阵阵怪叫：
"参政员失宠了，失宠了，失宠了，失宠了！"
　　（从床上掉到地下）

众小鬼

　　（现身，上）
让我们把他的灵魂从知觉中剥出，
　　就像从铁笼中放出一条恶狗；
　　但我们要给他戴上一副笼头，
　　把灵魂的一半留在体内，以免他完全失去知觉，不懂苦和愁；
　　灵魂的另一半，我们把它拖到世界的尽头，
　　那里是时间消失、永恒开始的地方，
　　那里是良心和地狱相接的地方。
　　我们在地狱的边缘拴上这条恶狗：
　　然后，我的手啊，狠狠地揍！我的鞭哪，狠狠地抽！
　　鸡叫三遍之前，我们把受尽折磨和侮辱的灵魂带回来，
　　重新把它还给知觉，就像钉入镣铐，
　　塞进他的身体，犹如把疯狗塞进肮脏的狗窝。

第七场

华沙的沙龙

[几个高官、几个文豪、几个贵妇人、几个将军和高级军官（都不知姓名）围着一张桌子喝茶；靠近门边有几个年轻人和两个上年纪的波兰人。站着的人彼此谈得很热闹。桌边的一群人讲法语，门边的一群人讲波兰语。

靠近门边的一群

泽龙·涅姆耶夫斯基 [①]

（对阿朵尔夫）

喂，在你们立陶宛也是这么糟糕?

阿朵尔夫 [②]

唉! 我们那里正在流血，情况更糟!

---

①　华沙大学法律系的学生，参加十一月起义，起义爆发当晚和其他人一起冲进康士坦丁在华沙柏尔菲德宫的官邸。
②　即第一场中的阿朵尔夫·扬鲁什凯维奇，见187页注②。

泽　龙

流血？

阿朵尔夫

　　　　　不是在战场，而是在刽子手的刑房，不是剑伤，而是来自刽子手的皮鞭和棍棒。

　　[谈话的声音越来越低。

靠近桌子的一群

伯　爵

舞会也那么盛大，还有许多军人参加？

法国人

我听说，那地方像教堂里一样，空空荡荡。

贵　妇

不如说，济济一堂——

伯　爵

　　　　　也很盛大？

贵　妇

　　　　　说来话长。

少年侍从

招待得很不周到，虽然仆役不少。

简直要不着一杯甜酒，一块肉饼也吃不到。

小吃柜台前人围得不可开交。

贵妇一

舞厅里也是你推我挤，乱七八糟，

像是英国的酒会，互相踩脚。

贵妇二

那不过是一次私人举办的晚会。

侍　从

对不起，舞会可是正式的，至今我还留着门票。

（拿出请柬给大家瞧，大家点头表示信服）

贵妇一

这样更糟！各种的梳妆打扮，分不出尊卑贵贱，

想从衣着辨人，可真是难上加难。

贵妇二

自从诺沃西尔佐夫离开了华沙，

谁也不会把舞会办得文文雅雅；

此后我再也没有见过一次漂亮的舞会，

只有他才能把舞会办得优美如画。

[听到男人中间发出的笑声。

贵妇一

笑吧，先生们，你们想说什么都行，

反正他是华沙的一个少不得的人。

靠近门边的一群

年轻人之一

契霍夫斯基^①获得了自由？

阿朵尔夫

我认识契霍夫斯基。

我刚去看望过他，想从他那里探听点什么，

好给我们在立陶宛的人送点信息。

泽　龙

我们应该互相了解，联合起来，

否则，就会被各个击破，遭到覆灭。

[谈话声越来越低。

---

① 　阿朵尔夫·契霍夫斯基，波兰军官，是波兰最大的秘密团体"爱国同
盟"的首批成员。

少　妇①

（站在他们旁边）

他受了多么可怕的折磨！

[人们继续交谈。

靠近桌边的一群

将　军②

（对文豪）

快点念吧——务必答应大家的请求。

文　豪③

我可是背不出来。

将　军

<blockquote>
你总是惯常带在身边，
</blockquote>

藏在燕尾服口袋里——啊——连封皮我都看见；

夫人们请你赏脸。

---

① 一般认为指克拉芙吉亚·波托茨卡娅，她积极组织了对流亡在法国和瑞士的波兰人的捐助。

② 一般认为指岑吉·克拉辛斯基，先后是拿破仑和波兰会议王国的将军，很受俄国政府的器重。波兰浪漫主义诗人、剧作家齐格蒙特·克拉辛斯基的父亲。

③ 一般认为指卡也丹·科西绵，波兰古典主义诗人。

文　豪

夫人们？——啊！这些女文豪。
法国的诗歌，她们个个精通，她们能背的不知道
比我多多少。

将　军

（一边走一边对妇女们说）

只是请夫人们不要见笑。

贵　妇

给我们朗诵？——对不起，波兰语虽然我懂，
但波兰诗，说老实话，我可是一窍不通。

将　军

（对一军官）

她说得有点道理，波兰诗确是有点无聊。

（指着文豪）

他用了一千行的长诗赞扬种豌豆，没完没了。①

（对文豪）

你就朗诵吧，如果我们不能听到你的——
你瞧——

（指着另一个文豪）

---

① 影射卡也丹·科西绵的长诗《波兰地主》。

这位报人① 就要用他的蹩脚诗向我们
开炮，
那就会使所有的听众笑歪了嘴。
你看，他在怎样求人邀请：笑容可掬，挤眉弄眼；
嘴巴张得像死了的牡蛎，
眼睛睁得像无花果一样又圆又甜。

文　豪

（自言自语地）
他们要走了——
（对将军）

长诗，连我都感到厌倦。

将　军

（对军官）
很好，他不想朗诵，否则真要叫人腻烦。

少　妇

（离开门边的年轻人走向桌旁）
先生们，你们应该听听。真叫人毛骨悚然！
（对阿朵尔夫）
请您对这些老爷们把契霍夫斯基的事情谈谈。

---

① 　一般认为指弗兰乞什科·萨列吉·德莫霍夫斯基，波兰翻译家、古典主
　　义评论家。

高级军官

契霍夫斯基释放了？

伯　爵

　　　　　　　许多年以前

他就坐了牢——

侍　从

　　　　　　　我以为，他早就躺在坟墓里了。

（自语地）

听这种事可是十分危险，

但中途溜走又显得不太礼貌。

（走出）

伯　爵

释放了？——真是怪事！

阿朵尔夫

　　　　　　　可他的半点罪过他们也找不出。

礼宾官[1]

事情倒不在什么罪过；——还有别的缘由。

一个人在监狱里蹲久了，看到听到的一定不少。

政府自有自己的打算，有自己的远大目标，

————————

[1]　一般认为指杨·热博克利茨基，康士坦丁官邸的高级官员。

这些都必须保密，——这是政府的事情——
政治机密——内阁，深谋远虑，成竹在胸。
从来就是这样——是国家机密——
先生您来自立陶宛——喏！喏！当然会感到新奇。
老爷们你们待在乡下，你们想把帝国的消息打听，
如同打听自己庄园里发生的事情。

（微笑）

少年侍从

先生来自立陶宛，会说波兰语？真是不可思议——
我还以为立陶宛已全被莫斯科老爷占据。
关于立陶宛，上帝保佑！我发誓我毫无所知。
《宪法报》[1]上登过一次关于立陶宛的消息，
而在别的法国报纸上，却一点也没有发现。

少　女

（对阿朵尔夫）

这有关我们民族的大事，——先生，请您谈谈。

波兰老头

我认识契霍夫斯基家的老一代，一个诚实的家庭；
他们从加里西亚迁到立陶宛居住。
他们的儿子，我的一个远亲被抓去，关进监牢！

---

[1]　　法国的政论性日报。原文是法语。

我好久没有见到他了——这是些什么人！什么世道！
我们受着暴君的折磨，我们是整整三代人：
他折磨我们的父辈，——现在又折磨我们的子孙！

[所有的人都靠拢过来，倾听。

阿朵尔夫

我从小就和他相识；——那时他还年轻，
真是一表人才，活泼聪明，幽默，机灵。
社交界总少不了他；不论他走到哪里，
他总是兴致很高，又说笑话，又讲故事，
他爱孩子，常常把我抱起来，放在膝头，
孩子们都管他叫作"快乐的叔叔"。
他的头发我还记得——我的手不止一次地
在他光亮的鬈发上摸来摸去。
我记得他的目光——愉快而又坦率，
他盯着我们看时，他就像孩子般天真无邪。
他有时看着我们，逗我们看他的瞳仁，
我们看着看着，仿佛是看自己的同龄人。
他当时正打算结婚——他还送给我们东西——
他的未婚妻给他的礼品，请我们出席他的婚礼。
后来突然就再也不见面了。家里人也说不清
他到底溜到哪里去了，究竟在哪里藏身；
政府到处寻找他，却找不到一点踪影——
后来人们又说：他自杀了，已经投河自尽。
宪兵根据拿到的物证也认为确凿无疑。

在维斯杜拉河的岸边找到了他的外衣，

有人送给他的妻子，她认出来了，证明他已死亡。

但尸体还没有找到——这样过了一年的时光。

他为什么要自杀？人们追根究底，议论纷纭，

有的痛哭，有的伤心；最后，都忘得干干净净。

两年过去了。——一天，正当傍晚时分，

一群囚犯从修院被押到柏尔菲德宫受审。

这是一个阴雨连绵的惨淡的黄昏，——

不知是偶然还是有意，有人成了这一事件的见证人。

他们总是在关心囚徒的生活，打听他们的姓名，

那时候街上站满了宪兵，城里一片寂静。——

有一个人，也许是那些勇敢的华沙青年中的一员，

突然从墙后发问："你们是些什么人，各位囚犯？"

上百的人说出了自己的名字，其中也有契霍夫斯基；

第二天就有人给他的妻子送去了这个消息。

于是她到处写信，到处奔波，到处央求，

但除了这个名字以外，她得到了什么？什么也没有。

这样又过去了三年，依然是杳无音讯。

然而突然关于他的故事又传遍了华沙城，

说他还活着，说他受尽了折磨，但是拒绝认罪，

至今没有吐露一点口供；

说是许多夜晚不让他睡觉，

给他吃咸鱼，但不给水喝，

说是给他灌鸦片，扮魔鬼把他恐吓，

还搔他的脚心，搔他的胳肢窝。

但不久又抓来了一些人，人们又对这些人议论纷纷；
妻子哭了一场，人们又把他忘得一干二净。

直到不久之前，他妻子门口深夜铃响——
门打开了：一个军官，一个宪兵，手里拿着枪，
后面跟着一个囚犯。就是他！他们命令他拿出纸和笔，
要他签名，说明他从柏尔菲德宫平安地回到家里。
他们拿走了签名，并用手指威胁说：
"要是你敢吐露一个字……"没有说完就扬长而去。
我急于要去探望他，但是一个细心的朋友警告我：
那里到处都是暗探，"今天不要去"。
第二天我去了，看见他家门口站着大高个的宪兵；
一周之后我又去了，他却拒绝见我，说身体不行。
直到不久前在城外，我们在途中打了个照面——
有人说，那就是他，可我已无法分辨。
他胖了，但那是一种可怕的肥胖病：
粗劣的饮食、污浊的空气在他身上起了坏作用；
他两颊膀肿，发黄，而且没有血色，
额上的皱纹像个五十岁的人，头发掉得一根不剩。
我向他打招呼，他不认得我，不想同我交谈。
我告诉他我是谁，他看着我，像是神智不清。
我向他谈起了我们昔日的友谊，
他却用探索的目光紧盯着我，像在把我盘讯。
唉！他在那些痛苦的白昼所忍受的一切，
他在那些不眠之夜所思考的一切，
这一瞬间我都在他的眼睛里得到了解——

一层可怕的薄膜把他的眼睛遮盖，
两块污浊的玻璃便是他的瞳仁，
简直是监狱铁窗上的玻璃碎块，
像蜘蛛网一样灰暗阴沉。
但是只要从旁边看去，它们却像彩虹一样发光：
还可以看到点点血迹、火星和深黑的斑纹。
我们无法看透这双眼睛深处的忧伤：
那眼珠已失去了神采，但却能说明
它在潮湿、空虚的泥地里熬过了多少可怕的黄昏。

一个月后我又去看望他，我以为，他已恢复记忆，
对这个世界他也已经习惯。
但是几千个白昼他经受着审讯，
几千个黑夜他辗转呻吟，无法睡眠，
多少年来暴君用酷刑把他拷问，
多少年来他被围在四堵带着耳朵的高墙之中，
他唯一自卫的武器只有——沉默，
他唯一的伙伴只是自己的身影；
热闹的城市怎能使他在一个月里忘掉
那十几年来的痛心的教训？
对他来说，太阳如同奸细，白昼如同密探，
家人如同警卫，宾客如同敌人。
如果有人到他家里来探问，
一听到门响他就以为又是传讯；
于是立刻转过身去，把头埋在手心，
好像是全神贯注，心里思忖：

双唇紧闭，绝不吐露一个字，

眼睑下垂，绝不让人看出他的内心。

他总是以为自己还身在狱中，

一被询问就跑到屋里阴暗的角落藏身。

他总是喊着两句话："我不知道，我不说！"

这两句话已经成了他的口头禅。

他的妻子孩子长时间地跪在他身边哭泣，

直到他克服了恐惧，不再好端端地心惊胆战。

囚徒们总是喜欢谈论过去的苦难；

我想他也一定能对我们侃侃而谈，

把自己的经历，以及波兰英雄的历史，

从地下和刽子手的看守下揭开。——

波兰就是在大地的阴影里生活和开花，——

它的历史离不开西伯利亚监狱、要塞。

可是他是怎样地答复我的问题？

他说他对自己的痛苦已经完全忘记，

他的记忆把他所经历的种种痛苦

写成了一本烂在地下的赫库兰尼姆城的书 ①，

作者自己即使复活也无法辨认。

他只是说："我将向上帝询问，

他记下了一切，他将把一切说给我听。"

---

① 赫库兰尼姆城位于意大利的南部，维苏威火山爆发时与庞贝城同时被岩浆和灰土掩埋。18 世纪被发掘出来，出土了许多艺术品和用草纸制成的书卷。

（抹泪）

[长时间的沉默。

少　妇
（对文豪）
先生们，为什么你们不写下这些事？

伯　爵
让聂姆策维奇① 老头把它塞进他的回忆录：
我听说那里面收集了各种废物。

文豪一
这可是个好故事！

文豪二
　　　　　　　可怕的故事！

少年侍从
　　　　　　　绝妙的故事！

---

① 　尤里安·乌尔森·聂姆策维奇，波兰作家、历史学家、社会活动家。

文豪一

这样的故事尽管有人听，但有谁愿意拜读它们？

这些社会事件到底应该怎样去歌颂？

眼前只是现实的见证人，还没有神话和传说。

这个故事只是一篇清楚的、神圣的艺术草稿，

诗人还需要等待，直到——直到——

年轻人之一

                直到哪一天？

还要等待多少年，才能使新鲜的事件

经过像蜜枣糖化、像烟叶烤干的阶段？

文豪一

这倒没有明文规定。

文豪二

                一个世纪。

文豪一

                还差得远！

文豪三

一千年或者两千年——

文豪四

　　　　　　　　不过依我看，

问题倒不在于事件是否新鲜，

可惜的是，它不是我们波兰民族的事情，

我们民族引为自豪的是好客和单纯，

我们民族不喜欢残酷、激烈的场景；——

要唱歌，就得歌唱乡村牧童的爱情，

歌唱畜群、树荫——斯拉夫人有的是田园诗兴。①

文豪一

我料到先生您不会这样做，

把吃咸鱼的人也写进诗歌！

在我看来，没有光彩便没有诗，

什么地方没有宫廷，什么地方也就没有光彩：

只有宫廷才善于鉴赏审美，使人得到光荣；

呜呼，波兰一定会完蛋！我们华沙就没有宫廷。②

礼宾官

没有宫廷！——这真叫我吃惊，

难道我不正是礼宾大臣？

---

① 波兰感伤主义诗人卡基米尔·布罗金斯基的观点，见其文论《论古典和浪漫》。

② 当时有的作家认为贵族沙龙是文学的唯一接受者，只值得而且应该为他们创作。比如一位华沙的评论家写道："在我国只有一个读书阶级，应该适应它的风格、习惯和格调。"

伯 爵

（低声地对礼宾官）

请你在总督 ① 面前替我多多美言，

让我老婆去当侍从女官。

（大声地）

不，算了吧，我们能得到什么高官厚禄，

宫廷只需要贵族。

第二个伯爵

（不久前才得到这个爵位的市民）

贵族永远是自由的栋梁，

请先生们看一看大英帝国的榜样。

〔开始了一场政治性问题的争吵。青年人开始离去。

青年之一

真是群坏蛋！——应该挨棍子！

A．G. ②

把他们全部绞死！

我要给他们看看宫廷，我要叫他们尝尝滋味。

---

① 指约瑟夫·扎容契克，波兰会议王国的总督。

② 在诗人手稿里是亚当·G，一般认为指亚当·古罗夫斯基。他原来是民
　主主义者，参加十一月起义，后来为俄国政府效力。

N. ①

想想看，我们怎么会不垮，朋友们，
站在我们民族前头的尽是这号人。

维索斯基 ②

应该说，浮在上面。我们的民族像座火山，
表面上又冷，又硬，又干枯，又卑贱，
但是它蕴藏的火焰能燃烧千百年。
让我们抛弃这个外壳，进到火山里面。

　　（离去）

---

① 在诗人手稿里是纳别那克，即路德维克·纳别那克，文学家，参加十一
　　月起义，起义爆发当晚和其他人一起冲进康士坦丁的官邸。
② 彼得·维索斯基，波兰军官，十一月起义的组织者之一。

第八场

参政员

[维尔诺，前厅；右边一道门通向侦讯委员会大厅，囚徒被带到那里受审，可以看到一大捆一大捆的纸。后边一道门通向参政员的内室，那里传来音乐的声音。午饭刚吃完。靠窗处一个秘书坐着，处理一大堆纸，左边稍远处有一张桌子，有人正玩着纸牌。诺沃西尔佐夫在喝咖啡；他旁边是侍从巴依可夫 ①、帕里康 ② 和一个大夫 ③。门旁站着卫兵和几个一动不动的听差。

参政员

（对侍从）

真是见鬼！多么腻烦！④ ——已经吃过午饭。

---

① 莱昂·巴依可夫，诺沃西尔佐夫的国事顾问和亲信，作为政府代表参加对爱德社的侦讯。他虽是文职，但官位等级相当于将军，所以人们称他"将军"。

② 伐茨瓦夫·帕里康，捷克人，维尔诺大学医学系的教授。由于诺沃西尔佐夫的支持，他在爱德社事件后当上了维尔诺大学的副校长。

③ 一般认为指奥古斯特·柏克，维尔诺大学医学系的教授，他于1824年8月26日遭雷殛。波兰浪漫主义诗人尤里尤什·斯沃瓦茨基的继父。

④ 原文是法语。

公爵夫人 ① 说话不算数，她今天看来不会露面。

至于讲到太太们 ②，不是太老，就是太蠢：——

你想想看，③ 喝汤时还偏要把公事谈论！

我敢起誓，这类爱国者我一个也不想邀请，

那种怪腔怪调实在叫人难以忍受。④

你想想看 ⑤ ——我谈的是服装和游艺场，

而这些太太们却父亲啦，儿子啦，唠叨不休：——

什么"他老了，他又太年轻，参政员大人；

"参政员大人，监狱的生活他受不了；

"他想要一个忏悔的神甫，想见见自己的妻子；

"他……"——没完没了，我哪能都知道！⑥

这就是吃午饭的时候的愉快的谈话。

把人都要逼疯啦，⑦ 逼疯啦，我必须把事情了结，

逃出这个维尔诺，回到可爱的华沙。

亲王阁下 ⑧ 给我来信，要我赶快回去，⑨

没有我他感到烦闷，而我同这帮痞子——

也不能再这样拖下去 ⑩ ——

大　夫

（走近）

我刚才说过，老爷，

———————

① 指祖波芙公爵夫人，她是诺沃西尔佐夫和巴依可夫共同的情妇。原文是
　　法语。
②③④⑤⑥⑦⑨⑩　原文是法语。
⑧　指康士坦丁。原文是法语。

事情刚刚开了个头，这种局面，

就像一个病人，医生看过正要作出诊断 ①。

尽管关了一大群学生，进行了这么多侦讯，

结果又怎么样呢？捞不到半点把柄；

我们尚未找到这个脓疮的核心。

搜到了什么？几首小诗！这只是轻微的病症，

这样的病症，② 可以说是临时的意外 ③，

而阴谋的中心至今还是漆黑不明……

参政员

（生气地）

　　　　　　　　漆黑不明？——我看，你是在头脑发昏！

这不奇怪，这是饭后常有的事。那么，大夫先生，

再见吧，祝你晚安 ④ ——谢谢您的指教！

漆黑不明！我亲自侦讯，还是个漆黑不明？

大夫先生，您怎敢 ⑤ 在我面前这么讲？

有谁见过比我们这里更正式的侦讯？

　　（指着那一堆纸）

自愿认罪、控告和证据一应俱全，

而且，全部渎神的阴谋都已经摆在眼前，

---

① 　原文是希腊语。
②③⑤ 　原文是法语。
④ 　原文是意大利语。

它写得明明白白，如同议院法典 ① 一样。——

漆黑！——这就是我那些无聊日子所得到的报偿。

大　夫

请您原谅，② 老爷，没有人对阴谋怀疑！

我只是说……

听　差

商人卡尼申派来的人

等在外边，他有张票据请老爷过目。

参政员

票据？什么票据？——谁？

仆　人

商人卡尼申，

是老爷命令他来的……

参政员

滚开，畜生！

你没有看见，我正忙得不可开交。

---

① 　在俄国，议院法典的黑暗成了一种谚语，尤其是审判法，即判刑法，为
　　了便于人们对它作各种不同的解释，提出新的问题，它故意写得含糊
　　其辞。这是符合于惯于从诉讼案件中捞取外快的参政院办公厅的利益
　　的。——作者注
② 　原文是法语。

大　夫

（对听差们）

你们真蠢！

你没看见，参政员大人正在喝咖啡，概不接见。

秘　书

（从桌旁站起）

他说，要是老爷再拖延付款，

他就要向法院起诉。

参政员

你说客气一点：叫他稍等。

（沉思）

再说，① 这个卡尼申，得把他的儿子抓来审讯，

嗳，这只鸟儿分量还不算轻！

秘　书

他还未长大成人。

参政员

他们人都很小，但是你把他们的心看看——

最好是灭火于初起，防患于未然。

————————

① 　原文是法语。

秘　书

卡尼申的儿子在莫斯科。

参政员

在莫斯科？——你看看，^①
那是俱乐部派去的间谍。^②——不能再耽误时间，
立刻去抓他！

秘　书

他似乎是军事学校的学生。

参政员

在军事学校？——你看看，^③他在那儿煽动军人反叛。

秘　书

他从小就离开了维尔诺。

参政员

哦！这个纵火犯，^④
他和这里经常联系。

（对秘书）

这和你无关；^⑤
懂吗！——嗨，值日官！——二十四小时之内

---

①③④⑤　原文是法语。
②　指波兰秘密团体派到莫斯科与俄国十二月党人联络的使者。

你们要派出囚车，带着文件。
做父亲的没有理由害怕我们，
如果儿子自愿供认了罪行。

　　大　夫

关于这个阴谋，我想奉告您，大人，
它牵涉到各种年龄、各种出身的人；——
这正是阴谋的最危险的征兆，
有一根神秘的弹簧在把他们领导，
那根弹簧⋯⋯

　　参政员

　　（生气地）

　　　　　　神秘的？

　　大　夫

　　　　　　　我是说，那根神秘的弹簧。
可是现在由于大人的明断，已被找到。

　　［参政员背转身去。

　　（自语）

这个急性子魔鬼——同这样的人打交道真是糟透！
我有一大堆重要的事情要说，他却不让你开口。

帕里康

（对参政员）

请大人示下，怎么处理罗利逊？

参政员

哪一个？

帕里康

就是审讯时挨揍的那个人。

参政员

他怎么了？①

帕里康

他病了。

参政员

打了他多少大棒？

帕里康

审讯时我在场，但谁也没数打了多少大棒。——
是波特文科②先生干的。

---

① 　原文是法语。
② 　赫洛宁·波特文科，维尔诺的检察长，主持对爱德社的侦讯工作。

巴依可夫

波特文科先生；哈，哈——

他一旦舞起大棒，就不会草草收场。

我保证，他一定会叫他仔细尝尝——

我敢打赌，① 他起码给了他三百下。

参政员

（惊讶地）

三百大棒，还活着？这坏蛋，三百大棒，

三百大棒还不死——真是一条雅各宾的硬脊梁！②

我一向以为俄国的皮最牢靠③，

而这个坏蛋的皮却鞣得更好④！

我简直不敢想象！⑤ ——哈，哈，哈，我的朋友！

（对等着自己对手玩纸牌的人）

我们的皮货生意波兰人毫无疑问会夺走。

一个正规训练的兵挨十下就得丧命！

什么样的反叛！⑥ ——

（走到桌子旁）

我给您找到了一个木头人⑦ ——

木头的小子；波特文科亲自叫他尝木棍。

挨了三百下——您想想看？⑧ 还没送命！

（对帕里康）

---

①③④⑤⑥⑦⑧　原文是法语。

②　雅各宾派是法国大革命时期的激进政治团体，后雅各宾被用作对政治激
　　进分子的指称。原文是法语。

他什么也没有招供?

帕里康

            没有,而且他牙关咬得很紧,
他叫唤说,他不愿陷害无辜的友人。
但仅仅这几个字就是一个大暴露——
显而易见,那些学生——都是他的朋友。

参政员

没有错[1]:多么顽固不化!

大　夫

           我早已说过,
大人,青年人都染上了癫狂症,
比如,教他们读古代历史,就很蠢,
显然,青年人的癫狂正是由于这个。

参政员

（高兴地）
您不喜欢历史——哈,哈,讽刺作家会说,[2]
你害怕成为历史上的人物。[3]

大　夫

不,历史不是不可以教,

———————————

[1][2][3]　原文是法语。

310

但是要叫青年人知道帝王将相的功劳……

参政员

一点不错。①

大　夫

（欣慰地）

我正是说，我的仁慈的大人，

就应该这样把历史教给青年人。

为什么总要讲什么共和党人，

总要教什么雅典人，斯巴达人，罗马人？

帕里康

（指着大夫，对自己的一个伙伴）

你看，你看，这该死的谄媚者怎么围着他团团转，

为了讨得他的欢心——多么会左右逢源！

（走近大夫）

干吗要说这些，在现在这种时候？你想想看，

怎么能不惹得参政员大人厌烦？

听　差

（对参政员）

请大人示下，是不是放那些太太——进来，

大人知道——为了见您，她们每天乘马车前来。

───────────

① 　原文是法语。

一个是瞎子，另一个——

参政员

瞎子？她是什么人？

听　差

罗利逊太太。

帕里康

就是那个罗利逊的母亲。

听　差

她们每天都来。

参政员

赶走——

大　夫

叫她们去见上帝！

听　差

我们赶了，但是她坐在门口哭哭啼啼，
我们命令把她抓起来，——可那是个瞎眼女人，
走路困难，人们又围着瞧，还揍了卫兵。
是不是放她进来？

参政员

　　　　　　　　唉！你竟然这样无能！——
放进来；让她上一半楼梯——懂不懂？
然后把她打发掉——往下一推——就这样，你看！
　　（做手势）
让她下回不能再东奔西跑来惹麻烦。

　　〔第二个听差进来，交给巴依可夫一封信。

喏！还站着干什么，去吧——

　　巴依可夫

　　　　　　她送来一封信。①
　　（递信）

　　参政员

是谁在为她讲情？

　　巴依可夫

　　　　　　好像是公爵夫人。②

　　参政员

　　（看信）
公爵夫人！她怎么想起这种事？把这老家伙推给我，

---

① ②　　原文是法语。

写得多么热情！① ——放她进来吧，真是活见鬼。

[进来两个妇女和彼得神甫。

帕里康

（对巴依可夫）

这个老妖精，就是那坏家伙的母亲。②

参政员

（客气地）

欢迎，欢迎，哪一位是罗利逊太太？

罗利逊太太

（哭着）

我——我的儿子呀……仁慈的老爷……

参政员

等一等。

太太带着信，为什么进来这么多人？

第二个妇女

我们来了两个人。

---

①② 原文是法语。

参政员

（对第二个妇女）

我何以今天有幸欢迎您？

第二个妇女

罗利逊太太问路困难，
她看不见。——

参政员

哈！看不见——但是她可以闻，
因为她每天都来。

第二个妇女

我用车把她送来求见，
她孤独一人，年纪又大，又有病。

罗利逊太太

看在上帝的面上！……

参政员

静一静。

（对第二个妇女）

你是什么人？

第二个妇女

　　　　　　克米多娃。①

参政员

您最好是待在家里，把儿子们看紧。

他们也是有嫌疑的人。

克米多娃

　（脸色变白）

　　　　　　什么，老爷，这是什么意思？

　［参政员大笑。

罗利逊太太

老爷！可怜可怜吧，我是个寡妇！参政员老爷！

我听说，他们把他打死了，上帝，这怎么可能！

我的孩子哟！——听神甫说，他没有死，他还活着；

但是他们打他，老爷！谁会对孩子揍得这么狠！

他们拷打他——可怜吧——像刽子手那样逞凶。

　（哭）

参政员

在哪里？打了谁？——你倒是讲人话啊！女人。

──────────

① 　在诗人手稿里是古多娃。她是维尔诺一个药店老板的妻子，给过政治犯
　　 许多帮助。

罗利逊太太

打了谁？啊，我的孩子！老爷——我是个寡妇——

啊，要苦多少个年头才能把孩子抚养成人！

我的雅茜已经教了学生；老爷，请您打听打听，

他过去是个多么好的学生——我是个穷苦的女人！

他用自己一点点可怜的收入养活我——

我是个瞎子，他就是我的眼睛，没有他我没法活。

参政员

是谁造谣说打了他，谁就别想逃脱。

谁说的？

罗利逊太太

       谁说的？我有一双慈母的耳朵。

我是瞎子；如今我的耳朵就是我的灵魂，

慈母的灵魂。昨天他们把他拖出市政大厅审讯，

我听见了——

参政员

      放她进去了？

罗利逊太太

      他们把我搡出了大门；

我耳朵贴在厚厚的墙上，坐在墙角，——

从清早一直坐到半夜，街上很安静。

我听到——半夜里，墙里边有声音——不，我不会搞错；

我听到了他，我听到了，像上帝在天堂一样真实；
一点都不会错，我亲耳听到了他的声音——
那声音很轻，像从地下渗出来，像是来自地心。——
我的耳力透过了墙壁，又远，又深；
它胜过最锐利的眼睛。
我听到了有人在折磨他——

参政员

真是烧得发昏！
那里，我的太太，还关着许多别的人。

罗利逊太太

什么？——难道那不是我孩子的声音？
就是不会说话的母羊也能从一个很大的羊群
分辨出自己羊羔的声音。呵！那是怎样的声音！——
呵，善心的老爷，您只要有一次听到这样的声音，
恐怕您一辈子也不会睡得安稳！

参政员

太太的儿子一定身体好，才能发出这样大的声音。

罗利逊太太

（双膝跪下）
要是您还有点人的心肝……

〔通往大厅的门开了，传来音乐声。跑进一个穿着舞会服装的女郎。

女　郎

参政员大人——

哦！我打扰了——他们就要开始《唐璜》的合唱；

这之后，赫尔兹音乐会就要开场。①

参政员

赫尔兹！心肝！② 这里谈的也是心肝儿。

小姐来得正是时候，小姐漂亮得真像宝贝心肝儿。

多么叫人动心的时刻啊！好一阵心肝儿的雨点儿！③

　　（对巴依可夫）

要是米海尔亲王④听到了这个双关语，

我敢说，我早就坐上国务委员的交椅。

　　（对女郎）

我马上就来。⑤

---

① 这里指奥地利作曲家莫扎特的歌剧《唐璜》。亨利·赫尔兹，奥地利钢琴家、作曲家。原文是法语。

② "Herz! choeur！"，一个文字游戏。德语中"Herz（赫尔兹）"的意思是"心"，而法语中"choeur（合唱）"的发音与"coeur（心）"相同，所以"赫尔兹！合唱！"也可以说成"心肝！心肝！"。原文是法语。

③⑤　原文是法语。

④　指亚力山大一世的弟弟米海尔·巴甫洛维奇。原文是法语。

罗利逊太太

老爷，不要叫我们绝望啊，

我不能放——

（拉住他的外衣）

女　郎

您就发发慈悲帮她个忙吧！①

参政员

让魔鬼把我带走，② 要是我知道这个泼妇的要求。

罗利逊太太

我要看看我的儿子。

参政员

（一字一字地）

皇上不允许。

彼得神甫

要一个神甫！

罗利逊太太

您至少给他派个神甫去，我的儿子要求见见神甫。

他也许快要死了；如果说母亲的眼泪不能打动您的心，

————————

①② 　原文是法语。

您也得敬畏上帝；您可以折磨他的肉体，但不能伤害他的灵魂。

参政员

真是滑稽；① ——是谁把这些谣言传到城里？
他要求见见神甫，是谁告诉你这个消息？

罗利逊太太

（指着彼得神甫）

这位诚实的神甫告诉我的；他奔走了几个星期，
到处哀求，要求进去一会儿，就是没有人理。
你问他，他会告诉你……

参政员

（很快地看了神甫一眼）

　　　　　　　　他知道？——这个诚实人！
同意，同意，——好吧——我们的皇上最公正；
皇上不禁止神甫，有一天还会亲自派去神甫，
好使青年人重新回到德行的道路。
热爱宗教，尊重宗教，谁也比不上我这个人——
（叹气）
唉，道德败坏，这正是青年人堕落的原因。
好吧，② 我要送太太们了。

---

①② 　　原文是法语。

罗利逊太太

（对女郎）

哦，亲爱的小姐！

请求您为了上帝的伤痕再给我说个情！

我儿子年纪还小！被关了整整一年，只给面包和白水，

关在又冷又黑的监狱，衣不蔽体，又饥又冻。

女　郎

这可能么？①

参政员

（困窘地）

什么？什么？他被关了一年监狱？

这是怎么回事？小姐，您想想看② —— 我竟一无所知！

（对帕里康）

你听着，这件事要立刻调查，看看是真是假，

如果真是这样，就叫审判员的耳朵搬家。

（对罗利逊太太）

请太太放心，③七点钟再来找我。

克米多娃

不要再哭了，你儿子的事参政员老爷决不知道，

他现在已经知道了，可能就放出来了。

——————————

①②③　原文是法语。

322

罗利逊太太

（喜出望外地）

他不知道？他想要去调查？啊，上帝为他造福。

我总是对人说：——他不可能那么残忍，

像人家传说的那样；他是上帝的造物，

也是他母亲的乳汁喂大的，是一个人，

人家笑我；你看，我讲的可是大实话。

（对参政员）

您竟然不知道！——那些坏蛋什么都不告诉您。

请相信我，老爷，您周围是一群大坏蛋；

您不要去问他们，您来问我们，我们会告诉您

全部的真情。

参政员

（大笑）

好啰，好啰，这件事以后再谈，

今天我没有时间，再见①——请转告公爵夫人，

凡是我力所能及的，我都为她尽力去办。

（客气地）

再见，克米特太太②——我能办到的，一定照办。

（对彼得神甫）

请留步，神甫，我还要和您单独谈谈。

（对女郎）

我马上就来。③

——————

①②③　原文是法语。

[除彼得神甫和原来上场的人外，余均下。

参政员

（静场后，对听差们）

你们这些混蛋！懒汉！

贱货！你们就是这样地给我看守门户？

我要剥掉你们的皮，叫你们知道怎样伺候。

（对一个听差）

听着，你去跟着那老太婆——

（对帕里康）

算了，这事交给你，

等她从公爵夫人那里出来，你就带她去见她儿子。

你要趁势把她带进监狱，送进另一间牢房，

单独一间，加上四道锁，牢牢地关上。

太过分了，① 这些混蛋，我要好好教教你们怎样伺候。

（一屁股坐在椅子上）

听　差

（战战兢兢地）

是大人命令放进——

参政员

（一跃而起）

什么？什么？——你竟敢回嘴！

---

① 原文是法语。

你这是在波兰学会的对老爷说话的态度？
你站住别走，我来教训教训你——把他送给
宪兵队长——揍他一百大棒，关他四个星期，
只给面包和白水——

  帕里康

                    请参政员大人注意，
尽管有层层保密的措施和卫兵的警惕，
心怀恶意的人还是把罗利逊的事情
传遍了全城。不仅如此，也许还会有人
在沙皇面前歪曲我们纯洁的愿望，
如果这侦讯不赶紧收场。

  大　夫

大人，这件事我也曾考虑再三，
罗利逊这几天来总是疯疯癫癫；
他想要自寻短见，从窗口往外跳，
但是窗户紧紧封闭……

  帕里康

                    他得了肺痨，
混浊的空气对他这样的人不利；
我马上叫人去给他把窗子打开，①
他住在三楼——可以痛快地呼吸呼吸空气……

————————

①　　帕里康和大夫的意见是一致的，都想让罗利逊自杀死去。

325

参政员

（心不在焉地）

我正在喝咖啡，没头没脑把个老太婆给我塞进来，

不让人有一刻的休息——

大　夫

　　　　　　　　我正说哩，大人。

您的身体应该多多注意。

午饭之后，我总是说，请大人把这些事

暂时搁一搁：——它对健康极为不利。①

参政员

（安详地）

唉，我的大夫，② 首先得照顾秩序和公务。

何况这对我孱弱的肠胃也有些帮助；

它刺激胆汁，而胆汁又促进消化③。

午饭之后，如果公务需要，我就能看着审讯④。

你可知道，难得有这样绝妙的时刻：

一边喝着咖啡⑤，一边准备观看火刑⑥。

帕里康

（推开大夫）

请大人决定，对罗利逊该怎么办，

――――――――――

①②③④⑤　　原文是法语。

⑥　　原文是意大利语。

要是他今天……死了？那就……

参政员

埋掉！

当然，如果你愿意，也可以给他涂上圣膏。

说到 ① 圣膏，巴依可夫！——你倒是需要涂上一点，

因为看你那副尊容，简直同死尸无异，

而你还要结婚！你们听见吗？他已有了未婚妻！

    [左边门打开，听差进来。

（指着门）

看那边的那个姑娘，白里透红；

唉！这个新郎却脸色如此憔悴 ②。

你倒应该学学提比略，在卡普里岛上 ③ 举行婚礼。

我真不能理解，你们怎能强迫那姑娘，

让她美丽的嘴说出一句"愿意"。

巴依可夫

强迫？——我们打赌，④ 明年我就把她离弃，

然后每年换一个年轻美丽的老婆，

不用强迫；我只要对哪位点一下头，她就跟了我：

──────────

①②④　　原文是法语。

③　　　提比略是古罗马皇帝，14—37年在位。晚年退隐到卡普里岛，据说过
　　　　着荒淫的生活。原文是法语。

一个小姑娘当了将军夫人该多么神气①。

只要问问神甫，婚礼上可曾见她们掉过眼泪。

参政员

说到②神甫——

　　　　（对彼得神甫）

　　　　　　　　　　　到这边来，我的黑衣天使！

瞧，好一副尊容！③他的表情活像个诗人④——

有谁见过这么愚蠢的眼神⑤？

给他一杯甜酒——叫他兴奋兴奋。

彼得神甫

我不喝酒。

参政员

　　　　　　　嗯，神甫，喝吧！

彼得神甫

　　　　　　　我是兄弟会的教徒。

参政员

管你是兄弟还是叔叔，别人的孩子

在狱中怎么样，你怎么会知道？

是不是你给他母亲送的信息？

————————

①②③④⑤　　原文是法语。

彼得神甫

是我。

参政员

（对秘书）

记下他的供词——这就是证据。

（对神甫）

你是怎么知道的？哼，这只小鸟儿可不简单！

他发现有人记录，就不回答了。

你的教友住在哪个修院？

彼得神甫

本笃会修院。

参政员

那么，多明我会修院中自然也有你的老表？

罗利逊就是关在多明我会修院。

快，说吧，你怎么知道的，谁告诉你的？

不要对我嘟嘟囔囔，我命令你，你没有听见？

修道的，我以沙皇的名义命令你；

你是否晓得俄国鞭子的滋味？

（对秘书）

记下来，说他不讲。

（对彼得神甫）

既然你执行神职——

你就该懂得神学——神学家，你听着，

329

一切人世间的权力必定都来自上帝，
现在它命令你说话，你就不该沉默。

[彼得神甫沉默。

你知道吗？修道的，我可以把你吊死，
我们走着瞧，看你的长老能否叫你复活。

彼得神甫
一个人容忍强权，并不表示他是顺从；——
上帝有时也把权力放在魔鬼手中。

参政员
如果我把你吊死，假定沙皇会发现
我办得不合手续，你想，他会说什么？
　　"嗨，参政员，我看，你也是发了疯。"
而你呀，修道的，照样还得吊着。
走近一点，我最后一次问你：
你说，这孩子挨鞭笞是谁告诉了你？
嘿，你不说？你总不是从上帝那里知道的。
是谁告诉你的？什么？上帝？天使？魔鬼？

彼得神甫
　　　　　　　是你。

参政员

（大怒）

"你"？——敢对我说"你"！"你"？修道的，哼！

大　夫

喂，神甫！

对老爷应该说：尊敬的大人。

（对帕里康）

你教教他；我看这个修士准是和猪住一个窝。

给他一下——

（以手示意）

帕里康

（打彼得神甫一记耳光）

你看见了吗，蠢驴？大人已经发了火。

彼得神甫

（对大夫）

上帝，原谅他，上帝；他不知道他干了什么！

唉，兄弟，这个坏主意会叫你自食其果。

今天你就要站到上帝面前。

参政员

说什么？

巴依可夫

　　　　　　　　他在胡说。

再揍他几个嘴巴，叫他把我们的未来预卜。

　　（以手指弹他的鼻子）

彼得神甫

兄弟，你竟学着他的样子！

你的日子也屈指可数了，你将跟着他的脚步走。

参政员

嗨，把波特文科叫来！别让这个神甫走掉——

我要亲自审他。这可是一场好戏，

看他能不能沉默到底，咱们走着瞧。

他背后有人煽动。

大　夫

　　　　　　　　我也这样认为。

这事早有预谋，策划这全部阴谋活动的，

　　我敢肯定，都是查尔托里斯基公爵 ①。

参政员

　　（突然抓住坐椅靠手）

———————

① 　阿达姆·查尔托里斯基，波兰政治家，早年是亚历山大一世的好友，曾
　　任维尔诺学区总监和俄国外交部长，十一月起义期间任波兰临时政府总
　　统，后流亡法国。

你为什么对我说这个，亲爱的，^① 说公爵？

这不可能^② ——

　　（自语地）

　　　　　　　　　谁知道？哼！一旦我把他拖进去，
就是十年侦讯恐怕他也洗刷不清。

　　（对大夫）

你怎么知道的？

　　大　夫

　　　　　　　　这件事，我早已密切注意。

　　参政员

你为什么从未对我说过？

　　大　夫

　　　　　　　　那时大人不听；
我早已说过，有人在煽起这场烈火。

　　参政员

有人！有人！难道就是公爵？

　　大　夫

　　　　　　　　我有可靠的线索，
我有控诉书，我有检举的密信。

---

①② 　原文是法语。

参政员

公爵的信?

大　夫

　　　　　　　　至少是谈到了公爵本人,

在这些信中谈到了他的整个意图。

有许多教授与此牵连——而主要的祸根

是列列韦尔 [①],他暗中策划了这个阴谋。

参政员

　　(自语地)

哦,但愿真有这样的证据! 哪怕只是线索,

只是线索的影子,甚至只是蛛丝马迹也好!

"提拔诺沃西尔佐夫的是查尔托里斯基公爵。"——

过去常常有人在我耳边这样絮絮叨叨。

这回咱们走着瞧,看谁能这么吹牛:

是他提拔我,还是我把他打倒。

　　(对大夫)

你过来,让我拥抱你 [②] ——啊! 这可是了不起的事,

我一猜就着,这不是孩子们的把戏;

我一猜就着,公爵在这个把戏里是有一手。

――――――――――

① 约希姆·列列韦尔,波兰历史学家、文献学家、政治家,曾任维尔诺大学历史系教授,十一月起义期间是波兰临时政府成员,后流亡法国和比利时。

② 原文是法语。

大　夫

（诡秘地）

大人猜着了？——谁想骗您，就像一口吞个大象，枉费心机。

参政员

（严肃地）

虽然我知道全部秘密，国务顾问先生，

要是你能够把确实的证据搜齐，

你听着，[1] 我以参政员的诺言向你保证，

我要把你的年俸加上一倍，

这一次的检举再算你十年的效劳，

然后，也许会封你个县长，或赐给你教会的土地[2]，

至于勋章——也许能有，因为我们沙皇从来很慷慨，

我要亲自给你呈请——包在我身上，不用着急。

大　夫

这事花了我很大的力气；

雇用那些密探还是用的我微薄的收入；

而这一切都是由于我对沙皇的忠忱。

参政员

（挽着他的胳膊）

---

[1]　原文是法语。

[2]　俄国信奉东正教，波兰信奉天主教。波兰被瓜分后，波兰教会的土地财产
也被俄国没收，部分用于奖励对俄国政府有功劳的波兰人。

亲爱的，① 现在你就去，带上我的秘书。

把所有的文件拿来，并且立即密封。

（对大夫）

今天晚上咱们要把这整个事件进行审理。

（自语地）

是我操心尽力主持了全部侦讯，

而他倒要从这个发现捞取名和利!

（思考片刻）

（对秘书耳语）

把大夫逮捕，同时查封他的文件。

（对走进来的巴依可夫）

这是个重大问题，我们得亲自处理，

大夫无意间说出了几句有意思的话，

我已经问过了他，我们待会儿就能挤出其他的秘密。

[帕里康看到参政员对大夫的重视，把大夫送到门口，并深深地向他鞠躬。

大　夫

（自语）

嗬，嗬，帕里康! 前不久他还把我排挤。

我要把他推到，叫他一败涂地。

（对参政员）

我马上就回来。

---

① 原文是法语。

参政员

（漫不经心地）

哦，是吗？八点我就要出城。

大　夫

（看表）

什么？我的表现在才十二点？

参政员

已经五点了。

大　夫

什么，五点？——我看错了？

一点不错，我的表现在是十二点，

它的时针正好停在十二点上；

一秒不差，一根头发丝也没有向前！

彼得神甫

兄弟，你的表停摆了，你的时刻已到。

兄弟，现在，你该为自己的灵魂祈祷。

大　夫

你要干什么？

337

帕里康

他在预言你的凶兆。

你看，他两眼放光，就像火蛇！

彼得神甫

兄弟，上帝用各种征兆给你警告。

帕里康

这个神甫看起来有点儿像个密探。

[左边的门打开，进来一群盛装的贵妇、官员、客人。音乐声可闻。

省长夫人

可以进来吗?

参事夫人

太不像话了！①

将军夫人

哦！我亲爱的参政员，②

我们一直等着您，派人来找您！

---

①② 原文是法语。

参事夫人

真是不幸。①

众　人

（异口同声）

我们就只好找来了。

参政员

出了什么事？—— 如此隆重！

贵　妇

我们也可以在这里跳舞，这里有这么个大客厅。

　[大家站好，准备起舞。

参政员

对不起，一千个对不起，我实在忙得走不开。

我看见什么了，——跳小步舞？妙哉，双双对对！

这使我想起了我的青春时代！②

公爵夫人

这不过是一次意外的事情。③

———————

①②③　原文是法语。

参政员

是您哪，我的女神！

我多么喜欢这种舞；这是意外吗？啊！一群天神！ ①

公爵夫人

我想，您是愿意跳的吧？ ②

参政员

当然啦，还得尽量跳得动人。 ③

[音乐奏出《唐璜》中的小步舞曲。左边站着各位官员和他们的夫人，右边是几个青年人、几个年轻的俄国军官、几个穿着波兰服装的老年人和几个年轻妇女；中间是小步舞。参政员和巴依可夫的未婚妻一对；巴依可夫和公爵夫人一对。

舞 会

[歌唱的场面。

右 边

贵 妇

看吧，看那个老鬼在怎样摇摇摆摆，

---

① ② ③　原文是法语。

气喘吁吁，但愿他把脖子扭坏。

（对参政员）

多好看哟，大人您跳得多轻快！

（旁白）

他不马上散架子才怪。[①]

年轻人

看吧，他多会献媚，多会讨好，

昨天杀人不眨眼，今朝跳舞乐陶陶；

看吧，看吧，他的眼睛转来转去地寻找猎物，

蹦蹦跳跳，活像笼子里的山猫。

贵　妇

昨天他屠杀、拷打，

使多少无辜的血四溅；

今天他藏起了魔爪，

装扮得多么讨人喜欢。

　　　　　　　左　边

十四等文官

（对参事）

参政员在跳舞，您可曾看见？

---

① 原文是法语。

喂，参事，咱们也去跳一圈。

参　事

请您考虑，我同您一起跳舞，
这对您来说，和礼仪是否相符。

十四等文官

可是我们能找到几个舞伴。

参　事

我说的与这件事无关。
我宁可单独跳，也不能
和你搭伴——你请滚蛋。

十四等文官

这是为什么？

参　事

因为我是参事。

十四等文官

可你知道，我的父亲是个军官。

参　事

我的先生，同我跳舞的人
地位都不能这样低贱。

（对上校）

来吧，参加跳舞吧，上校，

你看见了吧，参政员自己也在跳。

上　校

是个什么穷酸跟你这样纠缠？

（指一指十四等文官）

参　事

你听见了？不过是个十四等文官。

上　校

那种流氓大多是雅各宾！

贵　妇

（对参政员）

多好看哪！大人您跳得多轻盈！

参　事

（生气地）

这里等级不分，真是遭灾！

贵　妇

他不马上散架子才怪。①

---

① 　原文是法语。

左 边

合 唱

（女声）

啊！多么美丽，多么优雅！①

（男声）

啊！多么光彩，多么豪华！

右 边

合 唱

（男声）

唉，流氓，坏蛋，恶棍！

但愿天雷劈了他们。

参政员

（跳着舞，对省长夫人）

我想同县长交个朋友，

他的妻子和女儿都很漂亮，

可就是太爱吃醋。

省 长②

（跟在参政员后边）

---

① 原文是法语。

② 彼得·霍仁，时任维尔诺的文职省长。

此人倒是个呆子；

请大人放心，包在我们身上。

（走到县长身边）

尊夫人呢？

县　长

待在家里。

省　长

小姐们呢？

县　长

鄙人只有一个小女。

省长夫人

她怎么不光临舞会？

县　长

不！

省长夫人

就您独自在这里？

县　长

就我自己。

省　长

尊夫人不曾和参政员大人相识？

县　长

我娶老婆只是为我自己。

省长夫人

昨天我想把您的女儿带来。

县　长

我深深地感谢您的盛意。

省　长

小步舞里缺几对舞伴，

参政员大人想再找几对。

县　长

小女不来舞会搭伴，

我自会给她择门选配。

省长夫人

大家都说她能歌善舞，

参政员大人执意邀请。

县　长

我看到啦，参政员大人注意贵妇，

一下子就向好几个妇女逼近。

左 边

合 唱

什么样的音乐，什么样的歌唱，
把大厅装扮得富丽堂皇。

右 边

合 唱

这些坏蛋早晨喝人血，
午宴饮琼浆。

参 事

（指着参政员）
别看他抽人筋剥人皮，倒也有歌舞筵席，
即使让他剥掉一层皮，也不值得惋惜。

县 长

我们的青年被关进监狱，

却吩咐我们来参加舞会。①

俄国军官

（对别斯杜舍夫②）

咱们在这里挨骂，你不必大惊小怪，

整整一个世纪以来，

从莫斯科派到波兰的坏蛋

简直是成千上万。

大学生

（对军官）

你看，你看巴依可夫在怎样旋转扭腰，

　　这是什么神情，什么动作！

活像只癞蛤蟆在垃圾堆上乱蹦乱跳；

　　你看，你看，他把肚皮鼓得多高，

他呲牙咧嘴，吞下的臭气真不少；

　　你看，他那张蛤蟆嘴巴撑得多大，

你听，你听，巴依可夫在哇哇乱叫。

---

① 在俄国，邀请参加官方举办的舞会是一种命令，特别是当沙皇及其亲属
　或是某一高级官吏因婚嫁、命名日而举行的舞会更是如此。在这种情况
　下，被政府怀疑的或不受政府欢迎的人不参加舞会是极其危险的。在俄
　国有过这样的例子，有被关在监狱和被处了绞刑的人的家属出现在宫廷
　的舞台上。在立陶宛，当狄比奇在镇压波兰人的时候，当赫拉波维茨基
　在捆绑、残杀起义者的时候，都公开邀请波兰人参加舞会和祝捷典礼。
　这样的舞会事后在报纸上都被说成是被降服的臣民对最高最仁爱的君主
　的无限热爱的自我表现。——作者注

② 一般认为指米海尔·帕夫沃维奇·别斯杜舍夫-鲁明，十二月党人起义
　的领导人之一，曾化名在华沙和维尔诺活动。起义失败后被绞刑处死。

[巴依可夫哼唱。

　　（对巴依可夫）
我的将军，您唱的是什么小调！①

　　巴依可夫
　　（唱贝朗瑞②的歌）
　　　何等光彩，何等荣幸！
　　　啊，参政员大人！
　　　我是您恭顺的仆人，等等，等等。③

　　大学生
　　　　　　　将军，这是您编的歌？④

　　巴依可夫
　　不错。⑤

　　大学生
　　　　　　　那我要向您祝贺。⑥

---

①③④⑤⑥　　原文是法语。

②　　皮埃尔·让·德·贝朗瑞（1780—1857），法国歌谣诗人。巴依可夫唱
　　　的是其作品《参政员》片段，内容是一个丈夫由于妻子的美貌使自己博
　　　得一个参政员的宠幸而感到兴高采烈。

军官之一

（笑）

这种讽刺小曲实在好笑，

唱腔是这样的怪声怪调。①

年轻人

凭您这种无与伦比的诗艺，

我真要把您封为院士。②

巴依可夫

（耳语——指着公爵夫人）

参政员今天就要戴绿帽子。

参政员

（耳语——指着巴依可夫的未婚妻）

喏，我也要给你漂漂亮亮地戴上绿帽子。③

女　郎

（跳着舞，对母亲）

那些男人真是又丑又老。

母　亲

（从右边）

你要是觉得他讨厌，就把他甩掉。

---

①②③　原文是法语。

参事夫人

（从左边）

瞧我女儿打扮得多么美丽。

县　长

他们这些人浑身都是酒气。

第二位参事夫人

（对站在她身边的女儿）

左辛卡，你把眼睛抬起，

参政员也许会注意到你。

县　长

如果他敢找我扯皮，

我保管——

（手摸佩刀）

让他去见鬼！

左　边

合　唱

啊，多么光彩，多么豪华！

啊，多么美丽，多么优雅！①

---

① 原文是法语。

右　边

合　唱

　　唉，流氓，坏蛋，恶棍！
　　但愿天雷劈了他们！

在右边的青年中间

尤斯丁·波尔 [①]

（指着参政员，对别斯杜舍夫）
　　我真想用我的刀子戳穿他的肚皮，
　　要不就叫他的猪嘴留下一道血迹。

别斯杜舍夫

　　那有何用？把一个坏蛋清除
　　或者把他打伤，于事何补？
　　他们会找到许多歪理，
　　把所有的大学一律关闭，
　　叫嚷说学生们都是雅各宾，
　　把你们所有的青年一网打尽。

波　尔

　　然而对这无尽无休的苦难，

---

① 　爱德社成员，维尔诺大学法律系的学生，十一月起义的组织者之一，死
　　于起义中。

对这血和泪，他必须偿还。

别斯杜舍夫

沙皇在我国有着无数狗窝，
死掉一只走狗又算得什么。

波　尔

刀子在跃跃欲试，让我把他刺死。

别斯杜舍夫

我再一次向你提出警告。

波　尔

至少让我刺他一刀。

别斯杜舍夫

你会把你们大家毁掉。

波　尔

唉，流氓，坏蛋，杀人凶手！

别斯杜舍夫

现在我只好把你送出门口。

波　尔

难道谁也不为我们伸张正义？

难道谁也不为我们报仇?

（向门口走去）

彼得神甫

上帝!

[音乐突然改变，奏骑士咏叹调。①

跳舞者

这是怎么回事? —— 怎么回事?

客人们

调子这样低沉!

客人之一

（看窗外）

多么黑啊! 你们看，满天乌云。

[关窗，可以听到远处的雷声。

参政员

为什么停止演奏?

---

① 指歌剧《唐璜》中的咏叹调。剧中，唐彼得罗被唐璜所杀，后来他的石像显灵，来参加唐璜的宴会，上场时唱这首咏叹调，预示唐璜的末日要来临。

乐队指挥

　　　　　他们奏错了调。

参政员

　　　　　给他们几棍!

指　挥

他们应该演奏几个不同的段落,

他们弄不清楚,所以出了错。

参政员

喏,喏,喏——赶快调整好 ① —— 先生们,女士们!

　　[听到门外大声吵闹的声音。

罗利逊太太

　　(在门外惨叫)

让我进去! 放开! ……

秘　书

　　　　　那个瞎眼太太!

听　差

　　(害怕地)

---

① 　原文是法语。

　　　　　　　　　不瞎，瞧她上楼梯

跑得多快！拦住她！

　　　另一些听差
　　　　　　　　　谁能挡得住她的猛推！

　　　罗利逊太太
我会在这里找到他，这个吸血鬼，暴君！

　　　听　差
　　　（企图阻拦。罗利逊太太推倒了一个听差）
唷！你瞧，她推倒了一个——啊哟！她发了疯。
　　　（逃掉）

　　　罗利逊太太
你在哪里！——我要找到你，要把你的脑袋敲碎——
像我儿子的一样！哼！我的儿子死了，暴君！
他们把他从窗口扔了出来——你还有半点人心？
把我儿子从楼梯上推了下来，在青石板上摔死。
哼，你这个老吸血鬼，你身上溅满孩子们的血！
你在哪里，在哪里，你这个禽兽？你过来！
我要把你撕碎，像你们对待我的雅茜那样，撕成碎块——
儿子呀！他们把你从修院楼上的窗口推了下来。
我的儿子，我唯一的儿子！我的命根——
这样的暴君倒活着！天上的上帝呀，什么大救星！

彼得神甫

你不要渎神，女人！你的儿子活着，但受了伤。

罗利逊太太

活着？他还活着？——谁说的，谁说受了伤？
这是真的吗，我的神甫？我拔腿就往那里跑——
"摔下来了！"人们这样喊。我跑过去的时候，
他们已经把他拖走——我都没有看到
我的独生儿子的尸首。——我孤苦伶仃，无依无靠！
儿子的尸首我没有看到。唉哟，你这个瞎子！
但是在街上我闻到了血腥。——凭着上帝，
在这里我也闻到了——同样的血腥，我儿子的血，
这里有人身上溅满了我儿子的血，刽子手就在这里！

　　〔罗利逊太太径直向参政员走去。参政员退避——罗利
逊太太晕倒在地——彼得神甫和县长走到她身边。听到了一
声霹雳。

众　人

　　（惊恐地）
"道成了肉身"！——是在这里！

另一些人

在这里！在这里！

彼得神甫

不在这里。

一　人

（看着窗外）

好像很近——就劈在大学校舍的屋角。

参政员

（走到窗口）

大夫的窗口！

观众之一

听，屋里有个妇女在叫！

街上行人之一

（笑声）

哈，哈，哈，准是给魔鬼抓走了。

［帕里康跑进来，神色不对。

参政员

我们的大夫？

帕里康

遭了雷殛。

这真是一件值得侦查的奇闻：

他的房屋四周装有十根避雷针，

可是雷霆追到最里面一个房间结果了他的性命，

除银卢布熔化了之外，其他一物未损。

银卢布摊在桌子上，就在他的枕头边，

看来今天就是它们传导了雷电。

县　长

我看，俄国的卢布十分危险。

参政员

（对贵妇们）

太太们把舞会停止了——多么失礼。

（看到有人在抢救罗利逊太太）

把她弄出去，弄走——帮这女人一点忙，

把她弄走——

彼得神甫

送到她儿子那里去？

参政员

弄走，不管到哪里。

彼得神甫

她的儿子还没有死，还有一口气，

请允许我到他那里去。

参政员

　　　　　　　　见鬼去吧，爱到哪里就到哪里！

　　（自语）

大夫劈死了，哦，哦，哦，真是不可思议！①

这个神甫向他预言过，唔，唔，唔，真是活见鬼！②

　　（对众人）

喏，有什么可怕？——春天常起乌云，

有云带来雷电——这是正常的事情。

参事夫人

　　（对丈夫）

随你怎么说，这件事情可怕总归是可怕。

我可不敢再在这所凶宅里待下去；

我对你说过："丈夫，不要去管这些孩子们的事。"——

尽管你虐待那些无辜的犹太人，我一言未发，

但是这些孩子——你看见大夫的下场了吗？

参　　事

你是个笨蛋。

参事夫人

　　　　　　　　我不舒服，我要回家。

――――――――

①②　原文是法语。

[又一声霹雳。人们纷纷逃命；先是向左，后又向右，逃了出去。只剩下参政员、帕里康和彼得神甫。

参政员

（看着逃散的人）

该死的大夫！活着时缠得我心烦，

现在死了，你看，还把我的客人驱散。

（对帕里康）

你看，这个神甫在怎样看人——多么可怕的眼神；①

这是一件怪事，一桩不寻常的事件。②

告诉我，我的神甫，你是不是懂得魔法？

你怎么知道有雷电？——难道这是上帝的惩罚？

[彼得神甫不语。

说老实话，这个大夫也有过错，

说老实话，他实在也管得过多。

说来话长③——事先对他也有过警告——

我的上帝，为什么不守住一条直路！

喏，你觉得怎么样，神甫？——他不说话，低着头。

但是我会把他释放：众人的议论自会不少④……

（沉思）

---

①②③④　原文是法语。

帕里康

哈！哈！如果侦讯真有危险，

那么雷电就应该首先赏我们个脸。

彼得神甫

我给你们讲两个故事，古老而且深刻。

参政员

（好奇地）

关于雷电？——关于大夫？——说吧！

彼得神甫

两个寓言。

从前，在一个炎热的夏天，有几个旅客

为了得到一点阴凉躺在一堵高墙下面。

其中有一个杀人犯，当别人正睡得香甜，

天使叫醒了他："起来，这堵墙不安全。"

这杀人犯是所有坏蛋中最坏的一个：

他跳了起来，别人都被压死在颓墙下边。

他打躬作揖感谢上帝把他的生命保全，

可是天使却站在他的面前，这样说：

"你的罪孽最深！惩罚必不可免，

你将最后一个死去，因此比别人更惨，十分丢脸。"

第二个故事是：——在很久很久以前，

一个罗马的首领打败了一个强悍的国王；

他命令杀死所有的奴隶，

所有的军团骑士和所有的百夫长，

却没有杀掉这个国王，

还有一批军事头目和县官也幸免于死亡。

于是这群愚蠢的囚犯开始议论纷纷：

"我们将活下来，感谢首领保全我们的性命。"

这时，一个看管他们的罗马士兵告诉他们：

"是的，首领留下了你们的性命，

因为他要把你们绑上自己胜利的战车，

拖着你们周游整个军营，

然后带着你们回到罗马，

在那光荣的城市的大街上示众；

他要让人们惊叹：'看，首领多么能干，

叫这样的国王、这样的将领爬到这里。'

示众完毕，就给你们戴上黄金的锁链，

把你们交给刽子手，刽子手就会把你们

塞进那地下的、无底的、黑暗的深渊，

那里将是流不尽的眼泪，受不完的苦难。"

这个罗马士兵刚刚讲完，国王就骂了起来：

"你简直是个笨蛋，一派胡言，

难道你和首领喝过酒，知道他的思想、打算？"

国王骂过了士兵，就同自己的将官们痛饮畅谈。

参政员

（厌烦地）

全是胡说八道 ① ……神甫，你想走，就滚蛋。

如果我再一次抓着你，我就要剥你的皮，

叫你的亲娘也不能把你分辨，

叫你变成罗利逊的孪生兄弟。

[参政员同帕里康一起回到自己的房间。彼得神甫向门口走去，遇到康拉德，他正被两个士兵押来受审。康拉德看到神甫就站住，久久地注视着他。

康拉德

多么奇怪，我从未见到过他这张脸，

但是我认识他，就像认识一个同胞兄弟。

这难道是在梦中！——是梦，现在我记起来了，

这样的脸，这样的眼睛，我在梦中确曾看见。

看来就是他，把我从万丈深渊里拉出。

（对彼得神甫）

虽然我们过去并不认识，我的神甫，

至少您不认识我，但是我十分感谢您，

只有我的良心才知道您的深恩。

梦中结交的朋友十分宝贵，

生活中很少有这样的交情。

请您收下这只戒指拿去卖了，一半送给穷人，

另一半用于弥撒，超度炼狱里的灵魂；——

---

① 原文是法语。

我知道他们在受苦；如果炼狱就意味着奴役，

那么，他们会不会允许我再去望一次弥撒，我的兄弟？

彼得神甫

会允许的——为了这只戒指，我事先告诉你几句话。

你即将走上一条遥远而陌生的道路；

你将遇到伟大的、富足而智慧的人们，

但你要寻找一位知识比别人更为渊博的人物；

你会认识他，他将以上帝的名义把你欢迎，

他说的话，你要牢记在心……

康拉德

（仔细注视着他）

什么？是您……这怎么可能？

请您等一等……凭上帝之名……

彼得神甫

我不能，就此分手！

康拉德

就说一句话……

士　兵

不行！各走各的路。

第九场

先人祭之夜 [①]

[不远的地方是一个农村的小教堂。坟场。祭师和一个
穿着丧服的妇女。

祭　师

人们已经向教堂走去，

先人祭很快就要开始。

我们快去吧，已经夜深。

妇　女

我不到那里去，祭师，

我想留在墓地，

见见一个鬼魂：

他在许多年之前

出现在我的婚礼之后，

满身是血，脸色苍白，

一群鬼魂把他围在中间。

---

①　请读者注意这一场和第二部的呼应。

他用一种奇异的眼神盯着我，
一句话也没有说。

祭　师

他也许还活着，因此我唤他，
他没有办法回答。
在神秘的先人祭的夜晚，
每当众灵聚集在一起，
我们仍能把生人的灵魂召唤。
他们的躯体可能在参加宴会，
或者在作乐，或者在决斗，
不论在哪里都是处之泰然；
当点到被召请的灵魂的名字，
一个淡淡的苍白的影子就会出现；
但只要他活着，就没法说话，
只能站在那里，惨白，阴沉，一言不发。

妇　女

他胸口的伤痕是什么意思？

祭　师

这证明他的灵魂受了打击。

妇　女

我一个人在这里也许会迷路。

祭　师

那我就留在这里陪你。

没有我，他们也能念咒，

一个年老的祭师在那里守候。

你没听见远处的歌声？

那里已经聚满了人，

他们已经念过了第一遍咒文，

召唤那未婚的少女和众女魂，

召唤那些在空中游荡的灵魂。

你没看到那成千上万的光点？

它们向下降落，像陨落的星星。

你没看到高处像火一样的长链？

那是游荡的灵魂飞在长空。

你看，在这黑沉沉的夜空的背景上，

它们在教堂顶上闪烁发光。

这些飞来的灵魂像鸽子一样，

在燃烧着的城市上空飞翔；

雪白的翅膀

拍打着火焰，那鸟群

像一团星星闪射着光芒。

妇　女

他不会同这些灵魂一道飞翔！

祭　师

你看，一道火光冲出了小教堂，

现在念过了火的咒文；

就要从墓地和荒漠

召来那些有罪的灵魂，

他们都要从这里经过。

如果你还记得，你就能认得出来。

你且跟我躲在这株枯死的椵树里，

这棵椵树已经枯萎、朽烂、干裂，

女巫们就经常藏在这里。

现在整个墓地都骚动了起来，

到处的坟墓都已经裂开，

点点蓝色的火焰从坟墓里喷出，

棺材板也裂成了一块一块，

地狱里的幽灵纷纷探出了头，

长长的胳膊，苍白的脑袋。

你看，眼睛就像两块红火炭。

快遮起你的眼睛！躲到大树里面，

这恶鬼老远就能用视线把你灼伤，

但对于祭师，他可是一筹莫展。

哈！

妇　女

　　　　你看见了什么？

祭　师

　　　　　　一具新尸！①
衣服还没有腐烂。
周围弥漫着一股硫磺味，
额头黑得像焦炭。
两只眼睛——两个窟窿，
窟窿里燃烧着两块金片，
每个窟窿中心坐着一个小鬼，
像瞳仁一样一闪一闪，
还不断地翻着筋斗，
动作快得如同闪电。

这个尸体咬牙切齿跑了过来，
他把一堆滚烫的银币，
在两只手里来回捣弄，
仿佛从一只筛子倒向另一只筛子——
你没听见他那可怕的呻吟？

幽　灵

教堂在哪里？在哪里？人们在哪里赞美上帝？
　　啊？人哪，指给我，教堂在哪里？
你看，这些银币怎样烧着我的额头，
　　滚烫的银子怎样烤着我的手。

---

①　　指遭雷殛的柏克大夫。

啊，人哪，把它拿出去散发给孤儿，

　　散发给囚犯和寡妇。

啊，请把我手里攥的这滚烫的银子

　　和我头上的这些银币挖除。

你不愿意？唉，我只得把这些金属来回捣动，

　　直到那个吃孩子的野兽①

放出他贪吃无厌的灵魂，

　　我才能向着他的心房灌进这些金属。

然后，我还要把它从他的眼睛、耳朵里倒出来，

　　再从同样的渠道灌入。

我要把这尸体像筛筛子一样来回翻弄，

　　灌进，倒出，反反复复地折腾！

啊，要等到把这滚烫的金属扔给他，

　　我还要等到什么时候！烫啊，烫啊，怎么忍受！

　　（跑掉）

祭　师

　　　　　　哈！——

妇　女

　　　　　　你看到了什么？

---

① 指诺沃西尔佐夫。

祭　师

> 嗨，离得好近！

又一个幽灵向这里奔来，
这个尸体丑得出奇！
刚被土盖过，肥胖，苍白，
身上穿的是新衣，
打扮得像去参加婚礼；①
毒蛇刚刚缠住他的身，
只咬掉了他半只眼睛。

现在他从小教堂那里跑来，
恶魔迷住了他的心，把他引开，
不让他走近教堂的门。
恶魔化成一个少女把他勾引：
伸手示意，指指点点，
笑盈盈地挤眉弄眼。
着迷的尸体向她跳了过去，
活像一个狂人，跳过一个个坟堆，
四肢像风车的翼子一样旋转——
正当他扑进她的怀里，
突然从他脚下的地里
蹦出十张又长又黑的嘴脸，
十条黑狗跳将出来，

---

① 指巴依可夫，他在去未婚妻家的路上中风而死。

把他从情侣的怀里拖开，
三下两下扯成了碎块，
一张张血淋淋的狗嘴，
把一块块的肉弄得遍地狼藉。

黑狗不见了。——可是，真是新奇！
尸体的每一块碎片都有了生机：
每一块都仿佛变成了一具尸体，
跳跃着聚集在一起。
脑袋跳得像只癞蛤蟆，
鼻子里喷出的是一股火，
胸腔在地面上爬，
像个庞大的乌龟壳——
看，头和身终于接到了一起，
像鳄鱼一样急急地奔跑，
一只断手的手指
扭曲着，颤抖着，活像些小蛇；
手掌抓着沙土，
一只手伸向前头，
两条腿爬到一处，
于是又是一具完整的尸体在行走。
那情侣又开始把他引诱，
这尸体又扑进她的怀抱；
那群恶狗说来就来，
又把他东撕西扯，变成碎块。
啊！这形象但愿我再也不要看到！

妇　女

你害怕了吗?

祭　师

　　　　　我感到厌恶!
乌龟、毒蛇、癫蛤蟆:
一具尸体上聚集的爬虫这样多。

妇　女

他不会同这些灵魂一道!

祭　师

先人祭马上就要结束,
你听——鸡在叫第三遍;
那里唱着赞美祖先的史诗,
人群正在向各方分散。

妇　女

他没有来参加先人祭!

祭　师

倘若那灵魂还附在肉体里,
　你现在就说出他的名字,
我用魔草施一道法术,
　轻声地念一遍咒语,
叫灵魂抛下肉体,

出现在你的眼前。

妇 女

我已说过了——

祭 师

　　　　　　　　他没有听见——
我也已经念过了。

妇 女

　　　　　　　　他没有灵魂！

祭 师

啊，女人！你的情人
或者已经改变了先人的信仰，
或者已经改换了姓名。
你看，天快要亮了，
我们的魔法已经失灵，
他不会来了，你那钟爱的人。

〔两人从树中走出。

什么？什么！——你看：从西方，

从格底明城①，

在朦胧的风雪迷雾之中，

有几十辆大车在飞奔，

马不停蹄，车轮滚滚，

所有的大车都驰向北方。

你看，前面车上坐着一个人，

一身黑衣裳——

妇　女

是他！

祭　师

来了？

妇　女

你看！

他突然策马回转，

只向我这里望了一眼。

啊，天哪，这是怎样的一眼！

祭　师

他的胸前鲜血淋淋，

那儿的伤痕无法算计；

———————

① 维尔诺的别名。

他受过骇人的酷刑，
上千道剑痕布满他的躯体。
所有这些虽已过去，他的心却受了重伤，
现在能治好他的创伤的只有死亡。

妇　女

是谁在他身上砍了这样多的伤口？

祭　师

民族的敌人。

妇　女

他额头也有一个伤口。
是一个不大的伤口，乍一看，
就像一个小小的黑点。

祭　师

那个伤给他的痛苦最大，
我看见过它，研究过它；
那是他自己加给自己的，
就是死亡也治不了它。

妇　女

啊，慈悲的上帝，请治好他吧！

易丽君　译

附 诗

据密茨凯维奇为《先人祭》第三部法译本写的序言，这组诗是第三部的组成部分，同时与以后的各个部分建立联系。在第三部结束时，康拉德—古斯塔夫被流放到俄国，这组诗记录了他的见闻、观察和生活片段。诗人原计划还要把《先人祭》写下去，因种种原因未能如愿。

通往俄国之路

像荒原上的狂风，一辆驿车
在雪地里驶向更加荒蛮的北方，
我的双眼如同两只敏锐的隼鹰，
在茫茫无际的海洋上空飞翔，
被狂风驱使着，无法降临陆地。
它们所看到的都是狂风巨浪，
没有栖息的地方，只好卷起翼翅，
朝下面望去，那里就是死亡之地。

一路上看不到城市，也不见高山，
人类和自然界没有留下任何的印记。
大地是如此的空旷、如此的荒无人迹，
仿佛是昨天傍晚刚刚才建起的新天地。
可是古代的猛犸就曾在这里繁衍生息，
随着河流波涛而来到此地的水手们，
就曾用莫斯科农民听不懂的陌生语言，
宣称这些地方早已被人类开垦创建，
在伟大的诺亚方舟的那个时代，
这里就已和亚洲国家的贸易不断。

甚至连偷来的或被暴力抢来的史书，
也不止一次地向世人宣称，
就是这块荒无人烟的土地，
曾经是多个民族的母亲。
只不过流经这些原野的河流，
并没有遗留下它们咆哮的历程。
就连从这块土地出去的人们，
也没有留下过自己生活的烙印。
但在遥远的阿尔卑斯的岩石上，
却留下了来源于此地的波涛痕迹。
而在更遥远的罗马的纪念物上，
也记载着来自这里的盗贼的行踪。

荒凉的国度，银装素裹而又空旷，
就像一张可供书写绘画的白纸——
上帝的手可以任意在它上面写画。
善良的人们也可使用这些字句，
去描绘出神圣信仰的真理，
而让爱去统治人类的部落。
难道世界的战利品就是牺牲？
难道是上帝的老敌人已来到
从这本大书中抽出了利剑，
让人类的种族处于桎梏之中？
难道鞭打就是人类的战利品？

在这片茫茫银色的荒凉土地上，
狂风怒号，掀起阵阵雪的迷雾。
雪的海洋也因此而汹涌奔腾，
厚厚的积雪被狂风吹起离开了地面。
随后又突然结成为一个个巨大雪团，
坠落到地上，单调而又洁白。
有时从极地掀起的巨大风暴，
一路袭来，其势难以遏止，
直扫到黑海边上的广大平原，
沿途掀起的浓浓的雪雾，
常常把行驶的马车遮住，
就像非洲狂风淹没利比亚人一样。①
尽管地面上是单调的茫茫白雪，
有些地方峙立着一道道黑墙，
其形状有如一座座岛屿和陆地，
那是北方的云杉、松树和冷杉。
有些地方的树木已被刀伐斧砍，
砍下的树木被堆成了一排排，
构成奇异的形状，像房顶和墙壁。
人们称其为房屋，供人们居住。
在广袤的平原上，像这样的木房
有成千上万，规格几乎是一模一样。
宛如一顶顶帽子，烟囱里冒出热气，

---

① 利比亚位于非洲的北端，撒哈拉的风沙常常会淹没其周围的人。

像子弹夹一样，窗户在闪闪发亮。
那边是成双成对的一座座的平房，
有的是四方形，有的是圆形，
如此众多的房屋，人们称之为城镇。

我终于遇见了活人，他们个个
肩宽腰圆，虎背熊腰，身强体壮，
犹如北方的猛兽和高大的树木，
充满着活力、健康而又强悍。
他们的脸容有如他们的国土，
显示出空虚，坦率和粗野的表情。
他们的心中却像地底下的火山，
其烈火还没有涌现在他们的脸上，
他们的口里没有热情洋溢的言辞，
满是皱纹的额头上也毫无任何的表示，
就像东方人和西方人的脸孔一样。
经历过多少次的故事传说和事件，
也经受过多少次的悲痛和希望。
每张脸孔都是他们民族的纪念碑。
这里人们的眼睛也像这里的城镇，
大而明净——灵魂的呼号从来不
引起他们眼珠的不平常的眨动，
长久的悲伤也从不令它们黯然失色。
远远望去——多么的华丽，多么壮美！
进入中心一看——多么的荒凉和空旷，
他们的身躯，犹如一个厚厚的大茧，

里面蜷伏着过冬的毛毛虫。
当它还没有准备好飞翔之前，
先要长好翅膀，并对其美化。
当自由的太阳照临大地，
毛毛虫便破壳而出飞向天空。
鲜亮的蝴蝶会翱翔在大地之上，
还是黑暗会降临在脏乱的部落？

在荒原的地面上道路纵横交错，
这些道路并不是由商人开辟建成，
也不是被他们的马队踩踏而成：
而是沙皇在首都勾勒出它们，
于是波兰乡村便遭到苦难和不幸。
沙皇想占领波兰的城堡和城市，
就必须把村庄和城堡夷为平地，
以便在它们的废墟上建起道路。
现在这些道路隐没在深厚的雪里，
但眼睛还是能分辨出它们的痕迹。
道路又宽又长，笔直地伸向北方。
在森林中间穿过，像岩石中的江河。

是谁踏着雪路而来？这一边是马车
疾驰飞奔而至，卷起了阵阵雪花。
从另一边来的是黑色的步兵队伍，
在火炮、大车和篷车中间疾行。
他们是按照沙皇下达的命令，

从东方调往北方 ① 前去作战。

另一队则是从北方调至高加索 ②。

这些士兵都不知道要调往何处，

为何要这样调动，谁也不去打听。

这里还看到了一个蒙古人，

他脸面肿胀，有双细小的斜眼睛。

那边是一个来自立陶宛的贫苦农民，

他脸色苍白，满腹心思，步履蹒跚。

这里是英国枪在发亮，那边弓箭在闪光。

卡乌莫基人 ③ 拿着冻僵硬了的弓弦。

他们的军官呢？这里是德意志人 ④

坐在篷车里哼着席勒的伤感歌曲，

还常常敲敲被他碰见的士兵的脊梁，

那边是法国人用鼻音哼着自由的歌曲，

他是位流浪的哲人，在寻找擢升的机会，

现在正和卡乌莫基人的指挥官在交谈，

向他打听何处能买到廉价的军需用品

他这样做便能让军费省去一半，

而省下的一半就能装进他的腰包。

如果这件事做得漂亮，瞒过别人，

---

① 俄国于1809年占领芬兰，建立芬兰大公国。这里指沙皇调拨军队去镇压芬兰的民族解放运动。

② 俄国从18世纪末开始侵略高加索，战争接连不断，直到1864年占领高加索全境之后才告一段落。

③ 一个蒙古游牧民族，他们大多居住在伏尔加河下游。

④ 俄国军队里有不少军官是外国人。

说不定部长还会把他官升一级，
沙皇也会向他颁发节省开支的奖章。

这时一辆篷车疾驰而来，无论是哨兵、
还是火炮的车队、伤病员的营帐，
只要这篷车一出现，便纷纷退向路旁。
就连指挥官乘坐的马车也要退让三分，
篷车在飞奔，押车的宪兵挥动着马鞭，
道路上的一切人员和车马都急急退避，
谁若是不退让，篷车便从他身上碾过。
篷车要到哪里去，里面载着什么人？
谁也不敢打听。宪兵是朝首都飞奔，
里面载的肯定是沙皇下令逮捕的犯人。
"也许这宪兵是从国外回来。"将军说道，
"谁又能知道，车里押的是何许人？"
也许是普鲁士、法国和萨克森的国王，
也许是某个德意志人失去了沙皇的恩宠，
于是沙皇下令将他逮捕，送去服刑。
也许被逮捕的是个更重要的首领，

也许被押送的就是叶尔莫沃夫 ① 本人。②

谁又能知道呢？这个坐在麦草上的
囚徒，凶猛地望着！露出自豪的目光！③
是个大人物——后面还有一队马车，
定是某位亲王的宫廷随从人员，
看呀！他的眼睛是多么明亮、大胆！
我还以为他们是沙皇的达官贵人！
不是驰骋沙场的将军，便是宫中重臣。
可是，看呀！他们全是年幼的少年！④
这是什么意思？这群人要到哪里去？
难道他们是某个受指控的国王的王子？

---

① 　阿历克希·叶尔莫沃夫，俄国将军、驻高加索的统帅，因被怀疑与十二
　　月党人有联系而失宠。
② 　俄国民众相信，沙皇能把任何别的国王关进囚车。但我们确实不知道在
　　一些国家里如何来回应带有这种目的的宪兵。不过可以肯定的是，诺沃
　　西尔佐夫一再说道："如果我们不能在欧洲推行这样的秩序，若是我们
　　的宪兵不能在维尔诺、巴黎和伊斯坦布尔同样容易执行一样的命令，那
　　就不会有和平。"叶尔莫沃夫将军夺取了格鲁吉亚的政权，他的名字在
　　俄罗斯人当中特别响亮，这比战胜欧洲某个帝王更重要。俄罗斯人的这
　　种看法并不令人感到奇怪。我们记得，当维尔特姆贝尔斯基亲王阁下和
　　盟军一起围困格但斯克时曾在给拉普的信中写道：俄国将军是和国王同
　　级的，如果这是沙皇的意旨，他就能享有这种封号。（见拉普将军日
　　记）——作者注
③ 　暗示这个囚徒就是康拉德—古斯塔夫；他的形象在后面的诗中还会多次
　　出现。
④ 　被流放的爱德社成员。

388

路旁的军官都在悄声议论他们：

篷车却一直朝沙皇的首都疾驰飞奔。

林洪亮 译

京 郊 ①

老远老远就看得出，那是京城。
在宽阔豪华的马路两旁
宫殿林立——十字架、圆屋顶
装饰在教堂的上方；那像草垛的是
覆盖着稻草和积雪的塑像群；
在一排哥林式圆柱后面的
平顶大厦，是意大利式夏宫，
旁边是日本式、中国式的凉亭
或是那叶卡特琳娜时代刚刚仿造的
古典建筑的遗址，②
不同的楼阁序列，不同的房屋造型，
像来自世界各地的野兽，
在铁槛后面的囚笼中站立，
一座隐隐约约的宫殿，
是他们本国建筑艺术的结晶，

---

① 指彼得堡附近的皇村，是沙皇的夏宫。现名普希金村。
② 叶卡特琳娜二世·阿列克谢耶芙娜，俄国女皇，1762—1796 年在位。
  当时仿造古典建筑的遗址是一种被她鼓励的时髦。

它来自他们的构思设计，是他们天性的产儿。
这些楼阁的工程是多么离奇！
把那么多的巨石搬上这泥泞的荒地！

在罗马，为了给帝王们建造剧场，
黄金曾像河水一般流淌；①
沙皇的卑鄙走卒在这京郊，
为自己搭起淫乐的魔窟，
我们的血和泪汇成了海洋。
为给这些方尖碑装上整块的石头，
有多少阴谋诡计需要耍弄；
要把多少无辜的人杀害放逐，
要抢劫掠夺我们多少领土；
他们用立陶宛人的鲜血、乌克兰人的眼泪、波兰人的黄金，
　把巴黎、伦敦所拥有的一切慷慨大方地统统买足，
再给这些大厦配上最时新的装束，
小步舞踩脏了小吃间的地板
就用香槟酒去洗刷那污垢。

如今这里空荡荡——皇族在城里过冬，
连那些为沙皇臭肉所吸引的宫廷苍蝇，
也跟随着他们飞进了城里。
如今在这些大厦里只有风在低吟；

---

① 这句话是哥特人的国王第一次看到罗马称为科洛西姆斗兽场的大马戏场时所说的。——作者注

老爷们在城里，沙皇在城里——囚车也飞向城里；留下的是
皑皑的白雪、逼人的寒气；
城里的大钟刚敲过十二点，
而太阳就已向西沉。①
天穹异样的开阔，
没有一丝乌云，空旷、明洁而宁静，
没有一点色彩，苍白得透明，
如同流放者死后的眼睛。

城市就在我们面前——在城市的上空
神奇地屹立着圆柱、高壁、回廊和城墙，
像一座座城堡高耸入云霄，
像巴比伦的空中花园：
两万个烟筒一齐冒烟
浓浓的烟柱直上苍天，
有的像卡拉拉的大理石②一样发亮，
有的像红宝石闪烁着炽热的光焰；
那烟柱在高空倾斜，汇成一片，
一会儿互相交错有如回廊，一会儿又弯成弓形，
绘出了高墙和屋顶的怪影——

---

① 　　彼得堡冬季下午三点钟天就黑了。——作者注
② 　　卡拉拉位于意大利中北部，在古罗马时代已经是大理石开采中心，其石
　　　材颜色为奶油白带蓝灰色纹路，被称为"卡拉拉白"。

宛如海市蜃楼 ①，突然出现在
地中海明镜般的水面
或是骤然降临在利比亚的尘雾之上，
它从遥遥的远方吸引着流放者的双眼，
它永远是那样若即若离，若隐若现。

城门上的长链已经摘下，城门敞开了；
搜查、追究、盘问——然后才放行。

易丽君 译

---

① 北方城市的浓烟在严寒时在空中形成幻景般的奇形怪状，就像海市蜃楼
一样，它诱骗着在大海上航行或在阿拉伯沙漠上旅行的人们。海市蜃楼
给人展现了城市、村庄、湖泊或绿洲，景物清晰可见，但要走近它却不
可能，它和旅行者总是保持着一定的距离，后来就消失了。——作者注

彼得堡

在那远古的希腊和意大利时代
人们要把房屋建在上帝神殿的旁边，
建在圣洁的丛林中，傍依着森林女神的清泉，
或是为了御敌，建在那高山之巅。
人们就是这样把雅典、罗马、斯巴达兴建。——
哥特时代封建王公的城堡
是整个地区的屏障，
平民把房舍盖在塔楼下，紧靠着城边，
守护着通航的河道。
随着岁月的流逝
平民的房舍鳞次栉比连成一片。
所有这些城市不是神灵所建造
就是某个庇护者或艺匠的功劳。

俄国京都的肇始又如何？
成千上万的斯拉夫人
怎愿意钻到这人间最偏僻的角落

在这刚从大海和芬兰人手里夺来的岸边 ① 把生命消磨？

这里的土地既不长庄稼、也不长果林，

大风带来的只是雨雪和泥泞；

这里的天气不是太热就是太冷

像暴君的脸色多变而阴森！

人民不想要这泥潭，

沙皇 ② 却喜欢，

他发号施令不是为人民建设家园，

而是为自己建立都城：

沙皇在这儿显示了他的意志的万能。

在流沙和沼泽的深处

他下令钉上千百万根木桩，

用千百万农民的血肉之躯把陷井填满，

再用泥土把木桩和莫斯科农民的尸体掩埋，

又令他们的子孙后代

驾上独轮车、马车和轮船

从遥远的陆地和深海 ③

---

① 芬兰人原住在涅瓦河的沼泽岸边。这个地方后来建成了彼得堡。——作
   者注

② 指彼得一世·罗曼诺夫，1682—1725 年在位，史称彼得大帝。通过与
   瑞典（当时芬兰属瑞典）持续二十年的战争，他夺取了波罗的海出海
   口，期间于 1703 年在海边的涅瓦河口开建彼得堡，1712 年把首都从莫
   斯科迁至彼得堡。

③ 许多历史学家都描写过建立彼得堡的经过。大家都知道，居民都是被暴
   力赶到这个京都来的。在城市建设过程中死了十万多人。花岗岩和大理
   石都是经海路从很远的地方运来的。——作者注

搬来木料和巨大的石块。

沙皇想起了巴黎——立刻下令
建造巴黎的广场。
他见过阿姆斯特丹——立刻下令
赶快放水，构筑堤防。
他听说罗马有辉煌的宫殿——
宫殿也立地在这儿出现。威尼斯的首府
齐腰没在水中，一半露出地面，
像美人鱼一样把娇躯舒展，
这又牵动了沙皇的邪念——立刻下令
在这泥泞的土地上开凿运河，
架起桥梁，放上威尼斯式的游船。
于是他有了第二个威尼斯、第二个巴黎、第二个伦敦，
除了它们的美色、光彩和白帆。
建筑师们有个著名的格言：
罗马是出自人的双手，
威尼斯是神灵的杰作；
但见过彼得堡的人都说：
修建这座城市的恐怕是个恶魔。

所有的街道都伸向河边，
像山中的峡谷，又长又宽。
高楼林立：这里一堆岩石，那里一个砖垛，
大理石块用泥土粘合；
所有的墙都一般高，所有的屋顶都一般平，

像一团换上新装的士兵。

房前壁上挂满了各种招牌和标记：

各种不同的文字混杂在一起，

使你目不暇接，像在通天塔上眼乱心迷。

写的是①：波兰司主管、参政员、

吉尔吉斯可汗阿郝麦特官邸。

写的是：诺柯先生私第，

他能用地道的巴黎语调讲授法语，

如今是宫廷厨师，藏有各种伏特加酒，

还兼任着乐队的低音和学校的监督。

这儿住的是意大利人皮亚采尔·爵索，

他曾为宫廷贵妇烹制灌肠，

如今已擢升为贵族女子学校校长。

这里住的是第也勒尔牧师，

他曾荣获沙皇的许多骑士勋章，

如今在圣坛上传经布道，

赞美沙皇是上帝派遣的教皇，

是主管信仰和教派的一统君王；

他还呼吁加尔文教派②、

索村教派③、再浸礼教派诸兄弟

都要遵从俄国皇帝

---

① 以下原文为斜体，其中人名、某些称谓和个别单词为鞑靼语、法语、意大利语和德语。

② 基督教新教的重要教派，16世纪由法国宗教改革家、神学家约翰·加尔文创立于日内瓦。

③ 16世纪兴起于波兰的一个新教教派，又名"波兰兄弟会"。

和他的忠实盟友、普鲁士国王的圣谕，

接受新的宗教信仰，

联合成一个新的教体 ①。

写的是：这里出售妇女服装——

更远一点写的是：乐谱；

另一处是：出售儿童玩具——

再一处是：长鞭。

街上敞篷马车、轿式马车、大马车

都改成冰橇在雪地里滑行，

虽然都是风驰电掣，但却寂静无声，

宛如西洋景中神奇的幻影。

一个大胡子车夫

坐在英国式马车的御者座上，

他的衣服、下巴、胡须、眉毛

都盖上了一层白霜，

他趾高气扬地挥舞着马鞭；

车前是一群骑马的少年，

他们穿着皮袄，真像是北风神的骄子 ②；

他们尖声叫喊着把行人驱赶，

——————

① 　脱离了天主教教会的这些教派在俄国受到了特别的支持；首先是这些教派容易追随德国的公爵和公爵夫人们改信希腊教；其次，这些教派的牧师们是专制主义的最好的支柱，因为他们劝导人民甚至在宗教问题上也要盲目地服从世俗政权，而天主教徒们则认为宗教问题应由教会决定。众所周知，奥格斯布尔格僧团和日内瓦僧团遵循普鲁士国王的命令联合成了一个教会。——作者注

② 　神话中，北风神的前边有一群孩子飞跑。

长串的冰橇仓皇地闪过一边，

宛如一群白色的海鸥环绕着轮船盘旋。

人们奔跑着，躲避严寒，

没有人站住、没有人说话、没有人左顾右盼；

每个人都眯缝着眼睛，脸色白惨惨；

每个人都在搓着两手，牙齿冻得发颤，

从每个人嘴里呼出的热气

都变成了一缕缕挺直的白烟 ①。

看到这喷烟的人流，

你会以为是一长列烟筒在城里行走。

紧挨着你推我挤的人流

有两大排人走得慢悠悠，

像教堂里的礼拜行列，

又像岸边的冰块伴着湍急的河流。

这狐群狗党在向何处游荡？

他们像一群黑貂对严寒毫无感觉。

在这种时候散步倒是一个时髦的风尚；

又冷又有风，但谁会把它放在心上！

既然皇帝要徒步从这儿走过，

就得跟着皇后、女官、

元帅、官僚、贵妇一大窝。

第一、第二、第四，间隔按名分拉开，

像赌棍扔下的纸牌

---

① 在严寒的季节，人们口中呼出的气形成了一缕缕好几尺长的烟柱。
　　——作者注

国王、皇后、黑桃、红桃，

大鬼、小鬼、梅花、方块，

这边一排，那边一排，

摆满了一条豪华的长街。

遮住了小桥上闪光耀眼的花岗岩。

走在前头的是宫廷的大臣：

这一个穿着皮大衣，却半敞着胸襟，

为的是把他的四枚十字勋章展示人前；

既然要显摆勋章，挨点冻也心甘情愿。

他还用傲慢的眼神四周搜索，看有谁能像他一样尊严，

他甲虫般缓缓移步，大腹便便。

再远一点是近卫军的青年在把自己的摩登炫耀，

挺直、纤细，像活动的梭镖，

半身处捆成黄蜂一样的细腰。

接着，歪着脑袋走来一帮官僚，

他们斜着眼睛张望，琢磨着应对谁点头哈腰、

对谁踢上一脚、对谁回避为妙；

他们每个人都是老态龙钟，

缩着脖子像蝎子①一样向前蠕动。

中间行走的贵妇像五彩缤纷的蝴蝶，

大衣各式各样、帽子形形色色；

每个人都是巴黎打扮、容光焕发，

脚上的小皮靴闪着耀眼光华，

---

① 原文指生长在南欧和赤道附近的一种毒蜘蛛；被这种蜘蛛咬过的人往往
会中毒死亡。

她们洁白得像瑞雪，红润得像煮熟的大虾。——
宫廷的队伍过后，随从都止步不前。
各式车辆一齐涌来，像鱼贯移动的轮船
在大海之中与游泳的人们为伴。
第一批坐上车的离开了，
随后那些步行的也一哄而散。
不少人咳嗽着，发出哼声，
可还要说："到那里走一趟真是三生有幸！
我见到了沙皇陛下，又在将军面前鞠躬礼赞，
还同少年侍卫进行过攀谈！"

有几个人挤在人群中间①，
他们是异样的装束、异样的脸，
他们对身边的人流视而不见，
却紧盯着城市建筑浮想联翩。
他们盯着那些屋基、墙壁和宫殿的顶尖，
盯着那些铁门和花岗岩的墙面，
仿佛是在揣测
那些砖石砌得是否牢固；
然后绝望地垂下了双肩，
仿佛在想：怕是难以把它们推翻！
他们中有十个人先后离去，感概万千，
只有他这漂泊者独自留下，形影孤单，

————————

① 　这是流放到俄国的爱德社成员。

他愤愤地发出一声冷笑，

举起手，怀着复仇心理朝岩石狠敲，

仿佛是在对这石头城发出严厉警告。

尔后他把两手在胸前合抱，

默默沉思，那紧盯着沙皇宫殿的两眼

宛如两把锋利的尖刀；

此时此刻他多么像那参孙：

被叛徒出卖，绑在非力士人的圆柱上，

可仍在思考着人类未来的命运。

突然他那木然而高傲的前额罩上乌云，

像棺材蒙上了一块殓布，

苍白的面孔变得可怕而阴沉；

你大概会说，黑夜已从天降临，

首先罩住他的面孔，

再向周围扩展自己的阴影。

空荡荡的街道右边

站着另一个人 ① —— 他不是个旅游者，

倒像是京都的老户居民；

他把施舍分发给穷人，

同每个穷人寒暄时都称名道姓，

还把他们的妻儿询问。

他送走了众人，靠在河岸的花岗岩上，

---

① 　指尤泽夫·奥列什凯维奇，波兰画家、神秘主义者，旅居彼得堡；密茨
　　凯维奇于1824年在彼得堡和他结识。参432页注①。

目光掠过皇宫的宫墙和和屋顶，
但他缺少漂泊者那样锐利的眼神；
每当从远处走来的残废者或因穷困而乞讨的士兵，
他总是立刻垂下自己的眼睛，
两手伸向苍天，久久地沉思默想——
脸上露出一丝天国的忧伤。
像天使为了拯救炼狱里的灵魂走下天堂
向四方茫然地张望：
他看到许多民族都在经受苦难，
他知道，人民的苦难将世代相传——
他预感到，几代人盼望的救星——自由
离他们是多么遥远。
他靠在河岸上哭泣，
苦涩的泪水一滴一滴地渗进了土地；
但上帝会把这泪水一滴滴数清、收起，
每一滴都会报以海潮般汹涌的甜蜜。

夜已深沉，他俩仍站在原地，
两个孤独者虽然相隔一段距离，
终于还是引起了彼此的注意，
他们久久地互相行着注目礼。
右边的人首先走了出来：
"兄弟，"他说，"我看到你站在这里，
也许是个异邦人、孤苦零丁；
你需要什么，请看在上帝面上对我说明；
我是个基督徒、波兰人，

我以圣十字和骑士徽章把你欢迎。"①

漂泊者被自己的思绪纠缠
摇摇头，逃离了河岸；
可是第二天，当他恢复了记忆
把自己混乱的思路清理，
就对自己的失礼感到负疚、惋惜；
一旦再遇到他，认出他，定不逃避；
虽然他的容貌已经忘记，
可他的声音和话语中却有种难忘的情意
久久地回荡在漂泊者的耳畔和心底——
莫不是漂泊者曾与他相逢在梦里。

易丽君 译

---

① 立陶宛的纹章图案是一个骑马、手举宝剑的骑士。这里的意思是：我作为一个基督教徒和来自立陶宛的波兰人把你欢迎。

彼得大帝的塑像

有两个青年黄昏时分站在雨里
他们手拉着手，同披着一件风雨衣：
一个是那漂泊者、西方的来客、
沙皇暴力的无名牺牲者；
另一个是俄国的诗人，
他以诗歌而名驰北国。①
他们相识的时间不长，但已足够——
几天以来他们早就成了朋友。
他们的精神高于地上的障碍，
像阿尔卑斯山上两座亲近的巍峨巉崖，
虽有一股奔腾的流水把他们分开，
但对这个敌人的喧嚣他们并不去理会，
那高耸入云的顶峰紧紧地拥抱了起来。
漂泊者在彼得的巨像下沉思，
而俄国诗人则在轻声诉说：

———————

① 指俄国诗人普希金。

"他是创造了奇迹的一世沙皇，

第二代女皇 ① 为他建造了这座塑像。

这个沙皇已被塑成巨人模样，

他骑着一匹青铜烈马，

等待着，像要奔向什么地方。

但是彼得不能站在自己的土地上，

本国的土地对他说来还不够宽广，

为给他寻找座石只好派人去远涉重洋。

派人从芬兰的海滨

挖来一座花岗岩的小山；

按照女皇的诏令

小石山就漂洋过海，远渡重关，

来到京城，出现在女皇面前。②

花岗岩座石搬来了，铜制的沙皇就飞腾而上，

沙皇穿着罗马人的长袍、手执长鞭，

烈马跳上了那花岗岩之巅，

前蹄腾空，耸立在座石边沿。

"古罗马并不是这样来炫耀荣光，

那位万民爱戴的皇帝马可·奥勒留 ③

首先把密探和告密者流放，

---

① 彼得塑像上刻有拉丁文写的"彼得一世，叶卡特琳娜二世立"字样。
　　　——作者注
② 这句诗译自一个俄国诗人的诗句；这个俄国诗人的名字我已忘记。
　　　——作者注
③ 古罗马皇帝，161—180年在位。他也是哲学家，著有《沉思录》。

并因此而扬名四方：

他镇压了内部的吸血鬼，

来到莱茵和帕克托尔河上 ①

把野蛮的侵略者彻底扫荡，

再回到那宁静的卡皮托尔山岗 ②。

他的前额俊美，高尚而又安详，

额上闪烁着富国裕民的思想；

他把一只手庄严地高高举起，

仿佛向他周围的臣民问候致意，

另一只手紧握缰绳，

要制服那狂奔的骏马。

你可以想象，成群的人站在路旁

欢呼着：'皇帝，我们的慈父回来了！'

皇帝愿意慢步从人群中走过，

向所有的人投以慈父般的目光。

骏马扬起鬃毛、眼里闪着炽热的光芒，

但它知道，是最可亲的客人骑在背上，

是它把慈父送到千百万孩子身旁，

于是就按捺住自己火一般的烈性，

让孩子们走近身边把慈父看望。

骏马踏着平稳的步伐走在平坦的路上，

---

① 莱茵河曾是日耳曼各部落和高卢间的界河；帕克托尔是小亚细亚的一条
　　小河，传说河中流淌着金片。这里分别指马可·奥勒留的东征与北征。

② 罗马古城又名七丘城，因为是在七座山丘上建立起来的。卡皮托尔乃七
　　丘之一，元老院的所在地。

你会想到，它会走到那永恒不灭的天堂！ ①

"沙皇彼得撒缰驰骋，

横冲直撞一路飞奔，

一下就跳上了悬崖峭壁。

发疯的马已经扬起了前蹄，

马把嚼子咬得咯咯作响，沙皇失去了控制，

你会想到，它就要栽下摔得粉身碎骨。

可是一百年来它就这么站着、跳着、安然如故，

就像从花岗岩上飞悬而下的瀑布

倒挂在深渊的上方——严寒已把它冻成了冰柱。

一旦自由的太阳喷薄东升，

一旦西风送暖使这片冻土回春，

到那时，这瀑布将会怎样？——还有这暴政？"

易丽君 译

---

① 彼得的巨型骑马塑像和马可·奥勒留的塑像都是如实描写的。
　　——作者注

阅 兵

这是一个很大的广场，有人说它是驯犬的场地，

因为沙皇 ① 把他要驯的犬已带到了这里。

也有人礼貌地称它化妆室，

沙皇要在这里打扮梳妆。

广场上摆放着许多大炮和长矛，

达官贵人见到沙皇都向他点头哈腰。

女人去宫里参加盛大的舞会，

她们为了把自己扮靓，

在穿衣镜前消磨时间，

还要做着各种风流姿态，以献媚讨好。

沙皇每天都要来到这个广场上，

有人发现这里有成群的蝗蜂，

说它们也由沙皇喂养，

这些蝗蜂像乌云一样，

---

① 　指尼古拉一世·巴甫洛维奇，1825—1855年在位。其任内镇压了俄国十
　　二月党人起义、波兰十一月起义。

把城乡的大片土地全都覆盖。

还有人说这个广场是块巨大的磨刀石，

沙皇从彼得堡伸出手来，

要用这块磨石来磨他的一根针。

他用这根针刺伤了整个欧洲，

使它鲜血流遍全身，

那么用什么膏药来敷治它的伤口？

波斯国王和苏丹也感到沙皇的脉搏在跳动，

萨尔马特①的心在流血。

这个广场还有许多名称，

可是各国政府都叫它阅兵广场。

上午十点，阅兵开始，

广场的周围都是人群，拥挤不堪，

看起来就像湖边一道黑色的堤岸。

有些人往广场的中间涌去，

虽然他们保持了寂静无声。

广场周边还有几个龙骑兵，

蜷缩着身子，像湖面上飞起的几只燕鸻，

他们那可笑的后脑勺上都竖着一根长矛，

背上还背着一捆皮鞭。

有人突然往前跨了一步，

就像一只青蛙从泥潭里跳了出来，

但他后来又退了回去，往人群中挤去。

---

① 黑海以北地区的古名，常用来指代波兰。

远处响起了一阵炮声，低沉，单调，
就像有人在不断地钉着大锤，甩着连枷。
鼓声响了，照例是骑兵团队走在最前，
它后面有不同的兵种，人数很多，
但他们穿的都是绿色的军装，
这些军装如果在白雪的映照下，会变成黑色。
每支队伍都像一条小河，
流进了一个大湖塘。

诗神啊，你赐给了我什么？
这里有一百张荷马的嘴，
每张嘴都能说出一百种语言，
请给我一支会计师的笔，
我要算算这里有多少上校军官，
有多少指挥官和士兵，
有多少英雄豪杰。

但是这些英雄豪杰都一个样，
就像一群衣衫褴褛的农民，
就像一些军马在槽里吃料，
就像一些捆成了把子的稻草，
就像种在田里的绿色的大麻，
就像书上的诗句，
就像一大片田地，
就像彼得堡贵族沙龙里的闲聊。
我看见这些莫斯科佬身材都那么高大，

比别的人要高五六吋。
他们虽然秃头，但胡子长得又长又密，
他们的帽子上有铜色的字母，
这都是些掷弹兵。
跟在他们后面的士兵比他们矮小，
这些士兵排成了行，
就像种在菜园子里的一排排黄瓜。
要看清他们是什么兵种，
就得有一双天生锐利的目光，
能看清在淤泥中滚爬的蚯蚓。

军号响了，这是骑兵的队伍，
带枪的骑兵和骠骑兵，
还有龙骑兵，他们头戴尖顶帽，
身披胸甲，还有各种各样的便帽，
你会以为这里有一个制帽工，
在展示他不同产品的形号。
随后出来的团队的士兵都是农民，
一个个就像用铜丝框着的泥壶，
这是特意摆在这里的一排泥壶。
这些士兵穿着各色各样的军服，
手持各种各样的兵器。
他们骑的马也不一样，
这表现了一种策略，
也是俄国人的习惯。

伟大的若米尼将军 ① 说过：

跑得最好的是马，而不是人，

俄国人早就明白，

一个近卫军军官为了一匹骏马，

可以舍弃三个优秀的士兵；②

一匹骏马的身价等于一个军官，

一个诗琴演奏家，一个跳高运动员

或者一个作家，它身价高的时候，

可以换来一个厨师。

就是一匹瘦马如果参加法垃昂 ③ 这种冒险的赌博，

它也胜过两个女人。

现在我们来说这些骑兵团队的马：

第一个团队骑的是黑色的马，

第二个团骑的也是黑色的马，

但是英国式的战马。

第三和第四个团骑的是枣红色的马，

第五和第六个团的骑兵手持权杖，

第七个团骑的也是黑色的马，

---

① 军事理论家，先后为拿破仑和亚历山大一世、尼古拉一世效力，参与改革俄国军队。

② 俄国的坐骑很漂亮，但价钱很贵，一匹近卫军战士的马值好几千法朗，一个身材合符标准的成年人值一千法朗。在白俄罗斯闹饥荒的时候，一个女人在彼得堡卖出去，才值两百法朗。真不好意思，可是不能不承认，有些住在白俄罗斯的波兰老爷们也提供过这样的货物。——作者注

③ 旧时一种纸牌的赌博。

第八个团的马小得就像一群灰色的老鼠，
第九个团的马个子大些，
第十个团的马的个子也不大。
第十一个团的马也是黑的，甚至没有尾巴
第十二团的马的头顶上没有毛，
最后一个团的马小得就像一只麻雀。
广场上有四十八门大炮，
还有比这多两倍的弹药箱，
那一大群士兵和马来到广场上，
只有你、拿破仑和一些俄国军官的眼睛，
才看得清楚他们是个什么样。
你也不用去看那些士兵和马，
你就看看那些弹药箱吧！
你猜得出有多少箱吗？
这些东西你偷过吗？

各色各样的军服覆盖了整个广场，
就像牧场上长满了小草一样。
每个弹药箱都像一只绿色的臭虫，
或者一只陷在泥地里脏臭的牛虻，
还有一门大炮矗立在它的近旁，
像只黑色的蜘蛛一样。

这样的蜘蛛前面有两条腿，
后面也有两条腿的支撑，
在不开炮的时候，

它不声不响地架在路旁，

像在睡梦中一样。

可是它一旦醒过来，听到长官的命令，

就变成了一只俄罗斯的毒狼蛛 ①，

如果有人向它的鼻子里吹气，

它会向他喷出毒液。

因为它的嘴里有砷的化合物，

它这时会蹲下来，舔着嘴里的毒液，

然后把它前面的两条腿伸直，

把后面的两条腿卷起来，

过了一会，便从嘴里喷射毒液，

把这个向他吹气的人来伤。

所有团队都来到了广场上，

这些团队的士兵突然看见了

几个骑着马的海军上将，

他们都上了年纪，

还有一些指挥官和将军，

都前前后后簇拥着沙皇。

这一大群人的五颜六色的衣着

上面还有许多斑点，

显得十分怪异，就像一群小丑一样。

---

① 　毒狼蛛，一种有毒的蜘蛛，体形很大，穴居在俄罗斯和波兰的南部的草
原上。——作者注

他们的身上还披着许多彩带①，

带着一串串的钥匙、数字、小像片和扣环

有的呈蓝色，有的呈黄色；

此外还有许多表示军衔的星状标志、戒指和小十字架

超过了他们衣上扣子的数量。

这些军官全身都是那么光芒四射，

但这不是他们自己的光芒，

而是从沙皇眼里照射出来的。

他们只是一些会闪光的蛆虫，

在圣约翰节的夜晚，闪着美丽的光亮，

可是一旦沙皇不再给他们恩赐，

这些可怜虫就会失去他们的一切。

他们虽然活着，也不到国外去，

但他们在泥地里爬呀，爬呀！

也不知要爬到哪里去？

有位将军经受过战火的考验，表现了勇敢精神，

沙皇总算对他露出了笑脸，

可是一旦沙皇向他投去了不信任的目光，

他就会变得脸色苍白，

就会倒下，就会灭亡。

---

① 除了彩带，还戴上了俄罗斯的勋章，按这些军官不同的级别。此外按服
役时间的长短，也会获得沙皇的军功章和各种不同的奖章，有近六十
种。有时一套军服上可以有二十种表示各种荣誉的标志。——作者注

你在这里也会见到一些清心寡欲意志坚强的人，

这是一些高贵的灵魂，

他们即使见到沙皇对他们表示不满，

也不会病倒，更不会自杀①。

他们会去一些小贵族的庄园，

或者给皇宫里的侍官写信，

给马夫写信，表达他们那颗仁爱的心。

如果他们见到有一只狗从窗里跳了出去，死在路旁

他们就悄悄地挖一个洞，把它掩埋。

一个村里如果有这种仁爱的心，

这里就不会有喧闹和争吵，

这里的人就获得了自由。

沙皇穿的是一身绿色的军装，

它的衣领呈现金黄，

他什么时候都不脱下这身军装，

他的军装显示了他严肃的外表。

他当过兵，但他在褪袴中就是沙皇，

他长大了，作为一个少公子登上了皇位，

但他至今仍保存了他穿过的哥萨克衬衣和骠骑兵衬衫，

他把他的马刀当玩具，常手舞马刀，指着书上的文字。

当他的老师教他跳舞的时候，

---

① 不多年前，有个宫廷里的职员在宫里举行的一次纪念会上，让他站在一个级别低的人站的地方，不合他在宫廷里的地位，因此他自杀了，就像瓦德尔一样。——作者注

他也按照音乐的拍节，舞动着他的马刀，①

直到他长大成人，他仍玩弄着他的马刀。

他还把一些士兵叫到他的皇宫里，

向左转、向右转地教他们操练，

他叫他的禁卫军团队也要经常操练，

其实俄国的每个沙皇都和他一样，

所以全欧洲对他们都很害怕，也很称赞，

克拉西茨基②说得对：

"聪明人爱说话，愚蠢的人爱打架！"

彼得大帝大家都记得，

他第一个指出了沙皇应如何当好沙皇，

他给他后来的沙皇指明了一条使俄国强大的道路，

他认为欧洲所有的民族都很聪明，

他说过："我会使俄罗斯欧洲化。

我要撕掉我的衬衣，我要剃掉我的胡子，

让一半以上的贵族和伯爵都剃掉胡子，

让商人和音乐家们都剃掉胡子，

就像砍掉法兰西花园的道路旁的两排树一样。"

他开设了监狱，也建了士官学校，

---

① 这是他还是个王子，没有登上皇位的时候，一个英国画家多夫给他画的
一张童年的肖像画；身穿骠骑兵军服，手里拿着一根鞭子。这张画展在
彼得堡的画廊里。——作者注

② 伊格纳齐·克拉西茨基，波兰18世纪最伟大的诗人、作家，启蒙时代
的代表人物。

他让皇宫里跳起了法国的美女艾舞①，

让妇女们都参加社交活动，

他在俄国的边境上布了哨所，封锁了一些港口城市，

他建立了元老院、官僚制度和特务机关，

他命令收购大量的烧酒，不让它充斥市场，

他让农民剃胡子，能洗澡，有衣穿，

也让农民有自卫的武器，有钱粮。

整个欧洲都惊呼：

"彼得沙皇使俄国文明化了。"

但这一切都是在肮脏的办公室里行骗，

因为他给独裁者们送去了屠刀，

这样就有了几次大屠杀和焚烧，

他把从农奴身上搜刮的钱财送给了外国人，

以赢得法国人和德国对他的赞美，

这就是他的强有力的政府，

也是明智和有爱心的政府所做的一切。

德国人、法国人！你们等着吧！

当沙皇向你们下了几道狠毒的命令的时候，

当他的鞭子像雨点一样抽打着你们的背脊的时候，

当大火焚烧着你们的城市的时候，

你们就没有什么话好说了。

如果沙皇还要你们称赞他的西伯利亚，

---

① 17和18世纪在法国流行的一种老式的小步舞；美女艾是"menuet"的
音译。

称赞他的豪华马车、他的命令和鞭子的话，

你们还会用今天的乐调唱着歌，

和他一起取乐吗！

沙皇就像一个装饰得很漂亮的地滚球，

他滚过来了，他祝一些败类身体健康，

这些败类的奉承话

和一百头熊的哼哼叫声一样的难听。

他下了一道命令，这道命令从他的嘴里抛出来后，

就像一个小球，又掉进了一个指挥官的嘴里，

然后从这个人的嘴里，抛到另一个人的嘴里，

最后落在一个下级军官的身上。

武器在呻吟，军刀在挥舞，发出哧嚓的响声，

所有的一切都处于慌乱之中。

有人仿佛见到了一艘船，船上有一口大锅。

一些人正忙着在锅里煮粥，

他们用水压机把水抽到锅里，

水开了后，又把一些女人的衬裤扔到锅里，

然后拿起船上的桨去锅里搅拌，

过了一阵，再把煮熟了的米粥倒在四个木桶里，

谁若知道法国什么地方有实物报酬，

他就会把锅里的东西搅得更乱。①

如果要把委员会的计划也扔到锅里去，

那就会大吵大闹。

_____

① 因为希望获得实物报酬，所以搅得更卖力。

整个欧洲都早就饿肚子了，

人都以为这口锅里煮的是自由，

自由主义从嘴里说出来，就像从水泵抛出来一样。

如果有人一开始就想到了信仰，

他会看见沙皇的议院里也在大吵大嚷，

别的他什么也看不见。

有人虽然想到了自由，但他没有在锅里烧水，

还有人要表示一些国王的愿望，

他想到了穷苦人，想到了暴君，想到了沙皇。

可是沙皇的议院感到烦恼了，

它大声叫道："要守秩序！"

这时财政部长像柱着一根拐杖一样，

步履蹒跚地走进了议会大厅，

他首先报告了政府庞大的预算，

还讲了利息、税收、支出和结算，

他还带来了许多印章和账本。

议会大厅沸腾了，有人在叫喊，有人在吐唾沫，

大厅里到处飘飞着唾沫星子，

人民群众喜出望外，可政府机关却心神不安，

因为大家最后都了解到，

财政部长只谈了税收。①

如果有人看见那口锅在煮米粥，

---

① 可能指税收得不多，导致预算紧张等财政问题；所以"人民群众喜出望外"，政府的部门不高兴。

或者见到了那个议会怎么议事，

那他就会明白，在那么多的阅兵团队中，

为什么要防止有人闹事。

当沙皇的命令下达到了人群中，

会有三百面大鼓敲得轰隆隆。

涅瓦河解冻后，水面上飘浮着许多冰块，

步兵的队伍被分开了，

一个队伍和另一个队伍保持的距离要适中。

每一个队伍前都有人敲鼓，指挥官在喊口号，

沙皇像天上的太阳，他要检阅的团队

就像他周围的一颗颗行星。

沙皇这时又派出了他的一些副官，

这些军官就像一群从笼子里放飞的麻雀

和解开了套在颈子上的绳索的狗一样，

马上跑了出来，疯狂地吠叫着。

一些将军和少校军官也大声地喊叫起来，

鼓声响了，有人发出了一声尖叫，

这时来了步兵的队伍，就像一条抛了锚的链带，

把它解开后从水中拉了出来。

还有几个骑兵团和这些步兵站在一起，

就像一堵坚固的城墙，永远攻不破。

这个骑兵团行动十分敏捷，它一听到号声，

就像一群猎犬被赶出来了，

见到熊也敢向它发动猛攻。

可是步兵的团队这时却缩成了一团，

这些士兵好像觉得有人在监视他们，

逼他们去往前冲，

还在用法语和俄语咒骂他们，

要把他们抓起来，掐他们的脖子，

有的士兵吓浑身发抖、倒在地上。

但场里的人向沙皇发出了热烈的欢呼声，

他们祝贺阅兵式的举行获得成功。

我终于见到了这么大的场面，

它是那么丰富多彩，

如果我能写一首赞美诗，

我一定要写上我的名字，

可是我的诗神啊，你就像一颗炸弹，

落地爆炸后，却变成了一篇散文。

我在这里经历了一次翻滚，

然后就像荷马在和众神的一次战斗之后一样，

欲睡昏昏。

军队做完了所有的操练，

但只有沙皇一人看完了这次阅兵的全过程。

场上观众的喧哗声也叫了停，

他们身上的呢子外套和羊皮袄

原先在广场周围形成了漆黑的一片，

现在随着他们的离去也消失不见。

所有的表演都是那么令人厌烦。

各国政府驻俄罗斯的大使们，

因为受到沙皇的盛情邀请，

他们尽管感到这一切都那么无聊，

还是冒着严寒，看完了这场阅兵。
他们过去每天都要对沙皇高喊：
"啊，真新奇！这是奇迹！"
这已经喊过一千多遍。
现在他们又要高喊：
"沙皇是个了不起的战略家，
他的伟大的战略思想别人都理解不了，
许多领袖人物都只能做他的奴仆。
他的士兵所表现的热情和勇敢精神，
如果不是亲眼所见，谁都不会相信。"
最后他还要讲几句话，
自然是嘲笑拿破仑的愚蠢。
但是还有一些没有离去的观众
看了看他们手上的表，
怕还有什么跑步和操练，
因为严寒从四面八方袭来，
还有烦恼和饥饿也忍受不了。

可是沙皇还在那里把命令下达，
叫他的身穿蓝色、黑色和黄色军装的团队全都留下，
他让步兵的队伍排成了一字长蛇阵，
像一堵围墙，站立在广场的周边，
可是这支队伍过了一会又变成了一个扇形。
沙皇就像一个上了年纪的赌棍，
他在赌场上已经没有对手，
却还把他的那些纸牌不停地玩弄，

一会儿把它们混在一起，一会儿又一张张摊开。

他的臣僚都在他的身边，

但只有他一个人在游戏，在玩牌。

最后他自己也玩腻了，

于是又把他的马牵过来，

他牵着马来到了那些军官中间。

可是他的军队和士兵却在那里站着发呆，

好长时间一点也不动弹，

就好像是他把他们当成了废弃物一样

扔在那里不管。

最后，号声和鼓声响了，

阅兵式才算演练完。

步兵和骑兵共十二支队伍，

就像一道道流水，

开始向广场周围的街道上流去，

一直到流到了尽头。

但是这些流水和阿尔卑斯山那从山岩上

飞溅下来的泉水却不一样，

因为那些溅下来的泉水会落在一些水池子里，

使池里的水变得更加清澈透明，

随后它们又会立即从这些池子里溅出去，

放出绿宝石的光彩。

经过检阅的那些士兵

原先进到广场里装束整洁，精神抖擞，

可离开广场时他们个个气喘吁吁，疲惫不堪。

广场里被踩踏的白色的雪地也变黑了，

冻土成了泥浆。

所有的观众都走了，
但广场上并没有空，因为有十二具死尸① 躺在那里，
还有一个穿白军装的骑兵站在那里一动也不动，
好像被钉在了雪地上一样，
人们想不到他是被马蹄子踢伤了。
还有一些人冻得直打哆嗦，
他们曾给团队指出了离开广场的道路。
还有一些骑兵在检阅时因为跑到步兵的队伍里去了，
有人用枪托子猛击了他们的头部，
现在也躺在死尸堆中。
还有一些士兵在操练中也受了伤，
是因为他们在操练中走得不好，
被人打断了肋骨，或者什么地方受伤在流血。
警务局的仆役也要把他们
和那些死尸一起埋葬。
可是他们中有个士兵
这时发出了比大炮还响的哼叫声，
有个少校军官对他大声地叫道：
"安静！沙皇都听见哪！"
这个士兵看见他的伤口在流血，
只好咬紧牙关，用他的内衣遮住了伤口，

---

① 　在操练时死去的士兵。诗人在下面提到一些死亡的原因。

因为他以为他的伤口如果被沙皇看见了，
他会马上被处死。
沙皇的内侍官们看到他这个样子很反感，
不高兴地回到了皇宫里，
那里虽然备好了早餐，
但他们见到肉也吃不下去。

最后一个受伤者甚至使所有的人感到惊讶，
不管对他怎么威胁他都不怕，
他甚至对一位将军表示抗议，
还不断地大声哼哧，连沙皇都骂。
一些人听到他那怪异的吼叫声都惊呆了，
于是跑到了这个受伤者跟前，
他们说他是执行指挥官的命令受伤的，
他的那匹马像要故意与他为难，
因为它在操练时突然站着不动，
可是后面的骑兵连冲上来了
马上把他踢到了一边，
这个骑兵连就像一泻洪流，在他身边流了过去，
但是它的这些马匹还是很仁慈的，
它们这时都是从他的身上跳了过去，没有去踩他。
只有一匹马不小心把蹄子踢了他一下，
可是这一下，就把他的肩胛骨踢碎，
那些碎骨头有一半都从肩上掉了下来，
他的内衣也被踢破了，露出了肩上留下的碎骨头。
他的脸色像死人一样的苍白，

但他依然使劲地举起了一只手，

指着天空和围观的人群，

好像要说，虽然他遭难了，

但他仍有办法使自己获得解脱。

有什么办法呢？谁都不知道。

有的人即使知道也不敢说，

他就是想说也没有人敢听，

因为他们害怕特务的监视。

这个受伤的士兵俄语讲得不好

听起来好像说土话一样：

"沙、色拉皇，沙洛皇！"

他这是在说沙皇。

于是消息传开了，

说这个被马踢伤了的士兵是个新兵，

这个年轻的小伙子是立陶宛人，

他本来出身高贵，是一个公爵或者伯爵的儿子，

是在学校里被强征入伍的。

他的指挥官不喜欢波兰人，

有意给了他一匹野性十足的坐骑，

他说："让这个拉赫① 去对付这条疯狗吧！"

这事件发生过后，再也没有人提他的名字了，

可是沙皇，你是听到过他的名字的，

会有人凭着自己的良心去找他，

魔鬼也要从千百万人中把他找出来，

———————

① 　波兰人的古称。

你是不是把他抛到地狱里去了，

他是不是被马已经踢死了？

第二天，从广场那一边传来了嘶哑的狗吠声，

雪地里出现了一个黑颜色的东西，

有人跑去一看，原来又是具尸体，

它在阅兵庆典之后，在这里躺了一夜，

这是一具半个农民和半个士兵的尸体，

他剃了发，但留了长长的胡子，

他戴的是一顶皮帽，穿的是军装，

肯定是一个军官的侍从。

他坐过他的庄园主老爷的客厅里的大沙发，

他在这里也接受过沙皇的命令，挨过冻，

雪花掩没了他的膝盖，

他有一只眼的睫毛也粘上了雪花，

皮外衣穿在他身上也不会暖和，

但他的另一只眼是睁着的，虽然睁得很吃力。

他曾经在这里转来转去，

等他的庄园主老爷到这里来。

他的庄园主老爷过去叫他坐他就坐，

叫他不动他就不动。

他没有参加过起义，却遭受过严厉的审讯。

他忠于他的老爷，虽并非真心诚意，

他平日和他的庄园主在一起，

一只手捧着他脱下的皮袄，

生怕被人偷去，

另一只手插在自己的裤兜里取暖，

但没有放在大衣里。

这一次他走了，
他的庄园主老爷没有找到他，
但有人问起他去了哪里？
人们猜想，这大概是个散兵游勇，
不久前去过首都圣彼得堡，
他并不是一定要参加这次阅兵，
而是想展示一下他戴上的新的带穗的肩章，
是不是他参加检阅后吃午饭去了，
或者有些女人对他悄悄地说了什么，
或者到他的牌友那里去了？
他怕别人说他有一件皮袄，
但他又不像别的人那样，
受得了严寒的侵袭。
当他被沙皇抓来参加阅兵后，
有人说他步子走得不正，
在接受检阅时不该穿皮袄，
有自由主义思想。

一个可怜的农民，英雄主义，就这么死去。
他对狗是那么忠诚，可在人间却犯了罪，
要怎么来赏赐你呢？你的老爷会说：
你到死都忠于他，就像一条狗一样。
啊，可怜的农民！我还哭什么呢？
我的心跳得更厉害了，

我在想你到底做了些什么？

我是多么痛苦，一个可怜的斯拉夫人，

一个可怜的民族，我为你的命运感到悲哀，

你知道英雄主义，也遭受了奴役。

1824 年彼得堡发大水的前一天 ①

张振辉 译

---

① 1824 年 11 月 7 日涅瓦河解冻，河水泛滥到了彼得堡的街道上，酿成水
灾；水灾的前一天即 11 月 6 日。密茨凯维奇本人是在大水退后（11 月
8 日）才到达彼得堡的。

奥列什凯维奇 ①

最冷的时候天空里会闪着火光，

但它又会变蓝，现出红色的斑点，

就像一个死人的面孔，

他在住宅里的火炉前烤火，

虽然身子热和起来，但已经没有生命，

因为他早已停止了呼吸，

全身都腐烂发臭了。

这时吹来了一阵和暖的风，

还可见到天空里升起了一些烟柱子，

远处显现出亭台楼阁，

就像那里有一座城市，

有许多勇士都住在那里。

可是这座城却像幻影一样突然消失，

变成了一片废墟。

---

① 彼得堡画家，以他的高尚品德、高深的学问和神奇的预言而闻名于世。
请看他死后于1830年发表在彼得堡的报纸上他的祭文。——作者注

天空里的那些烟柱也变成了一道道流水，

流在废墟的街道上，

和地面上升起的湿气混在一起。

夜幕降临，街道上的雪开始融化。

这里的雪橇和四轮马车都不见了，

有人说它们被卸下了滑木和轮盘，

但是在一片昏暗和到处散乱的烟雾中

有没有行驶的雪橇和马车也看不清，

只见到一些灯笼在闪光，

在泥泞地里闪来闪去迷失了方向。

这里有一些年轻的流浪者①，在涅瓦河畔。

他们要在夜幕降临的时候出来漫步，

不让那些达官贵人看见他们，

更不愿在一些地方遇到沙皇的密探。

他们说的是外国话，

有时候还小声地唱着一首外国歌曲。

但他们却突然停住了脚步，望了望四周，

是不是有人听见他们在唱歌？

是不是有人在背后跟踪？

他们在涅瓦河畔流浪，

涅瓦河就像阿尔卑斯山一堵

不断往前延伸着的长长的崖壁，

---

① 流放到俄国的爱德社成员。

可是它的岸上有一条道路突然中断了，
年轻的流浪者在远处下方的河岸上，
看见了一个人提着灯笼。
他不是密探，因为他只想看见河里有什么东西。
他不是河上的摆渡工，
因为河里结了冰，他的船划不过去。
他也不是渔夫，
他的手中只提着那个灯笼，
还有一卷纸，但没有渔竿。
年轻的流浪者们走到了他跟前，
可他并没有理会，更没有去看他们，
他这时把他抛在河里的一根绳拉上来，
数了数绳上原先打上的绳结
有几个在河水中泡湿了？
然后把它们记下来，
好像是要用这种方法测一下河水有多深。
灯笼里放出的光从河里的冰块上反射过来，
照在他那个神秘的记事本上，
也照亮了他的一张黄皮肤的脸，
这张脸表情严肃，显得高贵，也很漂亮。
他的两眼只看着他的记事本。
他这时已听到了那不熟悉的脚步声和说话声，
但他并没有问这是谁，
而只是略微地做了个手势，
表示向他靠近的人不要说话。
这个手势使这些流浪者感到吃惊，

他们站在他面前一动不动，

只是看着他，想笑但没有笑出来，

因为他们不愿打扰他。

但是他们中有一个看了看这个奇怪的人的脸，

认出了他是谁，便大声地叫道："是他啊！"

他是谁？波兰人，是个画家，

可他又是一个巫师，

因为他早就放下了彩笔和颜料，

现在一门心思在研究算命，

有人说他常和鬼魂谈话。

这位画家现在站了起来，

他把他的那个记事本收起来后，

就像有话要对自己说一样：

"如果有人能够活到明天，

他会看到许多奇迹的出现。

这是第二次，但不是最后一次的尝试。

上帝要改变亚述帝国①的等级制度，

要动摇巴比伦城②的地基，

还有第三项，上帝没时间完成了。"③

他说完就走了，一个人提着灯笼，

---

① 古代兴起于两河流域北部的一个庞大帝国，其盛时横跨西亚北非，将两
河流域南部及埃及均置于统治之下。

② 古代两河流域最壮丽最繁华的城市，古巴比伦王国和新巴比伦王国的首
都，遗址位于今伊拉克首都巴格达以南九十公里处。

③ 奥列什凯维奇是神秘主义者，其表达多涉隐喻和象征意味，此处可能指
沙皇爱干涉别国内政，连古代国家的也要干涉。

慢慢走到河岸边的一些阶梯上，
到对面一栋房子的阳台后面去了。
河边只留下了这些流浪者，
他们谁也不懂他说的这些话是什么意思。
有人感到奇怪，有的人在笑，
大家都齐声地叫道："我们的巫师是个怪人！"
夜深了，寒气袭人，
年轻的流浪者们在河上的树影下站了一会儿，
都回到了自己的住所。

只有一个人没有回去，
他也来到河岸边的那些阶梯上，
到那栋房子的阳台上去了，
但他没有见到那个巫人，
只看见他的那个灯笼在远处闪光，
就像一颗星星，
在天上的巡游中迷失了方向。
这个流浪者原先没有看清画家的面孔，
也没有听到他的同伴是怎么议论他。
他那说话的声音，还有那些神秘的话语
都震撼了他。过了一会，
他好像听到了这个画家又在说话，
便沿着一条他不熟悉的道路，
也不顾这深夜寒气的侵袭，
尽全力地往前跑去。
他看见巫师的那个灯笼仍然在闪灼，

但它的亮光越来越微弱，

最后消失在一片大雾中。

年轻的流浪者两步并作一步走，

很快就来到一个大的广场上，

广场里有一大堆石头，

他终于发现那个巫师和画家正站在一块石头上，

他一动不动地站着，

露出了脑袋和肩膀，

还把右手高高地举起，

所有这一切从他的灯笼照亮的那个方向，

都看得很清楚。

他在望着沙皇皇宫外面的一堵围墙，

看见墙角上有一个窗子里闪着灯光，

于是他仰望着天空念念有词，

好像在祈祷上帝，

然后他提高了嗓音，自言自语道：

"沙皇，你还没有睡？夜是那么寂静。

宫里的侍官都睡了，你还没有睡？

上帝给你派来了一个鬼魂，

它会让你知道你要受到惩罚。

沙皇很想睡，他使劲地睁着一双迷糊的眼睛，

他已经被他的保护天使警告过许多次了，

他的眼前很清楚地出现了许多梦中的图像。

但他还是要睡的。

"他本来不这么坏，他过去是个好人，

但他后来变成了一个暴君，①

上帝的天使离开了他，日子久了，

他便受到了魔鬼的驱使。

他本来没有多少梦想，

可是那些谄媚的人

说他值得骄傲，把他越捧越高，

这样就使他重重地摔下来，

被魔鬼踩在脚下。

"那些住在茅屋里的下贱的农奴

因为他的罪孽，都要受到惩罚，

雷电虽然总在高处，

在山顶和塔尖上轰响和闪灼，

但它却要袭击最低洼的地方，

劈死那些最无辜的人……

"一些人喝足了酒、吵够了架

或者娱乐之后，都睡着了，

可是他们明天醒来，只剩下一堆可怜的尸骨。

---

① 　　指亚历山大一世·巴甫洛维奇，见165页注②。他统治的早中期采取开明专制，允许自由主义改革，试图废除农奴制，因对拿破仑的军事胜利被尊为"欧洲的救世主"；晚期成为神秘主义者，不理政事，自由主义改革被推翻，建立了森严的集权制度，普希金也在此时期被流放；他死后，俄国社会矛盾大量爆发。他于1815年颁布自由主义的波兰会议王国宪法，允许波兰享有经选举产生的全国议会、广泛的投票权和公民权利，并鼓励波兰语的发展，所以波兰人曾对他寄予厚望。

你们就这么睡吧！一群多么愚笨的牲畜！
对于你们，愤怒的上帝就像一个疯狂的猎手，
他在森林里见到什么就要捕杀什么，
为了一只野猪，甚至可以追到它的猪窝里。

"我看见那里吹起了一阵龙卷风
张开了它的血盆大口，
可周围就像极地一样的寒冷，
就像海怪一样的可怕。
海怪飞到云端，长了翅膀，
它在海里掀起了大浪，
然后又给海浪戴上枷锁。
可是这海浪却形成了越来越大的旋涡，
它吞食了一些冰的马嚼子。
有一张嘴满口唾液，还在吐气。
还有人抓住了一根绳索，很快又把它放下。
我听到了锤打的声音……"

他看见旁边有人在听他说话，
便吹灭了他的灯笼，周围一片漆黑，
他的不幸就像这灯火一样点燃后，又熄灭了，
他的心灵受到这亦燃亦灭的烛火的折磨，
是那么可怕，又无法解脱。

张振辉 译

谨将此诗

献给

莫斯科朋友

致莫斯科的朋友们

你们——会想起我吧！而我，每当想起
我的朋友们的死亡、流放、牢房，
总是久久地把你们怀想，你们的
公民权利也出现在我的梦乡。

你们现在何方？雷列耶夫 ① 的脖子何等高尚，
我曾搂抱过它，如同兄弟一样，
如今却被沙皇的判决吊在耻辱的绞刑架上；
杀害自己的先知的氏族，将被诅咒而灭亡。

这是别斯杜舍夫 ② 曾向我伸出过的手，
他是诗人和战士，那手却被剥夺了笔和枪，
如今沙皇让它驾上独轮车去挖掘煤矿，
与它同锁在一条铁链中的是波兰人的手掌。

----

① 　康德拉季·费陀罗维奇·雷列耶夫，俄国诗人、出版家，密茨凯维奇于
　　1825 年在彼得堡和他结识。他是十二月党人起义的领导人之一，起义
　　失败后被绞刑处死。
② 　亚历山大·别斯杜舍夫，俄国作家，笔名马尔林斯基。他是近卫军军
　　官，率部队参加十二月党起义，被判处死刑，后减刑流放到西伯利亚。

另一些人也许已受到上天的严惩；
你们中也许有人因得到官职和勋章而忍辱偷生，
为献媚沙皇而永远出卖了自由的灵魂，
如今正在他阶前折腰致敬。

也许正在用被收买的舌头为他的胜利大唱赞歌，
为自己朋友的苦难幸灾乐祸，
也许正在用我的鲜血去染红我的祖国，
并在沙皇面前邀功似的夸耀罪过。

倘若从遥远的自由的民族，
给你们送来这哀痛的诗歌——一直送到北方，
这诗歌会在冰山之国发出回响——
给你们带去自由，像鸿雁预报春光。

你们凭声音便能辨认出我，当我戴着刑具，
我像蛇一样默默爬行，为的是瞒骗暴君，①
但在你们面前，我敞开了封闭的心扉，
对于你们我向来怀有鸽子般的质朴天真。

如今我向全世界泼出这杯毒酒，
我那辛辣而灼人的痛苦语言，

---

① 密茨凯维奇本人在流放俄国期间，表面上老老实实、遵纪守法，暗中
却仍与异议人士保持来往。他常常逃过宪警对他的监视；长诗《康拉
德·华伦洛德》也借着历史的外衣，骗过了书刊审查机关，于1828年
获得通过出版。

这是我祖国的血泪凝成的苦汁，

它吞噬和烧毁的不是你们，而是你们的锁链。

你们中会有人叫苦连天，他的哀诉

对我说来只不过是狗的狂猜，

它长期戴惯了项圈，乐于忍受，

并随时准备去咬那只要把这项圈摘下的手。

易丽君 译

译后记

　　诗剧《先人祭》是世界文化名人、波兰的伟大诗人亚当·密茨凯维奇的传世名作，这次由四川文艺出版社出版的《先人祭》是我国的第一个全译本。所谓全译，指的是既包括《先人祭》全部正文，即第一、第二、第四和第三部的完整内容，还包括了序诗和附诗。而且这一次出版，适逢弗罗茨瓦夫波兰剧院来华演出该剧，这是第一次有来自诗人祖国的剧团来华演出这部名剧，剧院的院长克日什托夫·涅什科夫斯基先生应邀为本书撰写了介绍。两件盛事凑在一起，相互配合，相互呼应，成就了中波两国文化交流史上的一段佳话。

　　我想起四十年前第一次翻译这部作品时的情景，不禁感慨万千。

　　说到20世纪70年代《先人祭》的翻译，不能不说它的历史背景。1968年1月，华沙民族剧院重新上演《先人祭》，轰动了华沙，场场座无虚席。当演员朗诵着剧中慷慨激昂的台词（诗篇）时，台下观众也禁不住跟着朗诵起来，台上台下心心相印，相互呼应，群情激奋。《先人祭》

的演出成为一次受压制的广大群众为争取民族自由与独立的强烈愿望的总表露。当局在苏联官方压力下旋即下令禁演。当时以华沙大学学生为首的学生们发起了保卫《先人祭》演出的示威游行，结果引来军警镇压，从而引发出一场震动波兰、深受世界关注的政治事件。人们不禁要问：一部一百多年前出版的浪漫主义文学名作，怎会有如此强大的生命力和号召力呢？我国有关部门在事后举行的一次有我国各驻外使节参加的外事工作会议上，周恩来总理问在场的外交官们，有谁读过这部《先人祭》？全座寂然，无人应答。总理就说：像这样广为群众接受的优秀文学作品，应把它翻译成中文才是。

过了一段时间，人民文学出版社主管外国文学出版工作的孙绳武先生就让家住北外的该社编辑叶明珍来问我，能不能翻译《先人祭》？那时适逢周末，我的老伴袁汉镕在家（他平常住在北京远郊区的中科院原子能研究所二部宿舍），我们一听既高兴又担心。高兴的是，我在华沙大学攻读波兰语言文学时就深为密茨凯维奇的诗歌所吸引，特别是那代表诗人最高成就的长诗《塔杜施先生》和充满爱国激情的诗剧《先人祭》，心想要是将来能把这两部杰作翻译成中文，大概也就不枉来波兰学习一场了。现在机会终于来了，又是全国人民所敬爱的周恩来总理点名要译的，若轻易放弃这个机会，必将成为终生憾事。担心的是，自己能力有限，译不好这部很难译的名作会误事。作为老朋友的叶明珍见我有些犹豫，就说：翻译这部作品确实很有意义，但是翻译没有稿费（发稿费是"金钱挂帅"，与"文化大革命"的精神背道而驰），又有一定风险（当时正是江青一伙气焰十分嚣张的时期），你们要考虑清楚。我答应考虑一下，就跟我老伴商量。他沉吟了一下就说："有机会翻译出版这部作品是最主要的。你如果不译，现在还能找谁来译呢？你怕没有把握能译好它，恐怕谁也不会比你更有把握能译好。至于有没有稿费，那是无关紧要的。风险嘛，将来可以想个谁也猜想不到译者是谁的假名字，不致让人一眼就盯住你就行了。我想，可先原则上答应下来，困难再慢慢想办法解决。"就这样，翻译的事算是确定下来了。

《先人祭》共分四部，即第一、第二、第四和第三部。第一部写于1821年，但没有完成，只留下四百八十多行的片段手稿，算不上一部完整的作品，作者生前也一直没发表，但正是它通过主要人物把后三部的故事情节串联了起来。第二和第四部发表于1823年。第二部展示的是立陶宛古老的民间祭祀仪式以及一切亡灵的痛苦；第四部主要袒露诗人心中的悲苦，倾诉自己对昔日情人的深深爱恋，也倾吐了自己对社会的满腔悲愤；发表于1832年的第三部较诸第一、第二、第四部则有一个思想上的飞跃，其中民族矛盾被提到了首位。这部燃烧着炽热的复仇和解放的烈焰的诗剧展露的是崇高的爱国情感，集中反映了沙俄当局的暴戾恣睢和诗人对民族叛徒的极端蔑视。一来考虑到这四部《先人祭》从主题思想到故事情节并非紧密相连，基本上可各自独立成篇；第一、第二、第四部的内容与"文化大革命"的精神相去远一些，甚至有些大相径庭之处，容易被惯于挥舞大棒者们肆意歪曲，进而全盘否定这部伟大作品的价值，而第三部是整部《先人祭》的核心和灵魂，是它的力量之所在，也是篇幅最大、内容最丰富、思想境界最高、最能体现诗人的爱国情怀的一部。二来考虑到当时可用于翻译的时间有限，我便与出版社商定，先从第三部入手进行翻译，其余三部的翻译可暂时往后放一放，视情况再定。

就在我利用参加"文化大革命"运动之余的时间着手进行翻译的时候，上级突然指示，学校要搬到湖北沙洋办学！1970年我随学校到了沙洋，开始时大家都忙于"创业"，除参加斗、批、改这门"主课"外，主要就是种菜、养猪、种稻子、自己挑砖建房……1971年开始招收工农兵学员，就又加上一项教学工作。这时我白天的时间总是排得满满的，只剩下晚间有些空余时间了。在没有别的急事时，我便抓紧时间进行翻译。由于这不是学校下达的任务，属于干"私活"，而干私活在当时是不被容许的，得保密，不能让别人知道，我就找了一间夜间经常无人的小棚屋，躲在那儿搞翻译。夏天时蚊子太多，就只好回宿舍窝在蚊帐里翻译，同屋的人还以为我在给老伴写信呢！这种情况下，我终于断断续续译出了《先人祭》第三部的初稿。学校迁回北京后，我利用空隙时间继续查找资料，补充完善初稿，但还有些问题仍未得解决。适逢1973年有个贸易代表团要到波兰参加波兹南博览会，要我去当翻译，我便把翻译中未完全解决的疑难问题整理好带到波兰。借博览会后在华沙停留的几天时间，我找了昔日的导师J.K.萨隆尼教授及其他教授。萨隆尼教授得知我在翻译《先人祭》，非常高兴并大力支持，帮我解决了一些尚未解决的问题，特别是剧中主人公康拉德在狱中的那一大段即兴吟诵中的问题。这段即兴吟诵中，现实与梦幻的场景交替出现，历史事件与主人公的想象混成一体，天上人间连成一片，神话与真人真事相互交错并随着主人公的思绪起伏不断转换、驰骋，不断跳跃着、变幻着。若对作品没有透彻的理解，实在很难如实翻译出来。这使我深感要翻译好一部经典之作，除了要对当时的历史背景有深入的理解外，还应当了解作家在写这部作品时的思想脉络，不十分懂的一定要想办法弄懂，更不能凭猜想就胡乱凑合着翻译出来，否则这样的不准确译作还不如扔到垃圾堆里去。从波兰回到北京之后，我对译稿做了进一步修改，最后让我老伴把原书和译稿带到研究所去，利用晚间的"空闲"时间根据原书再仔细校阅一遍并抄写，然后我又对清稿进行审读，觉得可以了，才算完成。

最后的问题是怎样署名才好呢？实名是决定不用了，免得引火烧身。我考虑到老伴对译稿出了不少力，就想用个可以隐含我们两人合作的意思而又不易被别人猜到译者是谁的笔名。我们想了好一阵子，终于想到两个跟两人都搭不上边儿的不太像名的"名"："译员"和"汉译"；"译员"取"易"和"袁"的音，"汉译"则取袁汉镕之"汉"和易丽君之"易"的音。然后寄出版社请他们帮忙想办法出主意。还是出版社有高人，过几天就接到回信建议我们可采用"韩逸"署名，这样既像个名字又隐含我们两人的意思。我们觉得很好，日后有一段时间，我就采用这个名字作为笔名。书送出版社之后，过了好长一段时间（据说早已付排，一直在寻找合适的出版时间），到了1976年初冬，叶明珍才拿着几本刚印刷完毕的《先人祭》样书兴冲冲地送给我们，我们一看，顿感异常兴奋。心想要不是有一向关心文艺事业的总理的关怀和指示，要不是有认真、敬业、有胆识的人民文学出版社的出版，这本书是绝对不可能在"文化大革命"时期进行翻译、付排并成为"文化大革命"后发行的第一部外国文学名著的。时任中国社科院文学研究所所长的何其芳先生读后发出感慨说："这是一只报春的燕子，是一朵报春花！是一部写得好、译得好、出得好的文学作品！"他的评价对我们是一种莫大的鼓舞、鞭策和慰藉。不久，北京人民广播电台在文艺欣赏节目中也播出了中国青年艺术剧院演播的《先人祭》录音。

时光荏苒，转瞬过了近十年。1984年我们应波兰文化艺术部的邀请到波兰访问，期间，华沙大学提出想聘请我留在该大学任教一年，经国内有关部门同意，我便留了下来。由于教学效果较好，得到了广泛好评，华大提出续聘一年的邀请，又经国内同意，就继续留下来直到1986年夏天。在这两年中，我除了尽力完成教学任务外，便抽时间翻译《先人祭》第四部，跑图书馆查找、收集资料为回国后编写《波兰文学》和《波兰战后文学史》做准备，帮《世界文学》向波兰当代大作家塔·鲁热维奇和波兰作协主席哈·阿乌德尔斯卡约稿等等。

说到第四部的翻译，前面说过，《先人祭》第二部展示了立陶宛古老的民间祭祀仪式以及一切亡灵的痛苦，剧中出现失恋者的亡灵，他的痛苦超过一切亡灵所受的折磨。然而诗人指出，人民的苦难远远超过个人的痛苦；个人幸福之上还有更大的幸福——人民的幸福，为了它才值得献出生命。而第四部则是诗人那段镂心刻骨的初恋和失恋的印证。古斯塔夫是维系《先人祭》全剧的重要人物，也是第四部的主人公：一个因失恋而心理有些变态、如痴如狂的年轻人，他在先人祭之夜向昔日的老师袒露心中的悲苦。他的诉说是那样的悲凉凄婉，又不时迸发出对封建等级社会的血泪控诉和反抗的呼号；是黑暗的社会断送了一个追求个性解放和爱情自由的才华横溢的青年人。通过这个人物，诗人倾诉了自己的满腔悲愤，使整部作品成了一条最纯洁的感情长河，一首撕肝裂肺的忧愤抒情诗。

考虑到身在国外，身边的杂事较少，工作条件也比翻译第三部时好多了，有可能把较长较美的第四部译出来，我决定先译了第四部再说。果然，翻译还比较顺畅，没有碰到特殊的困难，即使有些小问题，找人问一声也方便。

回国之后，事情就多了。除教学和教研室的事外，得抽时间为《世界文学》译些东西，忙于编写《波兰文学》和《波兰战后文学史》等等。直到2000年左右，林洪亮先生要编《世界经典戏剧全集》的东欧卷，我才把《先人祭》第三部的书和第四部的译稿交给他，和他译的第二部合在一起，交浙江文艺出版社出版。

至于这一次对第二、第四、第三部之外的内容的补充翻译，由于适逢弗罗茨瓦夫波兰剧院来华演出，本书的出版时间比原计划提前了，所以不得不动员更多的人一起来干。要特别指出的是，张振辉先生勇挑重担，承担了附诗中两首最长的诗的翻译（另外五首我和林洪亮先生已经在此前陆续译出）；何娟女士承担了涅什科夫斯基先生撰写的介绍的翻译；林洪亮先生承担了序诗的翻译；剩下的第一部的翻译和译后记就留在我的名下。由于我目前仍在病中，不能过于劳累，还得照常跑医院，老伴袁汉镕怕我完不成任务，着急蛮干，就主动请缨协助我写这篇译后记。

是为记。

易丽君
2015 年 6 月

编者附记

本书得以顺利出版，首先要感谢译者易丽君女士、林洪亮先生、张振辉先生，感谢袁汉镕先生、何娟女士。以及，感谢杨德友先生，他热心地帮助我们和译者取得联系；黄灿然先生，他提供了切斯瓦夫·米沃什在《波兰文学史》中对《先人祭》的论述的译文。感谢录入第二、第四、第三部文本并参与校对的石晖先生、黄丹怡女士。感谢博尔赫斯书店艺术机构，波兰驻华大使馆文化处的黄琳女士。

F